U0127799

徐汇艺术馆编

大时代之光 · 上海青年美展30年回顾展

上海书画出版社

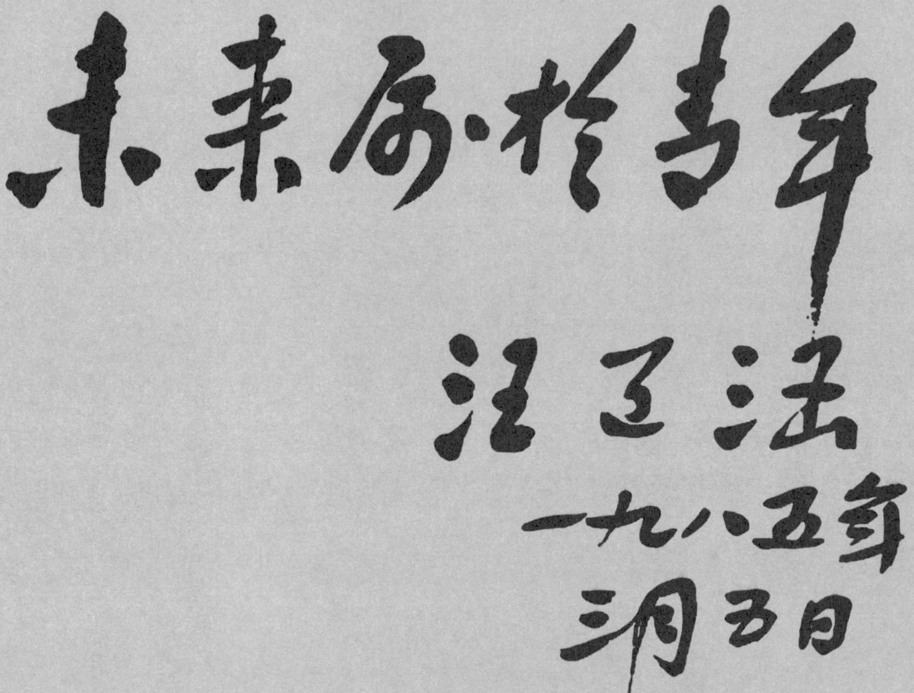

未来属於青年

汪道涵
一九八五年
三月五日

时任上海市市长汪道涵为1985年“上海青年美展”题词

大时代之光

佩秋

上海中国画院画师陈佩秋为本次活动题词

展览时间：2008年12月5日～12月21日

展览地点：上海市淮海中路1413号　徐汇艺术馆

指导单位：上海市文化广播影视管理局

上海文化发展基金会

主办单位：上海市徐汇区文化局

刘海粟美术馆

承办单位：徐汇艺术馆

序　一

“大时代之光·上海青年美展30年回顾展”

改革开放三十年来，上海美术得到了前所未有的快速发展，涌现出大量的优秀艺术家和重要作品，不仅从多个角度呈现出上海这座城市的独特的艺术发展轨迹，而且在国内、国际艺术的交流过程中兼容并蓄、推陈出新，逐步形成了具有鲜明的时代特征的艺术风格，并在全球文化中独树一帜，引起了海内外广泛关注和研究。

上海青年美展正是改革开放以后涌现出来的一个重要的美术品牌性展览。从1980年至今，虽已经历了近三十年的风风雨雨，但是这个活动始终吸引着众多的青年美术作者的目光，成为他们展示自己作品最重要的舞台，以至于这个展览品牌受到广大群众的青睐，一直延续至今并且越来越兴盛。

上海青年美展主要具有以下四个方面的特点：

1. 上海青年美展是上海美术工作者自主创立的最早的品牌性展览之一，经过近三十年的推广和经营，已经成为全国知名的重要美术展览。

2. 上海青年美展是面向40岁以下的青年美术工作者、爱好者和学生的展示活动，它得到了广泛的参与和认可，报名人数从1980年代的一千多人增长至目前的数千人，是青年美术工作者展示自己作品最重要的途径之一。

3. 上海青年美展采用报名征集作品和评选优秀奖项的展览模式，使得更多不同样式和不用理念的作品都能够融入其中，不仅拓展了美术创作形式的多种可能性，而且在相互交流和碰撞的过程中，促进了中国美术更加多元化的发展。

4. 许多优秀的艺术家都是从上海青年美展这个平台成长起来的，他们薪火相传，使得这个展览已经成为输送优秀青年美术家的最重要的窗口。

在纪念改革开放30周年之际，举办“大时代之光·上海青年美展30年回顾展”具有深刻的历史价值和现实意义，它集中展现了上海美术30年来的发展过程，更为上海地区美术的发展提供了一个有益的范本，将促进上海美术朝着更加多元、更具鲜活力的方向迈进！

谨祝展览取得圆满成功！

上海市文化广播影视管理局党委书记
上海博物馆馆长
2008年11月25日

序　二

上海青年美展——艺术史中的一朵奇葩

在历史的长河中，30年如一刹那的闪光。但30年对一个有艺术生命的艺术家来说，是其生命的重要年华。

1978年至2008年，这30年对我们的祖国来说，是发展、壮大、强盛的重要年华。在这30年中我们的文艺事业，尤其是我们上海青年一代的艺术家，经历了种种心灵的磨炼与时代的考验，创作了大量属于这个时代印迹的作品，可以说大凡65岁以下的上海艺术家大都参加过属于自己年轻时代的展览——上海青年美术展览，其中不少优秀者，如今已成为上海美术事业的代表和顶梁柱。

上海青年美展的启动，开始是以配合全国性青年美展的地方选拔性展览，上世纪50年代初的第一届全国青年美展（未见配合性的上海青年美展资料），80年代初的第二届全国青年美展以及80年代中期的“前进中的中国青年美术展览”都有一个配合性的上海青年美展（1980、1985）。这三届青年美展走出了响当当的程十发、陈佩秋、贺友直、施大畏、王向明等艺术家，从此上海青年美展的影响在那个年代是广泛的、深远的。从上世纪80年代中期一直到90年代中期，又先后举办了1986、1988、1990、1993这四届上海青年美展。直到1999年“上海青年美术大展”，可以说上海青年美展进入了一个崭新的发展时期而成为刘海粟美术馆的双年度品牌展览后，其后四届的影响已扩大到全国，甚至国外。

在这30年中，上海青年美展已举办了11届，这在全国，乃至世界艺术发展史上也是绝无仅有的，可谓是艺术史中的一朵奇葩。

这朵奇葩为何只在上海开放?

上海是一座积极的移民城市。包容性、演绎性、表述性以及不断创新性的迫切意愿特质是其最基本、最自然的文化形态与文化方式。

与其他城市和地域不同，上海青年艺术家对历史与当下有着同样的关注，这种关注有着理性的具有上海都市特点的方式，于是在描述和表述中是有自己希冀的，即在社会与艺术的发展进程中，需要有一种能满足个人历史价值观与文化趣味相融合的可能性存在，而这种可能性又随同个人的生存方式和生活态度，在不断变化中自然地接纳其他文化样式的精华而加以调整的发展观并行，于是努力在一次又一次的展示中，对种种可能的途径加以探索的实践与实验，以不断实现自我心灵的展化，力争在实践与实验中形成可规范操作的构架。上海青年美术家协会于1985年的成立就是一个明证。

极有意思的是，上海青年美展对那种放弃道德精神、民族文化底线的所谓“当代艺术”一直是不屑一顾的，相反以恰当的方式对现实生活进行描述与表达的题材以及形而上的纯正艺术样式探索的作品则持有积极而热情的态度，这也是上海青年美术展览的特质。

作为一个经历并参与这30年来上海青年美展的作者与组织者来说，我是幸运的，同时又有一种历史责任感与使命感。2008年初，徐汇艺术馆石建华馆长与朱曦副馆长来我就职的市文广局艺术处征询其馆今年的展览工作时，我就关注多年的上海青年美展，提议搞一个回顾展，以纪念伟大祖国改革开放30周年。这次交谈，我处沈竹楠也在座的。一晃大半年过去了，不料这个展览真的搞了出来。这其中朱曦、卢缓等几位青年策展人的辛苦我是晓得的。在此，我感谢你们。

事实上，上海青年美展的一路走来，不仅仅是几个人的努力推动成就的，而且是这个伟大时代发展所带来的动力，是前后两代人的努力结果。其中有几位重要的组织者是一定要提及的，按时间程序他们是俞晓夫、沈浩鹏、周长江、刘亚平、黄阿忠、胡志荣、李磊、张桂铭、张培成、沈虎等以及1980年那一届的组织者们。还有师辈的上海市艺术创作中心老主任严明邦，以及当时曾在中心工作的卢治平和时任市文化局的干树海副局长。还有朱国荣、乐坚、李旭、沈竹楠、毛冬华、张坚、周莉莎、施选青……

当然我希望，所有参加并在上海青年美展上获奖的青年艺术家不要忘记陈逸飞先生、沈柔坚夫人王慕兰女士和明园艺术中心对你们的无私支持。还有新沪钢铁厂、凤凰自行车厂、实业马利画材有限公司、益利纸制品（上海）有限公司、海圣艺术品公司……

在此，还要特别感谢我们尊敬的前辈陈佩秋先生为本展题写展名“大时代之光”。

三十年可谓弹指一挥间，请允许我以蔡世平先生的《汉宫春·南园》这首词作为结束语：

搭个山棚，引顽藤束束，跃跃攀爬。移栽野果，而今又蹿新芽。锄他几遍，就知道，地结金瓜。乡里汉，城中久住，亲昵还是泥巴。　难得南园泥土，静喧嚣日月，日月生花。花花草草，枝枝叶叶袅娜。还将好景，画图新，又饰窗纱。犹听得，风生水上，争春要数虫蛙。

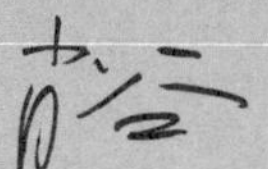

上海市美术家协会理事、上海青年美术专业委员会干事长

上海市文化广播影视管理局艺术处副处长

2008年11月1日于蓬莱阁

目　录

从美术赤帜到艺术品牌
——析上海青年美展30年之路

□卢 缓
上海美术馆研究人员、策展人

现代意义上的中国艺术展览的历史，自清季的赛画会孑遗而论，已历一百余年，但就大型的公共领域的综合性展览而论，以1929年民国的第一届全国美展为标志，亦有80年的历程了。作为一种基于现代性角度的考察，兼具民众宣教、艺术传播、潮流汇集、观点碰撞乃至公共形象塑造等诸多职责于一身的艺术交流与推介的平台，美术大展在某种程度上已经成为探查一个时期艺术发展脉络的重要途径。尤其是1949年以降，作为政府对文艺创作与教育队伍的体制化管理的产物，以全国美展为顶点的一系列各级美术大展所构成的体系，在一个较长的时期内成为各种艺术门类汇集展示的主要途径。这种由展览委员会主导，作品推荐与遴选为主要特点的展览模式逐步固定于官方的大型展览，它兼顾学术性与公众性，艺术视角与政治、人文视角，虽不像策展人制展览那样成为新事物、图式与观念的生长点，但是，其业已成为一种主流的艺术主张宣示与推广的总舵手。与此同时，作为一种在其针对范围内，集合了各种艺术群体的形式语言的展示，美术大展的研究价值恰恰在于其所具备的示范效应与标识作用，这种标识不仅仅体现在艺术思潮上，而且体现在艺术运动与生态的意义上，甚至在更广义的社会、文化层面的预示上。因此，当我接到这个题为“大时代之光·上海青年美展30年回顾展”时，试图展开的正是这样一幅30年的艺术史卷。此展览的举办，于美展本身而言，是一种自豪的追忆与回顾；于上海美术30年发展历程而言，是一种从展览模式上揭示其发展脉络的窗口；于展览形态与意义发展的研究者而言，则是一个探索形态延续背后的意义转换与价值重塑的特殊文本。

上海青年美展发端于改革开放初期“文艺复兴”的大背景下，为第二届全国青年美展选拔优秀作品。1980年，一方面，艺术创作兴起于社会主义现实主义的官方语境中；另一方面，一批在创作观念与视觉经验上已经不满足于既有图式与方法的艺术青年，开始从不同角度对艺术创作的形式维度与价值维度进行了“越界筑路”。这样的努力起始于形式美感与审美层面的观念革新，继而在全国范围内伴随着新的视觉经验与创作方法的涌入，而展开了观念、方法、形式、价值等多层面一发而不可收拾的创作激情。这种压抑之后爆发的创作激情与冲动正需要一个公开的展示平台，20世纪80年代再次举办全国青年美展从某种程度上说是对这种需求的回应。1980、1985年两次的上海青年美展，都是针对全国范围青年美展的预备与初选，不可否认的是，作为一种仍然依托于美协组织展开，游离于体制与实验之间的公共平台，其在接受了艺术语言相对前卫的同时必然需要通过另一种形式的传统或保守来获得妥协；或者说，这是在面对一种体制内外共同的变革需求时（尽管两者在内容与立场上有区别），两者在某种程度上展开的一段共同前进。

正因如此，恰逢其会的"上海青年美术作品大展"（1986-1993年），作为艺术生态的全面生机与复苏背景下的合理外延，在有意无意间承担了汇聚一批散落于民间，并积极从事艺术实验的青年艺术家的使命。当时上海的艺术现代化进程，正在逐渐进入艺术本体的话语构建与有意味的形式的经营上。活跃在第一线的这批艺术家，虽然在形式语言的凝练上尚未成熟，有意识地追求形式感与优雅的审美趣味倾向尚未明晰，但是弥漫在广义上的上海艺术圈中的这种创作气氛却已经成为了模糊的共识。于是，作为这种共识的产物，由这样一群年轻人组成的上海青年美术家协会举办的青年美展，便成了某种意义上上海青年艺术群体中的一面赤帜，在一个既没有组织关系，又没有师承传派，更没有所谓的共同口号的艺术群体中，打造一个在实践中实现共识的平台。很多人的印象中，上海的艺术圈是各自为阵、独立作战的，而这个展览似乎呈现出一个广义上的上海艺术家集群，并容纳着不同时期的上海的"一线艺术家"。

1993年之后，"上海青年美术作品大展"组织者的陆续离开，组织团队由创作状态、艺术生态、社会环境与社会机制的转变（上海青年美术家协会的解体）、岗位调动（团市委部分组织工作者的离岗）等原因而逐渐分化，直到1998年又重新组建了"上海青年美术大展"的组织团队，只有少数旧部参与新队伍，同一种展览模式的延续却已不是同质的展览本身。站在当前时空节点上考量，早期的上海青年美展主办方依托上海美协、团市委、《青年报》等机构支持下成立的上海青年美术家协会，其本质上是新兴的青年艺术家群体的集合，未尝没有独立以求自身的集体形象与运作组织的考虑，而这一努力，只能是20世纪80年代特殊历史时期的诉求，作为体制内的美协的异化，在本质上是一个阶段性的自我实现的愿望。当面临20世纪90年代之后相对开放的社会环境，它的生存结局无非两种：或者彻底独立成为一个代表新兴的艺术团体的社团机构，并由艺术实验的"当代"转化为一种纯粹的民间力量；或者逐渐与主流的话语合流，并最终成为美协的一个部分。当然，后者的实现同时需要这批青年艺术家从实验者身份逐步转换成为新主流的过程。所以，当因人成事、因事成项的青年美协承担起1986年至1993年间的上海青年美展长效化努力之时，注定无法在那个特殊时期内承担起高举美术赤帜的使命，而势必伴随着"前卫"与"实验"的词汇一起逐步淡出权力话语的视野之内。

毋庸置疑，20世纪90年代上海青年美展作为在野的艺术实验的公众平台的历史使命，逐渐被美展本身的艺术使命所取代。在这个过程中，没有了青年美协的青年美展，如何避免理想与追求的空洞化，并谋求一种新情境下的价值实现模式的可能已经浮出水面，成为一个新时代的命题。同时，当上海青年美展不再承担着从机制上向全国艺术界输送新鲜血液的任务时，其汇聚沪上青年艺术家的实践形式就自然而然地转化为一种新的自主的艺术话语与标准的生产者的平台。从某种意义上说，当早期的青年艺术家逐渐成为艺术中坚，并由实验者转化为经典记忆时，其所关注的青年美展又被营造成他们所主张的、逐渐成形的、由相似的审美趣味与艺术追求构成的一种同构话语的言说场所，那么，他们所推进的一系列展览，也就逐渐成为表象上具有专业意味的群体的传承象征，而上海青年美展的组织脉络与展览机制的系统化、管理人员传承的规范化、美展运作模式的长效化，则使之成为某种程度上的上海的新的主流艺术的重要体现，一个大量青年艺术家仍然希望通过它获得身份认证的平台。可是这一平台，伴随着其自身的体系化，已经与走上台面的“当代艺术”擦肩而过，不再拥有无法替代的指代关系，在上海青年美展日益自我实现的过程中，随风飘扬的“美术赤帜”正逐渐被登堂入室的“艺术品牌”所取代。

时至今日，重新审视上海青年美展的筚路蓝缕，无论自觉与否，都只得从美术大展的角度进行考察，默认“文化整体论”这个学术背景的存在。“大时代之光”的命名就决定了这样一种文化整体论的追认。那么在这样的学术背景下，围绕上海青年美展这一课题周围的，单纯的展览形式与运作机制的问题已不再重要，值得探究的是，在这个展览形式背后所承载的30年来试图构建的上海本土艺术话语的努力！当然这种努力，无论从其栖身于美术大展这一形态的事实出发，还是着眼这个游离于新的艺术主流、新兴的艺术实践者与差异化日益明显的艺术生态之间的价值判断，它能够触发我们思考的核心问题与其30年来取得的历史成就具有同等的价值。

2008年11月22日

我和上海青年美展
——青展的实事实记

□ 张培成
上海市美术家协会副主席、原刘海粟美术馆馆长

翻阅一下我的履历，在青年时代与青年美展无多大关系，只是在1980年时的“上海市青年美术作品展览”中画过一幅《后弈射日》，随后再也没有参加过此展。可能是因为我1972年就当了大学的教师，在潜意识中学生才是青年。但是在我入知天命之年时由于工作关系却让我与“上海青年美术大展”结下了不解之缘。而今我已告老回家，当我回想起在刘海粟美术馆工作的102个月的日子里，与青年美术家们的交往，确实是我最愉快的记忆。

落户刘馆

2000年，我刚到刘海粟美术馆接任执行馆长，当时在上海市文广局艺术处任职的李磊，与我商议将“上海青年美术大展”落户刘馆的事宜。因为1999年由他领衔策划的“上海青年美术大展”在刘海粟美术馆取得很大的成功，他希望以后展览的组织策划工作就由刘馆担当，我欣然接受了这个建议，美术馆不应该仅仅是场馆的出租者。尽管在馆内中层干部会议时，持反对意见的也不在少数，有些人历数了1999年该展的种种“不是”，但最后还是达成一致意见，将“上海青年美术大展”当作我馆的一个品牌常规展览。

与未来对话

当时由惠蓝召集开了好几个座谈会，有青年画家，也有青年批评家。记得有一次，李旭、李晓峰、尤永、乐坚等十几个活跃于沪上的青年批评家进行了热烈的讨论，还有一次马博敏总监也参加了会议，并确定将2001年的上海青年美术大展主题定为“与未来对话”，会议开到很晚，谈兴甚浓，随后在馆对面的饭馆里还热议不休，让我领略了青年人的朝气。为此，我们专门设计印刷了精美的征稿通知，记得通知前一段优美的散文诗式的引言是由毛时安亲自执笔。于是，后几届的征稿通知都会有这么一段美文，它已形成了一个模式。

Logo

既然是一个常规展，必须要有一个一以贯之的形象塑造，于是我想到了Logo，

要能延续使用，要有力度有生气，又有别于商品的Logo，于是我想到了上海工艺美校的杨耀。我在上师大任教时曾请他来上过平面设计课，是一位非常优秀的教师与设计师。现已连续用了四届的Logo，就是他的作品，而且完全是友情出演分文未取，让我再一次向杨耀表示感谢!

“十日谈”

在上海博物馆馆长陈燮君的引荐下，我在博物馆与《新民晚报》副刊的主编严建平见了面，言谈中说起我姨夫曾敏之与其父是世交，与建平兄也相熟识。随后我希望能为青年美展做些宣传，提出是否能在“夜光杯”发一组青展的“十日谈”。后来连续做了两届展览的“十日谈”。2001年发的是本届展览获奖作者的感悟。2003年发的是《我与青年美展》，请历年来与青年美展有关的艺术家来谈谈。陈佩秋、贺友直都是建国初期第一届全国青年美展的获奖作者，有往事回忆，有对青年后辈的愿望。其他还有俞晓夫、周长江、王向明等20世纪80年代青展的组织者和参与者对当年的回忆，也有当今的青年画家撰文畅叙。文章在青展展出期间刊登，社会影响很广，青年美展的成功离不开媒体朋友的支持，特别要感谢林明杰、詹浩等朋友独具创意的报道，让人印象深刻。

广告

我们首次在上海全市的东方书报亭张贴青年美展的广告与代售参观券，首次将印刷广告通过邮政发送。2005年，在上海地铁车厢及部分公交车上的车载电视中都有我们的视频广告。2007年在张坚的引荐下，我们在50辆公交车上做的车身广告穿梭于上海闹市。在上海南站的地铁通道间，有40个灯箱做了历届及当届青年美展优秀作品的灯箱图片展览。青年美展走向了街头。

孟光奖

在陈逸飞逝世前，青年美展有一个“孟光美术教育奖”，这是由陈逸飞出资，意在纪念他的美专恩师孟光的专项奖，专门发给在校研讨的在读学生。为了落实具体细节与逸飞打过不少电话。记得有一次在他泰康路的画室，他和我聊起与姜文为《理发师》打的那场官司，在经济窘迫之际，他还是不忘为恩师解囊，并再三关照尽可能邀请孟光夫人来颁奖。临别时，他送我下楼在泰康路狭窄的弄堂里为我倒车做指挥，因初学驾驶，水平"搭浆"车身还擦了一下，留下了更深的印象。

外围展

2000年上海美术馆双年展时，出现了许多"吃死婴儿"、"钻牛肚子"之类行为艺术的外围展，引起官方很大的不适与提防。所以2001年"上海青年美术大展"所设的十来个外围展，必然引起我们高度的警惕，作为体制内的美术馆对他们的审核是必须的，但这是一个烫山芋，谁都不想碰。可事情总要有人做，当时的艺术处处长吕晓明值得我敬重，敢作敢为认真担当，我们俩走访了十来家画廊，实事求是客观地完成了这项工作。

动漫片

在这些外围展中，有一个是朱其策划的，由艺术家自己创作的小型动漫短片，非常精彩。作者大多是中央美院的一些青年学生，有几部让我至今印象深刻，造型简练、有趣，寓意深刻、犀利。绝对不是那种大眼睛日式动漫的媚俗腔，可惜宣传不够，观者不多。

美术星空

这一届展览，中央电视台美术星空来采访获奖作者，其中采访了一等奖获得者中国画家张见，当时他刚从南艺毕业来到上海，在一个完全陌生的艺术圈里，一下子就得了个头奖，他感觉到了这个展览的公正品格，他说接到馆里获奖通知时，他正在地铁里，第二天他第一次认识了我。记得同时采访的还有做雕塑的夏阳，片子拍得很认真，还去了他们的画室。中央电视台的关注，对青年美展是一个巨大的鼓励。

悄悄的试探

2003年的"上海青年美术大展"，我们将征稿范围扩大到外省市，这是一次试探性尝试，没有做大肆的宣传，但杭州中国美院、北京中央美院，天津、福建都有学生送作品来，那种热情很让我们感动。记得北京何汶玦、裴咏梅，浙江的陈彧君等都送作品来，还有一位南斯拉夫在沪的留学生也送来了作品。

青年美术家丛书

我一直认为，一个展览应该成为培养青年推出新人的舞台，这种作用不应仅仅体现在展览，于是想到了为青年艺术家宣传出书。我们选择了一些优秀的青年艺术家，费用大部分自理，馆里买一部分书作宣传交流，并放书店出售，第一批出了二十本，他们是丁蓓莉、王伊楚、毛冬华、邱加、赵爱华、石至莹、金国明、包健等。

为了出版，我去上海画报出版社找邓明社长，多年来他对青展一直非常支持，每届展览《上海画报》都专版介绍。

青年批评家论坛

在一次筹备的会议上谈到批评的问题，惠蓝觉得批评家在青展中不该仅仅是配角，或是吹鼓手。我当即就说，如果你有决心，我们可以新辟一个舞台，属于青年艺术批评家的平台，就叫“上海青年批评家论坛”，与每届青年美术大展同时推出，这对活跃、扶持上海的艺术批评肯定大有益处。随后大家也都做了认真的准备，记得那届的主题就叫“批评与自我批评”。虽然征稿通知已发出，论坛的地点也选在嘉定的一个度假村，但是2003年春“非典”“肆虐”情势越来越恶化，最后这一类聚会活动一律停止，于是有形的论坛只能取消，但文章还是结集出版，那本书的前言也是毛时安写的，题目为“他们已经出发”。这一年的青年美展开幕式也取消了，但一早马博敏总监也赶来了，她是对青年美展非常关照的一位领导，我深深地向她致敬。

评委

2003年那届在评委的结构上也做了些变动，主要是增加了艺术家，去掉了一些官员，但也听到了档次不高的风言。因为我觉得评选是学术的事情，如果不是搞专业的来做会很累，我想如果让我去当钢琴比赛的评委，只要参赛者不是中途打盹我是无法辨别优劣的。美术作品也是一样，档次可以由组委会体现，这有利于评选准确性的提高。

2005年又一次变动了评委的构成，其一因为面向全国增加外地的评委，其二评委构成年轻化，记得那次外地的评委中增加了孙振华、忻东旺、夏俊娜、皮力、周京新、张正民，上海增加了向京、何曦、何赛邦，对不起的是上届增补的评委因为年龄的原因，上了一届又不当了，在此表示歉意。

颁奖晚会

2005年我们面向了全国青年，场地与资金都现窘迫，于是我们与明圆艺术中心合作。凌菲菲女士对艺术情有独钟，她提出颁奖晚会争取电视转播。那一年是我馆建馆十周年，于是我们将馆庆与青展开幕、颁奖晚会放在同一天，因为也请了一些外地兄弟馆的同道，总需有些丰富的活动。颁奖晚会放在浦东国际会议中心，气派欢庆。中国美协主席靳尚谊，中国美协副秘书长戴志祺，上海文广局党委书记陈燮君，还有多路贵宾出席了晚会。整个颁奖典礼，犹如奥斯卡发奖那样庄重欢乐，对青年美展的社会影响的扩大和知名度的提高，起了推波助澜的作用。随后上海电视台对此晚会作了全程的录播。

“70后”艺术

这一届由马楚华联络，请了朱其做了个“70后艺术——市场改变中国的一代”的邀请展，这个展览是一个当代艺术展览，几位现在很火的尹朝阳、熊宇、李继开、李伟等都有作品参展。开幕第二天，新闻晨报有位记者用了一条非常触目的什么血腥、青春残酷的通栏大标题，引起了一些小小的波动。日本著名策展人南條史生做了“视觉惊艳”国际特别展，艺术家分别来自爱尔兰、法国、日本，以及中国台湾等地区。后来我们觉得这样的展览费用很高，有点承担不起，当时我馆的邬佳、明圆的侯萍就已经给折腾得趴下，可是对我们本土艺术的发展也未必起到很大作用，后来就没有继续。

影像与装置

这一届征稿通知中写到了影像与装置作品，在照片初审时，由于来稿较少，装置的方案草图也未见特别机智之作，所以正式展出时也就只有三个小型装置和两个影像作品。这一届还有一些摄影作品。在这个原本立足架上艺术的展览里，突破架上艺术后，就会产生两个不同的价值评判体系，它们之间是很难协调的。今后的出路有两条，一则坚持架上立足当代，创造全新的架上艺术，这是历史赋予的责任。另则，专设多媒体的专场展览。

网站的参与

这一届因为面向了全国，除了台湾、澳门、宁夏未有人来稿外，其他各省都有参与。这次我们好多信息都由本馆的网站发布，当时为了颁奖晚会电视录播的需要，请各地的画家拍了一些工作、生活的短片在网上发布，总点击量达到10万次。

在留言区曾出现毁誉参半的局面，主要是一些落选者怀疑我们的公正，也有一些青年在网上说，这是他参与过的操作最规范、最公正的展览。

3737件

2007年我们收到初评的作品是3737件。2005年是1349件，2003年是650件，2001年是450件，也就是说翻了8倍还要多。这是一个成长的过程，但更加说明这个平台受到青年们的拥戴。

飞向高处

我在2003年青展画册的前言中写道:“青年美展或许永远是一个流动的舞台，翅膀硬了，他们会飞往更高处，那不正是我们所期盼的吗?流动让我们永远保持年轻。”这些年来，我们的这些青年朋友正飞向更高的云端。2001年获奖者张见已完成了中国艺术研究院博士生的学业，成为留院专家，也是这一年的获奖者石至莹、李鹏现都进了上海油雕院成了专业画家，2003年的张晨初，现已活跃画坛，何汶玦还是2008年“上海双年展”的参展画家，丁蓓莉在2004年获得第十届全国美展银奖，成为上海历史上为数不多的，在此展中获过银奖的一个，其他还有好多画家我们没有做过完全的统计，都有出色的表现。在第十届全国美展中国画上海五个获奖者中，这两届青展画家占了三个，油画占了四个，2001年至今只办过一届全国美展，明年的第十一届全国美展必将会有更好的成绩。我深信青年美展在大家的关注爱护下，一定会办得越来越好。

他们曾经年轻

2007年我们又推出了一个文献展，新来的研究人员丁玉华及季晓蕙在短短的几个月里将当今已经成为大师、画坛中坚的老艺术家年轻时代的作品与文献资料汇集起来，做了个展览并印成了画册。以作品与文献的形式告诉我们，青年是社会的未来。他们的成长素来就与整个社会紧紧相连。展览中还借到了徐悲鸿、张大千、蒋兆和及陈丹青等艺术家青年时代的作品。展览获得了广泛的好评。

走进南欧

这一届展览我们又有新的举措，发展部的周卫平通过意大利基金会，在2007年的青展中选择了一些艺术家的作品到意大利的巴里与米兰展出，意大利的观众非常喜欢这些中国当代青年的作品，在米兰的展览时意大利国家电视台来采访，他们从这些作品中看到了今日的中国。

最后我要说的是，为了这个展览，刘海粟美术馆的全体干部员工付出了极大的精力与智慧。每一个环节的工作都牵动着全局，因为一件作品的尺寸，一个潦草的签名，一幅没标明上下的抽象画……或许会打上无数个电话……我只能用这六个点来概括这具体的繁琐，这一切都是我们的员工在默默地做，恕我不能将他们的姓名一一道来，在此向他们鞠躬致谢。今天我已退休离岗，但他们这些青年已经成为我永远的朋友，他们的朝气将让我感受到生命的美丽。

2008年11月22日

"上海青年美术作品大展"观后感

□ 方增先
上海美术馆馆长

"上海青年美术作品大展"给我一个很好的印象。从题材、形式、技法，到内容的意蕴，不但多样丰富，而且有一定的质量。从中不但看到一批好作品，而且在一股蓬勃的生气中，看到了一批人才。年轻人的名字，常常因为他们的画，而留在我的记忆中，如：俞晓夫、周长江、张健君、周刚、夏予冰等等。

有人说，这个展览有些像国外现代艺术陈列室，这说法有一定的道理。在琳琅满目的作品的各种表现中，大部分受到了西方现代美术各流派的影响。但也正因为这个特点，才证明了上海美术青年与全国各地美术青年一样，正在迅猛地向着艺术新领域冲刺。虽然目前美术界对此有各种议论，但我们如果能冷静地对它进行分析和思考，从美术事业的总体上去看，我们首先应该予以赞扬和肯定。

对比一下去年、前年某些画展中青年美术作品的质量，有一个可喜的现象是，那种初期学习中生硬的模仿，甚至生吞活剥的现象，已经很少了。一些较好的作品（也包括某些较平常的作品），他们虽然有着西方现代派艺术的痕迹，但不再是表象的模仿。从内容的意蕴，到形式的创造和技巧的追求，都渗透着、反映着中国现代青年的独特情绪、思考、构思和审美情趣。这是十分可贵的一点。可以说他们没有被动地照搬国外现代派，而是开始主动地有着自我意识地进行着选取。他们从新的审美角度去进行观察、感受和表现。

再一点，目前青年美术家对西方现代艺术的追求，已成为一个很广泛的思潮。人们也许发出疑问说，很多流派在西方早已过时了，有的还是半个世纪以前的旧东西了，我们还把它当新东西来模仿，这是中国美术发展的出路吗?

中西美术的交流，将有利于我国美术的发展，这是大家都会同意的。中国古代文化的高度发展，不是单线继承的结果。从春秋战国，到秦、汉、六朝、唐、宋……各个时代文化艺术的大发展，正是各地区、民族、以及国内外文化艺术广泛交流的结果。南北朝时期，印度佛教艺术的大量传入，它们虽然带有较强的印度键陀罗艺术风格的痕迹，但至今被公认为中国历史上佛教艺术的高峰。

在中国近代美术史上，20世纪30年代就有不少美术界的先锋，他们把西方美术的新观念、新技巧带到中国来，并在北京、上海、杭州、苏州等地建立美术学校，造就了一批人才，为近代中国美术事业奠定了基础。但是由于历史的原因，影响面受到了限制。建国后，苏联写实主义美术的传入，使塑造的能力大有提高，这是应该肯定的，可惜的是又落入美术上的单一模式中。自从十一届三中全会以后，实行对外开放政策，坚定地贯彻文艺上的“双百”方针，使文艺界像久渴的草木遇到了甘雨。西方文艺的大量引入，使美术界迅速起了变化。青年美术家们很自然地走在最前面，因为他们不但最敏感，也最没有负担。青年人以最大限度的能量，吸收、学习现代西方艺术，这是历史的必然性。从我国美术事业的发展来看，必将有助于新艺术的开拓。正因为这样，即使对那些不理想的、带着抄袭、模仿痕迹的作品，我们也认为同样起着“拿来主义”的助手的作用，它们是“翻译家”，是“宣传家”，是桥梁。只有这样，才能在大幅度地进行中西文化的交流中，使观念、审美、形式、技巧在群众中打下深厚的基础。

如果说，艺术有它不可言传的神秘之处的话，那就是，艺术的学习，艺术的感悟，艺术的创造，都不能用简单的方式去掌握。艺术的“三昧”虽有“顿悟”的灵感出现，但总的说来，只有艰苦的实践，包括观摩、感受、思考，甚至临摹等等一系列的艺术活动，才能有所理解，有所体会；才能有所批判，有所吸取。所以，青年人某些作品带有模仿的痕迹，是不足为怪的。

在中国现代艺术的发展问题上，我比较相信多元、多层次的说法。现代中国青年是“思索着的一代”。如果说，过去我们艺术中有过忘记“自我”的想象存在，所谓“半截子”中国美术家确实有过忘记“自我”的阶段，这是一个历史现象，不能完全由他们本人负责。那么，现在他们当中的绝大多数，都慢慢地醒悟，并正在努力寻找自己艺术中的个性。对于四十岁以下的青年人，他们的特点，可以说大多数首先有强烈的艺术个性的追求。

担心这种趋向会影响艺术的民族特色，是不必要的。因为艺术家艺术个性的集成总体，就是我们民族艺术的总趋向。在中华大地上成长起来的中国青年，他们不同程度地受着祖国文化的陶冶，而且一些能干的青年美术家，在吸收西方美术营养的同时，也将不断地吸收祖国文化的优秀遗产。当然艺术事业的发展，不是像炒小菜那样现成，也不能像二道贩子那样急功近利。我们绝不能要求在短时期中，一跃而成艺术巨人。这便是我的一点感想。

（此文曾发表于《江苏画刊》1986年第8期）

在对话中理解和提高
——观“首届上海青年美术作品大展”

□ 朱国荣
上海市美术家协会副主席

今天的青年美术作者，已走出了孤芳自赏的小圈子，一种追随时代的紧迫感和顽强的破土感,使得他们共同怀着一颗执著追求艺术的赤诚之心。他们以反思的眼光来审视过去的一切,使得他们的作品具有一种反成规的鲜明个性。对话对于他们来说，不仅是需要的，而且是必要的。

上海青年文学艺术联谊会、上海青年美术会、文化局艺术创作中心、《美化生活》杂志社联合主办的“首届上海青年美术作品大展”适时地为青年美术作者提供了一个与广大群众公开对话的机会。在这里，青年们用自己的艺术语言来寻找各自的知音。他们把自己内心的思想、感受和意识无私地向每一位观众倾吐，他们不奢望得到称赞，只希望求得理解。青年美展充分体现了青年人那种敢于开拓进取的勇气和探索创新的精神，再一次地证明了当今艺术已步入一个多层次、多元化、多风格的新时期。

由此，使我想到对话的另一方面，即欣赏者方面。一件艺术作品并不能简单地以能看懂它的人数多少来决定其优劣，如果以为看到《蒙娜丽莎》的微笑，就以为看懂了这幅名画，那就错了。《蒙娜丽莎》的杰出、伟大，是因为她结束了中世纪时期那种冷漠呆滞的面部表情，揭示出人物的内心世界。因此，欣赏当代青年的美术作品也需要更新知识和提高艺术修养。

青年美展以其探索、创新形成鲜明的特色，多种多样的艺术风格的作品使每个观众都可以找到自己对话的对象。在对话中理解和提高，看来应是对作者和观者的共同要求吧。

（此文曾发表于1986年5月23日《青年报》“青年画刊”版面）

观青年美术大展后的思考

□ 何振志
著名艺术评论家

“第二届上海青年美术作品大展”，它给人的不仅是形式美和生活的描绘，远远不是。观看它，既感到亲切，又带点陌生，像是懂得，又不能完全理解，它一直缠绕心头，它好像提出很多没有解答的问题。青年画家展示各种情绪、意志、想象，其中有矛盾、和谐，有欢乐、寂寞，有透视的哲理，也有朦胧的困惑。但是没有丝毫伤感，没有对陈旧的依恋，这多么好。我细听他们的脚步声，却几乎绝大多数是在探求未来，未来是复杂的、难以理解的，但他们走向未来的脚步，却是共同的、清晰的。

用艺术表现一个生活主题，这已不是大多数青年人的目的，他们不满足于直接展示现实，不模仿生活。从这些作品看到他们对过去的反思，对未来的憧憬，有着既燃烧而又冷静的心。作品各有自己语言和思路，上海也许就具有如此特色，艺术个性是上海青年画家的追求，既不对别人有成见，也不会一味追学别人的表现方法，这样各具独立性格的作品使人观赏时保持新鲜感，不会用一再重复而加重精神上的疲惫。新人和新表现在画展中出现，这一切正是上海人特具的艺术气质。

有些作品并不很成熟，但它们的构思给我提出不少可以感悟的问题。大幅水墨画《后面是海》、《再生》、《非肖像的结构》的魄力、遐想全在挥笔之间，它越出国画的局限走向无限天地。油画《构成》、《红色的歌》、《超然》、《河殇》等表现完全不同的形式感，《春》的构思是别致的，文艺复兴画家波堤切利的《春》里的主要人物居中，在同样一片绿草如茵的树林里，其他人却是一些做着健美姿态的现代少女，把古代画中的典型人物与现代人物结合起来。《逝》引人想到远古世界的神秘不可知，岩石上的画背后通向无底的深黑。几套连环画用线条、黑白、色彩各自不同表现，皆是杰出之作。《画家夏加尔》的作者肯定能达到极准确的形似，但不要形似，抓住神，十分洒脱。一幅独一无二的漫画《浓缩的生活》使人乐意花费很多时间去寻找其中的趣味，此画充满幽默感，画出生活的各个角落，画家不知花了多少时间来构成这幅绝妙之作。漫画形象生动可爱。

画展使我思索人生，人对自身的理解和困惑，我更看到面前展示的现实，又不禁想到我们古老的文化渗透着浓厚的封建气息。现代青年人不以古老文化而自豪，因为那是祖先的事业，青年人正在创造，表现自己的时代异彩。古希腊人发现人体美，创造了古典艺术，但这并不会使人联想到现代的希腊人，因此，现代人不能希望历史的余晖照到自己身上。艺术能把时代的一切浓缩为特征，表现当代人的心态。而我们需要多么大的毅力才能清除浓重的封建意识，冲出重围，才能理解自身的价值、感情，用自己认为最合适的形式表现出来。画展给予了启示，上海的艺术界有着与众不同的特点，因此，青年画家们不能没有使命感。

（此文曾发表于1988年9月16日《青年报》）

施大畏　韩硕　**我要向毛主席报告的**　约480 cm × 180 cm　国画　中国美术馆藏

此为1980年"上海市青年美术作品展览"参展作品，并选送1981年"第二届全国青年美术作品展览"，获二等奖。

张雷平 **蜀葵** 133 cm×68 cm 国画 私人收藏

曾参加1980年“上海市青年美术作品展览”。
此为参展作品。

邱瑞敏　**大海在召唤**　140 cm × 320 cm　油画　上海油画雕塑院藏

曾参加1980年“上海市青年美术作品展览”。
此为参展作品。

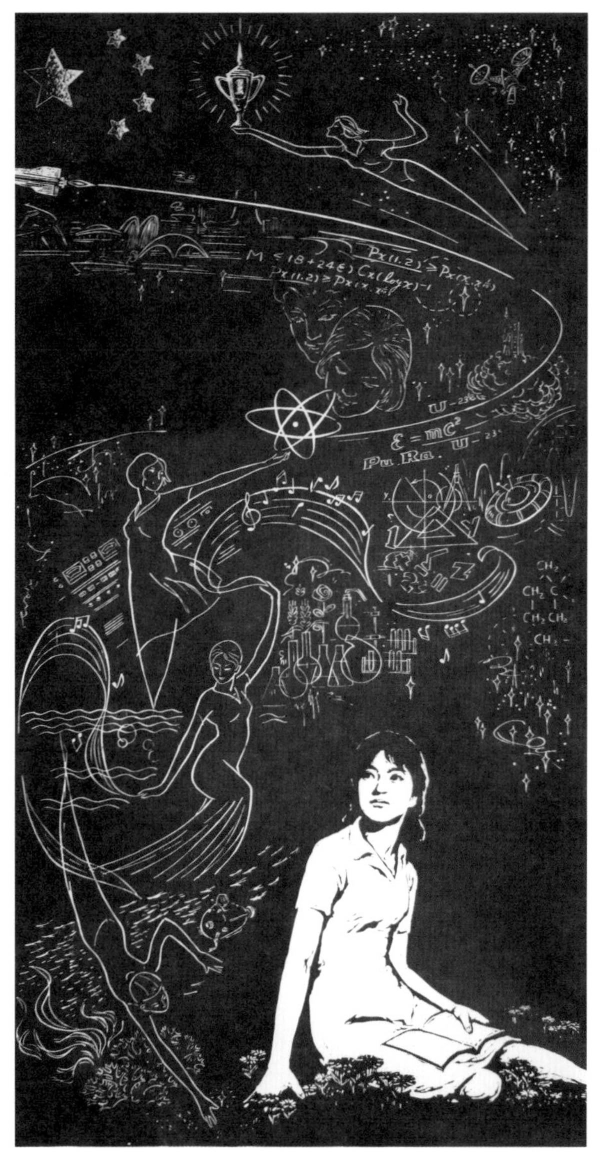

卢治平 **青春呵，你有多少梦！** 80 cm × 40 cm 版画 私人收藏

曾参加1980年“上海市青年美术作品展览”。
此为参展作品。

杨顺泰 **材** 60 cm×65 cm 油画 私人收藏

曾参加1980年“上海市青年美术作品展览”。
此为同时期作品。

姚尔畅 **雨花** 90 cm × 28 cm 油画 私人收藏

曾参加1981年“第二届全国青年美术作品展览”。
此为参展作品。

徐龙森 **遥远** 37 cm × 29 cm × 31 cm 雕塑 私人收藏

曾参加1980年“上海市青年美术作品展览”。
此为1984年“第六届全国美展”参展作品。

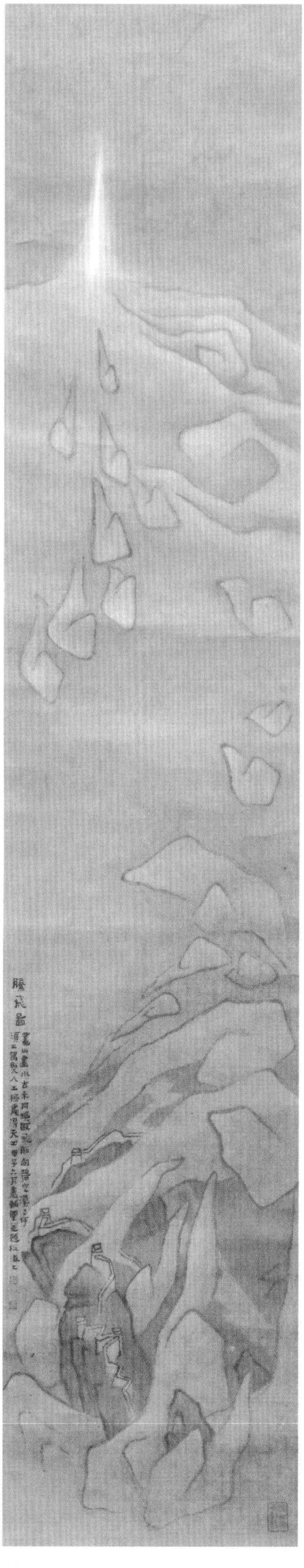

卢辅圣 **腾飞图** 104 cm × 20 cm 国画 私人收藏

曾参加1985年“前进中的中国青年美术作品展览(上海)”。
此为参展作品，并选送1985年“前进中的中国青年”绘画艺术展览。

王向明 金莉莉 **渴望和平** 120 cm × 90 cm 油画 中国美术馆藏

曾参加1985年“前进中的中国青年美术作品展览(上海)”。
此为参展作品，并选送1985年“前进中的中国青年”绘画艺术展览，获一等奖。

周长江 **窗口** 175 cm × 180 cm 油画 上海油画雕塑院藏

曾参加1980年“上海市青年美术作品展览”、1985年“前进中的中国青年美术作品展览(上海)”、1986年“首届上海青年美术作品大展”、1990年“第三届上海青年美术作品大展”、1993年“第四届上海青年美术作品大展”。
此为1985年“前进中的中国青年美术作品展览(上海)”参展作品，并选送1985年“前进中的中国青年”绘画艺术展览。

丁筱芳 **乳白** 150 cm × 70 cm 国画 私人收藏

曾参加1980年“上海市青年美术作品展览”、1985年“前进中的中国青年美术作品展览(上海)”。此为1985年“前进中的中国青年美术作品展览(上海)”参展作品。

黄阿忠 **小镇春风** 100 cm × 100 cm 油画 私人收藏

曾参加1980年"上海市青年美术作品展览"、1985年"前进中的中国青年美术作品展览(上海)"、1986年"首届上海青年美术作品大展"。

此为1985年"前进中的中国青年美术作品展览(上海)"参展作品，并选送1985年"前进中的中国青年"绘画艺术展览。

朱国荣　**阳春变奏曲**　68 cm × 66 cm　版画　私人收藏

曾参加1980年“上海市青年美术作品展览”、1986年“首届上海青年美术作品大展”。此为1986年“首届上海青年美术作品大展”参展作品。

肖 谷 **迷惘正在构成–工业是否也可能成为宗教？** 155 cm × 158 cm 版画 私人收藏

曾参加1980年“上海市青年美术作品展览”、1985年“前进中的中国青年美术作品展览(上海)”、1986年“首届上海青年美术作品大展”、1988年“第二届上海青年美术作品大展”、1993年“第四届上海青年美术作品大展”。此为1988年“第二届上海青年美术作品大展”同时期作品。

俞晓夫　**自己的星期天**　140 cm×360 cm　油画　上海油画雕塑院藏

曾参加1980年“上海市青年美术作品展览”、1985年“前进中的中国青年美术作品展览(上海)”、1986年“首届上海青年美术作品大展”、1988年“第二届上海青年美术作品大展”、1990年“第三届上海青年美术作品大展”、1993年“第四届上海青年美术作品大展”。
此为1990年“第三届上海青年美术作品大展”参展作品。

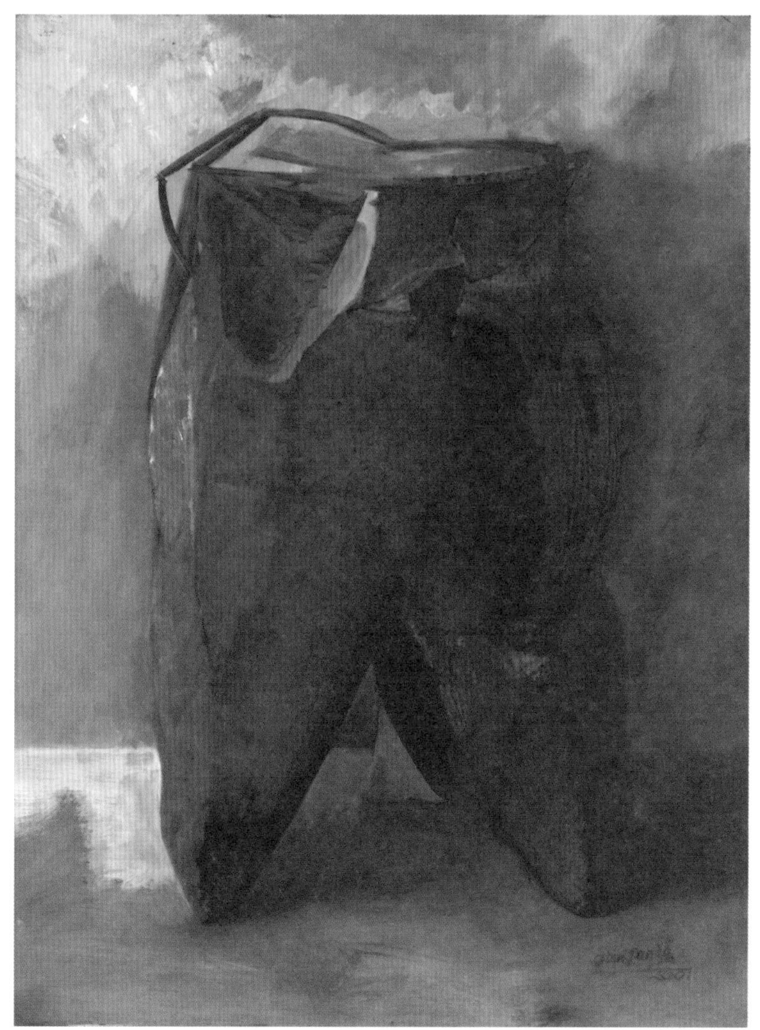

张健君　**我们从哪里来，我们到哪里去**　101.5 cm×76 cm　油画　上海美术馆藏

曾参加1985年“前进中的中国青年美术作品展览(上海)”、1986年“首届上海青年美术作品大展”。此作品创作于2001年。

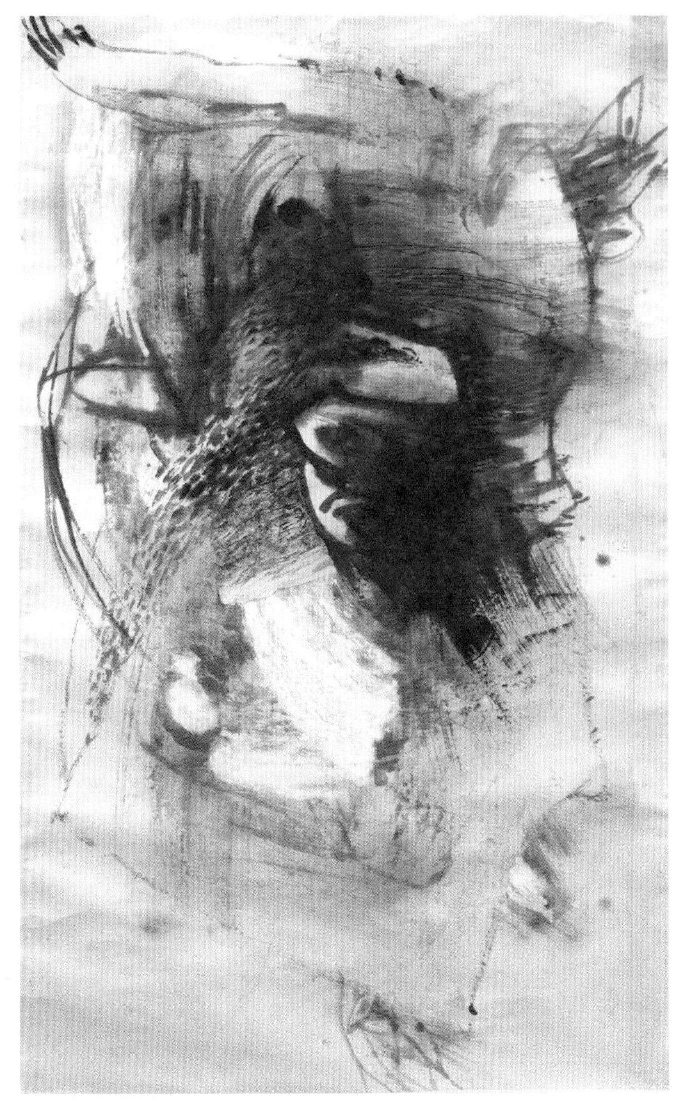

陈心懋　**作为肖像的风景**　160 cm × 96 cm　国画　私人收藏

曾参加1980年“上海市青年美术作品展览”、1988年“第二届上海青年美术作品大展”、1993年“第四届上海青年美术作品大展”。

此为1988年“第二届上海青年美术作品大展”参展作品。

孙 良 **精卫鸟** 112 cm × 112 cm 油画 私人收藏

曾参加1986年“首届上海青年美术作品大展”、1990年“第三届上海青年美术作品大展”。
此为1990年“第三届上海青年美术作品大展”参展作品。

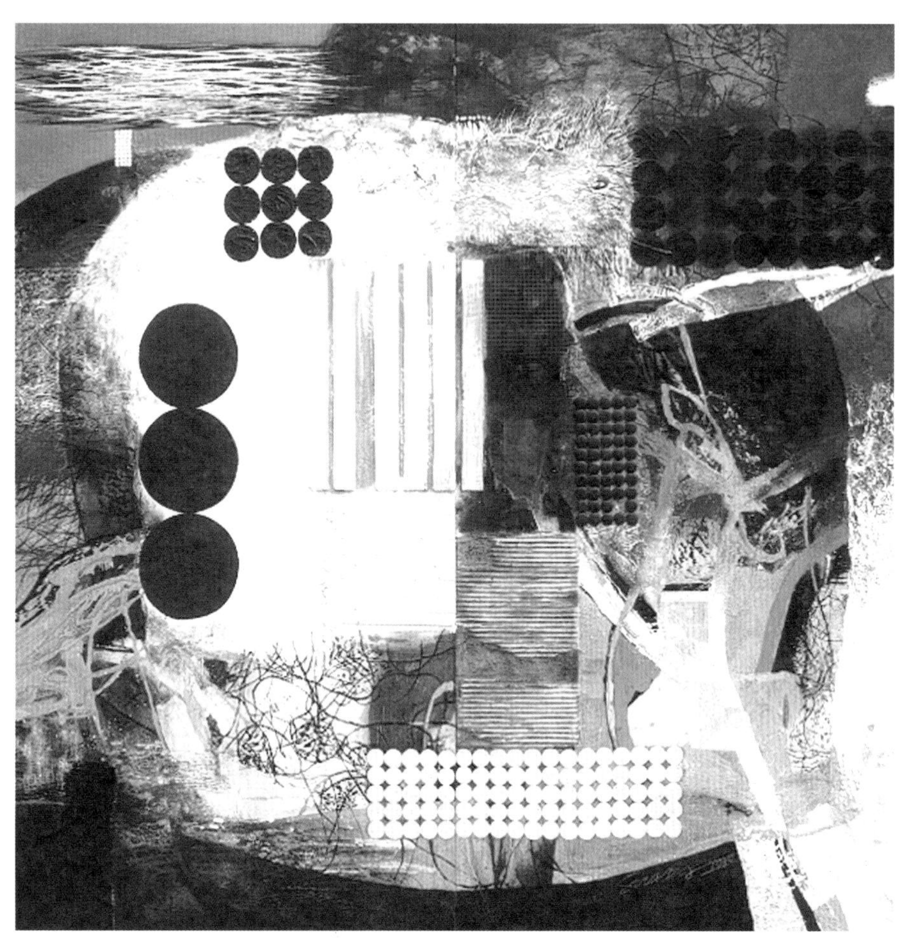

刘亚平 **昼夜** 180 cm × 180 cm 版画 私人收藏

曾参加1985年“前进中的中国青年美术作品展览(上海)”、1986年“首届上海青年美术作品大展”、1990年“第三届上海青年美术作品大展”。
此为1993年“第四届上海青年美术作品大展”同时期作品。

沈浩鹏　**再生**　69 cm×69 cm　国画　私人收藏

曾参加1980年“上海市青年美术作品展览”、1986年“首届上海青年美术作品大展”、1988年“第二届上海青年美术作品大展”、1990年“第三届上海青年美术作品大展”、1993年“第四届上海青年美术作品大展”。此为1993年“第四届上海青年美术作品大展”参展作品。

李 磊　**我扮演太阳鸟**　46 cm × 38 cm　油画　私人收藏

曾参加1986年“首届上海青年美术作品大展”。
此为同时期作品。

蒋铁骊 **远行者** 27 cm × 78 cm × 100 cm 雕塑 私人收藏

曾参加1999年“上海青年美术大展”。
此为参展作品，并获一等奖。

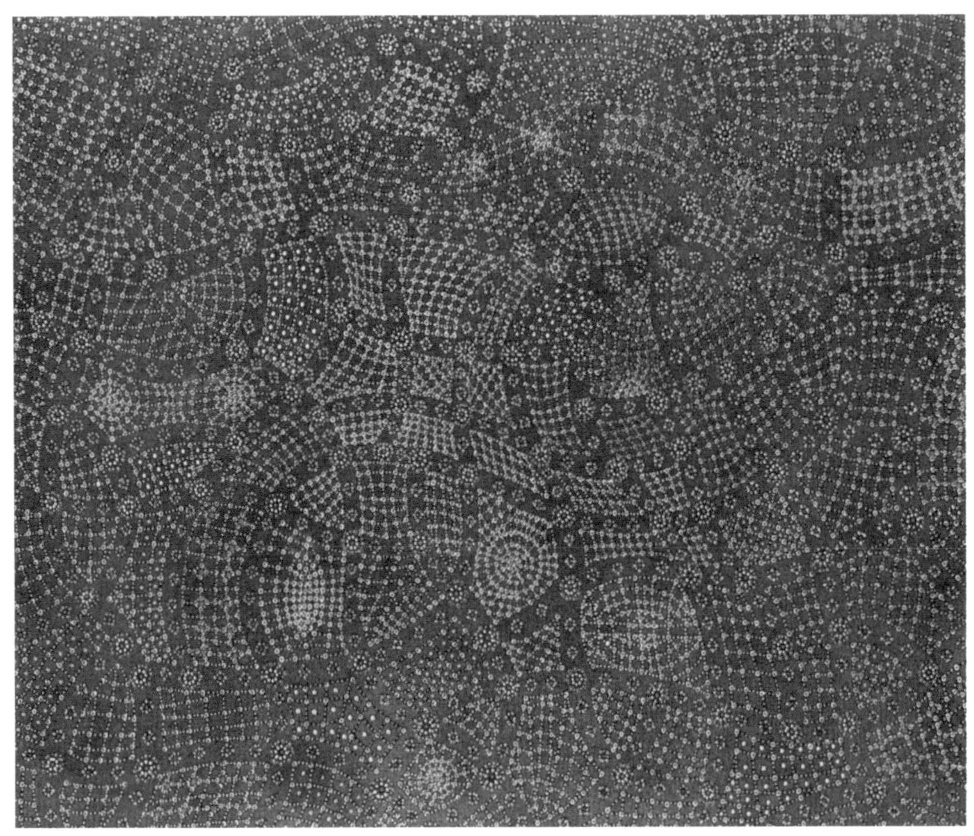

陈墙 **作品97-12** 80 cm × 100 cm 油画 私人收藏

曾参加1999年“上海青年美术大展”。
此为参展作品。

曲丰国 **手迹** 180 cm × 150 cm 油画 私人收藏

曾参加1999年“上海青年美术大展”。
此为参展作品。

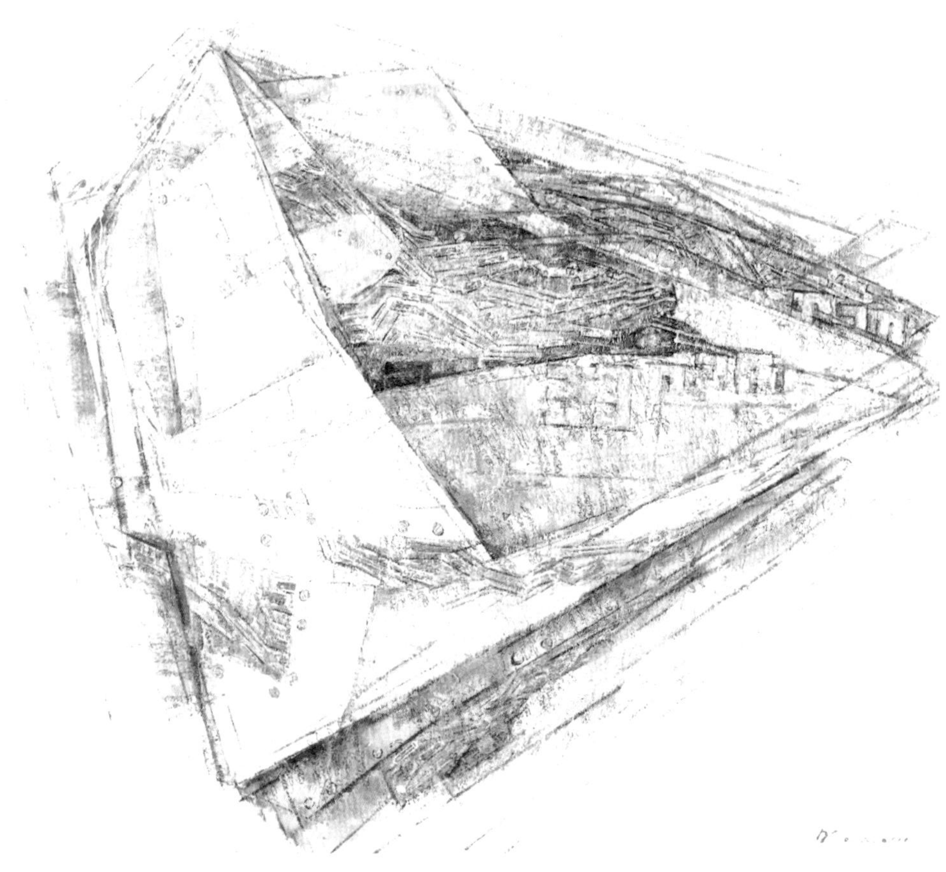

丁设 **空7号** 148 cm × 166 cm 油画 私人收藏

曾参加2001年“上海青年美术大展”、2003年“上海青年美术大展”。
此为2001年“上海青年美术大展”参展作品，并获三等奖及“孟光奖”。

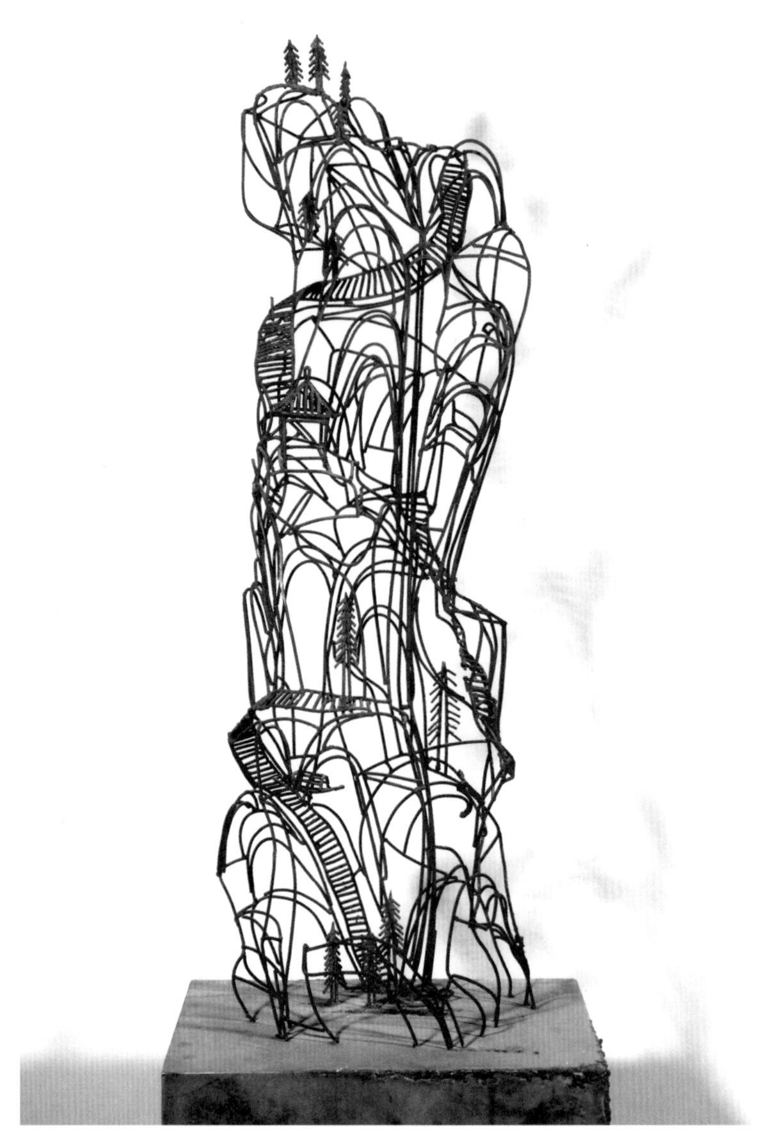

韩子健 **古典风景** 130 cm×50 cm×50 cm 雕塑 私人收藏

曾参加2001年“上海青年美术大展”、2005年“上海青年美术大展”。
此为2001年“上海青年美术大展”参展作品，并获“沈柔坚奖”。

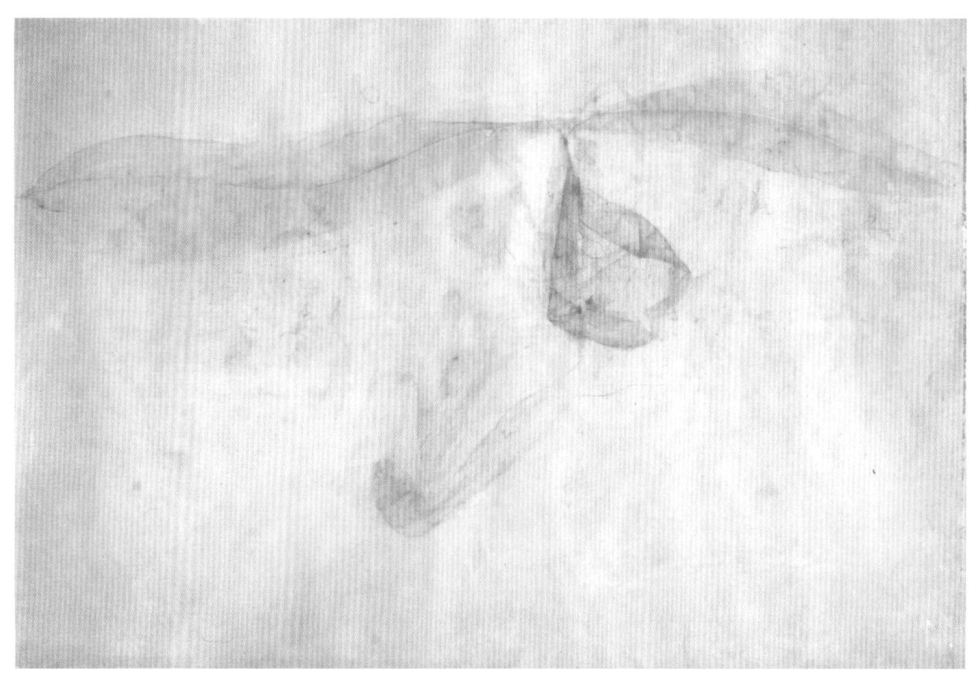

丁蓓莉 **清洌** 92 cm × 140 cm 国画 私人收藏

曾参加1999年“上海青年美术大展”、2001年“上海青年美术大展”、2003年“上海青年美术大展”、2005年“上海青年美术大展”。此为2001年“上海青年美术大展”参展作品。

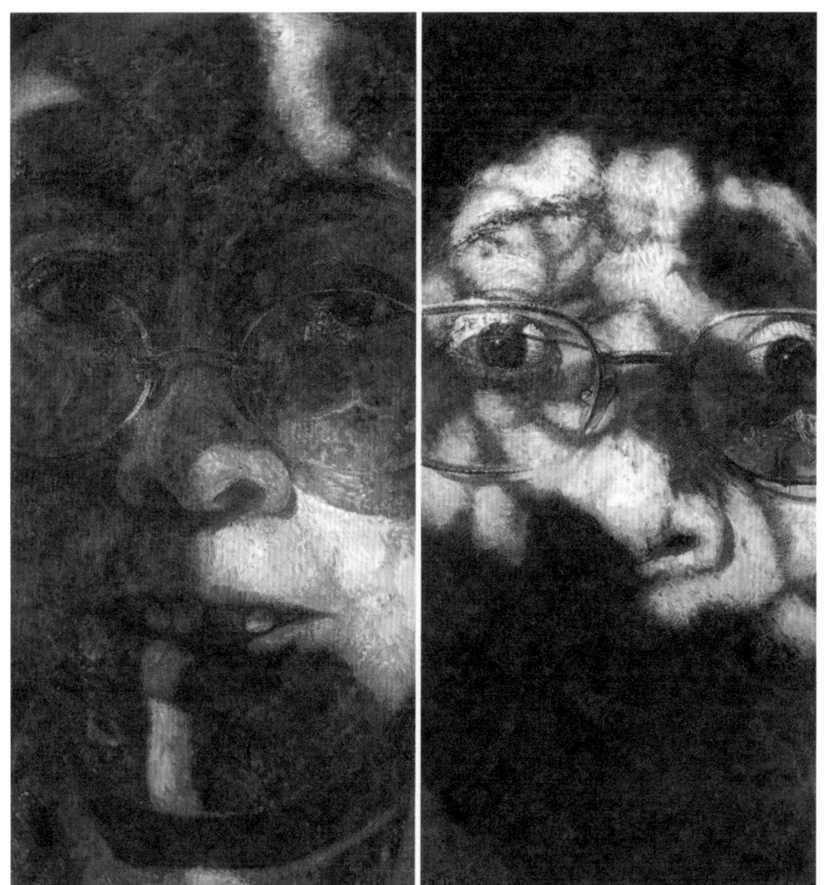

张晨初 **大志和他的姐们** 200 cm×190 cm 油画 私人收藏

曾参加2003年“上海青年美术大展”、2005年“上海青年美术大展”。
此为2003年“上海青年美术大展”参展作品，并获一等奖及“孟光奖”。

肖 敏 **青花** 74 cm × 52 cm × 30 cm 雕塑 私人收藏

曾参加2003年“上海青年美术大展”。
此为参展作品，并获二等奖。

李储会 **还睡,还睡,解道醒来无味** 90 cm×100 cm×68 cm 雕塑 私人收藏

曾参加2003年“上海青年美术大展”、2005年“上海青年美术大展”。
此为2003年“上海青年美术大展”参展作品，并获一等奖及“孟光奖”。

邵仄炯　**浅间山**　170 cm × 88 cm　国画　私人收藏

曾参加2003年“上海青年美术大展”。
此为参展作品，并获优秀奖。

韩 松 **文成公主** 300 cm×260 cm 国画 私人收藏

曾参加2003年“上海青年美术大展”、2005年“上海青年美术大展”、2007年“上海青年美术大展”。
此为2003年“上海青年美术大展”参展作品，并获三等奖及“孟光奖”。

秦旺才　**梦幻田园**　180 cm × 140 cm　油画　刘海粟美术馆藏

曾参加2005年“上海青年美术大展”。
此为参展作品，并获二等奖。

花 俊 **同一首歌** 192 cm×192 cm 国画 刘海粟美术馆藏

曾参加2005年“上海青年美术大展”。
此为参展作品，并获一等奖。

杨 波 **壹玖捌零** 40 cm × 125 cm 铜版画 刘海粟美术馆藏

曾参加2005年“上海青年美术大展”。
此为参展作品，并获二等奖。

孙 翊 **透明体** 146 cm×97 cm 油画 刘海粟美术馆藏

曾参加2005年“上海青年美术大展”。
此为参展作品，并获二等奖。

施晓颉 **风的系列** 80 cm × 57 cm 油粉画 私人收藏

曾参加2001年“上海青年美术大展”、2005年“上海青年美术大展”。
此为2005年“上海青年美术大展”参展作品，并获优秀奖。

逄峰 **已开始** 190 cm × 28 cm × 11 cm 雕塑 私人收藏

曾参加2003年“上海青年美术大展”、2005年“上海青年美术大展”、2007年“上海青年美术大展”。
此为2007年“上海青年美术大展”参展作品，并获优秀奖。

甘永川 **荷塘·情韵** 92 cm × 172 cm 国画 私人收藏

曾参加2005年“上海青年美术大展”、2007年“上海青年美术大展”。
此为2007年“上海青年美术大展”参展作品。

对话参与者 >

卢 缓

上海美术馆研究人员、策展人

刘亚平

上海市青年文学艺术联合会美术专业委员会主任
上海师范大学教授
曾任上海青年美术家协会副会长
20世纪80年代上海青年美展参展艺术家、组织者

朱国荣

上海市美术家协会副主席
著名艺术评论家
20世纪80年代上海青年美展参展艺术家、组织者

肖 谷

上海市青年文学艺术联合会美术专业委员会干事长
上海市文化广播影视管理局艺术处副处长
20世纪80年代上海青年美展参展艺术家、组织者
20世纪90年代上海青年美展组织者

杨顺泰

上海理工大学艺术设计学院教授
20世纪80年代上海青年美展参展艺术家

沈浩鹏

沈浩鹏平面设计有限公司创作总监
曾任上海青年美术家协会秘书长兼办公室主任
上海青年文学艺术家联合会副秘书长
20世纪80年代上海青年美展参展艺术家、组织者

张培成

上海市美术家协会副主席
曾任刘海粟美术馆馆长
20世纪80年代上海青年美展参展艺术家
20世纪90年代上海青年美展组织者

张雷平

上海市美术家协会副主席
20世纪80年代上海青年美展参展艺术家

李 磊

上海美术馆执行馆长
上海市青年文学艺术联合会美术专业委员会常务副主任
20世纪80年代上海青年美展参展艺术家
20世纪90年代上海青年美展组织者

周长江

上海市美术家协会副主席
华东师范大学艺术学院常务副院长
曾任上海青年美术家协会副会长
20世纪80年代上海青年美展参展艺术家、组织者

邱瑞敏

上海市美术家协会副主席
上海大学美术学院院长
20世纪80年代上海青年美展参展艺术家

施大畏

中国美术家协会副主席
上海市文联副主席
上海中国画院院长
上海市美术家协会主席
20世纪80年代上海青年美展参展艺术家

黄阿忠

上海大学美术学院教授
曾任上海青年美术家协会副理事长兼展览部主任
20世纪80年代上海青年美展参展艺术家、组织者

(按姓氏笔画排列)

对话三十年
——上海青年美展30年回顾谈

（为充实史料内容，徐汇艺术馆邀请了部分曾经组织、参与过历届上海青年美展的专家，进行一场关于上海青年美展30年发展历程的对话。）

● 1980年和1985年的上海青年美展

卢　缓：在“文革”刚结束的一段时期内，社会主义现实主义这一路的艺术风格仍为画坛主流，但是之后呈现的一批青年美术创作却开始透露出一些新思潮的端倪，从1980年上海青年美展的参展作品中可见一斑。是怎样的时代背景和历史机遇促成了上海举办1980年的青年美展?

肖　谷：改革开放初期，尤其是1978年的中共十一届三中全会之后不长的日子里，社会长时间积累的专业人才都进入了相关岗位，美术界也呈现出一种欣欣向荣的气象。当时大批在专业岗位上的青年艺术家和业余青年艺术家，都十分需要一个平台来展示有思想、有个性、有新风格的艺术作品，上海青年美展就是在这样的背景下产生。

周长江：“文革”之后整个政治空气在很大程度上仍旧延续着“文革”那种氛围，但是人们的思想已经开始有新的萌动，有了新的想法。“文革”十年没有培养美术人才，我们这批艺术家基本上是“文革”后第一、二届学生，其中不乏各行各业里的精英，所以社会对我们关注比较大，大家都摩拳擦掌，希望能创作一批新风格的作品。
1980年北京开始筹备全国的第二届青年美展，第一届全国青年美展是20世纪50年代办的，当中已经间隔了近30年，为了使1981年的第二届全国美展能呈现出新的气象，团市委和上海美协响应上级号召，在上海先举办一次青年美展做些选拔工作，这就是现在我们追溯的1980年的“上海市青年美术作品展览”。

朱国荣：当时上海美协对社会方方面面的美术工作都积极介入，例如举办的儿童画展、群众性业余画展、青年美展等等。我既是1980年“上海市青年美术作品展览”的参展艺术家，也参与了一些具体的组织、布展工作。现在来看当时这批作品，实际上每位艺术家的个人风格还没有形成，但热情都非常高涨。

肖　谷：可以说，那个时期上海发生了很多美术现象，包括各种各样的版画、油画的新潮流，它们是’85新潮美术的前奏和重要的组成部分。虽然1980年和1985年的两次上海青年美展都是响应全国规模的青年美展而举办的，但是这两次展览都充分显示出这个特殊时代的背景和特征。

卢 缓：1985年举办的“前进中的中国青年美术作品展览”上海部分，几乎集结了所有当时活跃于上海地区的主要青年艺术家作品，其中部分艺术家已经成为了目前的中坚力量。可以这样说，1980年和1985年这两次展览是上海青年美展的雏形，它们不仅与’85新潮美术现象有着千丝万缕的联系，是’85新潮在上海发生的代表性事件，而且对20世纪80年代中国艺术转型起着推进作用。这两次为响应全国规模的青年美展而举办的上海选拔性质的展览中，有没有显现或形成以上海为中心的江南地区的一种特殊的艺术样式?

肖 谷：“文革”之后，艺术的大解放，上海是走在最前面的。从那个时候开始，上海地区的艺术作品就注重从身边的日常生活入手，讲究形式上的更新、技法上的突破，更加关注艺术本体变革的问题，这点与北方注重对体制、对现实的反思大不相同。1979年上海“十二人画展”以后，上海的很多展览和创作意识都围绕艺术本体展开，上海青年美展也是这样。我记得1980年施大畏和韩硕的《我要向毛主席报告的》和1985年王向明和金莉莉的《渴望和平》两件作品都得了全国的重要奖项，虽然题材与政治意识有一定的关联，但是从展览中看仍有明显的上海的艺术风格和倾向。

张培成：“文革”时候画了太多主题先行、带有政治色彩的作品，到了20世纪80年代思想解放的环境里，中国美术界出现了非常大的变化，上海地区的艺术家开始注重艺术本体和形式感的回归。1980年我的参展作品是《后羿射日》，这个故事大家都知道，但是我的创作却是以形式创新为主要目的。

邱瑞敏：“文革”期间主要是做主题性创作，20世纪80年代即开始接近生活，在生活中取材，所以当时的参展艺术家都开始创作尺幅比较大的作品。

张雷平：从中国画来看，“文革”期间画花鸟、画山水都不被允许，所以人物画和主题画比较多。而20世纪80年代的两次青年美展，评审方面开始宽松起来，参展的中国画中有许多花鸟题材、山水题材。

杨顺泰：我当时的参展作品取名《材》，表达出“木材”和“人才”的双关语。这正是20世纪80年代我们对艺术的一种愿望和渴求。

周长江：上海青年美展的侧重点就在于对艺术形式的探讨。这些作品共有的一个特点即体现出青年人的热情，一种反叛传统形式的观念，虽然还不成熟，但能起到承上启下的作用，在那个时代非常有意义，因为这让当时的公众知道了绘画的形式是多种多样的。

朱国荣：现在来看，这两次上海的青年美展确实具有深远的意义。不仅从展览中涌现出一批可以代表20世纪80年代艺术风貌的作品，而且这些艺术家逐步成为中坚力量，在整体上确立了目前上海地区的艺术风格和追求。

● 1986年至1993年的“上海青年美术作品大展”

卢　缓：在1980年和1985年两次上海青年美展的成功举办之后，“上海青年美术作品大展”作为一种机制初步确立，并以两年一次的形式连续举办了四届，主办方是成立于1985年的新机构——上海青年美术家协会，展览场地也由先前的青年文化宫（上海大世界）转移至上海美术馆。从展览的策划、组织、参与方到艺术家、评审人都是青年唱主角，以至于当时这个展览获得了广泛的声誉，成为了一个重要的展览品牌。举办这个展览的真正动因为何?

沈浩鹏：“上海青年美术作品大展”的举办是建立在1980年“上海市青年美术作品展览”和1985年“前进中的中国青年美术作品展览（上海）”的基础上的。当时的上海画坛已经呈现出百花齐放的状态，特别是青年艺术家追求的画风都非常多元。但当时可供年轻人展示的平台不多，正因为有了前两次的基础，1985年成立的上海青年美术家协会（由周刚、刘亚平主要负责），一是团结了上海的青年艺术家，二是做出了“双年展”的决定——两年举办一次上海青年美展。当时做出这样的决定十分大胆，因为当时双年展在中国几乎为零。同时，青年美协讨论确定了“上海青年美术作品大展”这个名称，这名称也奠定了一定的权威性。

周长江：当时全国各地民间团体非常多，但上海没有。我们就以《青年报》的名义牵头，组织上海青年美术家协会，想把上海的青年调动起来，实际上是为了把原本上海都是个体进行探索的方式，做一次集体亮相。

黄阿忠：上海青年美术家协会举办上海青年美展，有它的历史原因。其一，改革开放后美术相当活跃，美术青年也特别多，但当时那么多展示的舞台，大部分都没有青年艺术家参展的机会。其二，'85新潮以后，美术界、思想界、学术界、舆论界相当活跃，必须要有一个载体、一个平台来呈现这种活跃的状态，在这样的情况下，"上海青年美术作品大展"应运而生了。

卢 缓：从1986年到1993年举办的四届上海青年美术作品大展，虽然持续时间不长，但是已经在展览形式、画种、规模、组织方式、组织人员等环节上形成了一定的机制。同时，在后两届上海青年美展上出现了上海凤凰自行车公司等的单位赞助。可以说，这是一个有着一定组织基础和展示模式的艺术展览，从展览机制上来谈，这几年间经历了怎样一个逐步完善的组织过程？哪些组织形式被固定下来，它具有哪些特殊性？

周长江：这个展览的组织方式是报名、征集，然后成立艺委会进行评选，推出一等奖、二等奖、三等奖。我觉得这样的评选对上海整个青年美术创作具有推动力，因为每一届的获奖者后来都成为了上海美术界的中坚力量。但这个展览与全国性的其他美展不同，全国性质的展览都有一定的主题，比如国庆多少周年、建党多少周年，而我们的青年美展不设主题，每个人拿出最好的作品，在展览里互相欣赏、互相交流、相互促进。

沈浩鹏：我记得当时参展艺术家都是骑着自行车、三轮车把自己的画送来，报名的人数非常多，每届都有一二千人。上海青年美协的理事会成员就成为了工作人员，收集稿件等工作相当忙碌，收件工作就在展览场地上海美术馆。收件结束后进行初评、复评，连续几天都在上海美术馆里评选、布展。第一届展出后获得了广泛的社会影响，有许多青年艺术家要求入会，后来艺术家为了参加上海青年美展而进行创作，单位里是允许请工假，这是很有意思的事情。

黄阿忠：到了1986年，我们青年艺术家有了一个组织，也开始有计划地去组织展览，那个时候大家不为利，而是为大家争取一个可以争鸣的地方。每次展览都有一二千件来稿，但场地原因，入选参展作品只能有一二百件，十分之一都不到，因此能选上是很大的荣誉。

卢　缓：“上海青年美术作品大展”是以征集、评选为主要模式，与主题先行的策展人制的展览模式不同，那么评选的过程和结果就成为了最受公众关注的环节。当时评选依照怎样的标准进行?

周长江：当时评选首先看作品是否有新意，没有新意是不会被选上的。其次是技法要好。最重要的是在众多作品里面必须与众不同，展示出新的气象。

沈浩鹏：评选的标准是以技巧、形式、构图、色彩等方面为主，在画种、风格上比较开放。虽然作品多以模仿西方风格为主，但是加入了个体思想和个性化表达。我记得周嘉政用自行车零件创作了一男一女两个形象，已经带有了装置意味，还有刘亚平的作品，也比较抽象、比较前卫。

朱国荣：最重要的是创造性，哪怕有点不成熟，但一定要有个人面貌，且这个面貌是其他作品所没有的，这样的作品会评到一个很高的奖项。

黄阿忠：我觉得上海艺术家比较“洋派”，换一句书面语来说，就是比较注重审美，擅长以抒情的方式打动观众。因此，我们评选这些作品的时候，也不免带了这样的因素。
刘亚平：1986年“首届上海青年美术作品大展”评奖的时候，评委没有回避，也都参与了展出。因为当时考虑评委也是比较出色的青年艺术家，只要画得好，都可以参加评奖，例如张健君、周刚等尽管是评委，但都获得奖项和展出。到了1988年“第二届上海青年美术大展”就设立新规定，评委只能参展，不能获奖，这点也符合展览宗旨，力求推介更多的青年艺术家。

卢　缓：从这四届展览所形成的社会影响力得知，当时媒体宣传做得十分到位，除了常规的操作方式以外，作为半官方性质的“上海青年美术作品大展”在宣传上有什么独到之处?

沈浩鹏：这个展览在宣传上有一个很大的优势，就是我在《青年报》工作，其他报社的记者基本都被请到组织方的理论组来，所以宣传规模很大。其中最重要的人是何振志先生，她的评论文章当时有很大的影响力。

张雷平：这些记者中不少有学习艺术的背景，他们自己喜欢美展，眼光又比较准确和锐利，对扩大青年美展的宣传很有利。

卢　缓：俗话说，兵马未动，粮草先行。资金是展览的命脉，“上海青年美术作品大展”的启动资金和办公资金来源于上海青年美术家协会的拨款，而画册、奖品或奖金等来自于一些公司的赞助，当时具体情况如何?

周长江：主要经费靠拉赞助解决，赞助的资金由组织方来操作，主要是解决一些运输费用、展览馆的场地费用、研讨会和画册的费用。

沈浩鹏：因为当时我们坚持每一届都要做画册，所以必须要去找赞助。首届的画册是我设计的，我记得当时找了一位学画画，后来分配在印刷厂工作的人，画册就在他们厂里进行印刷，只有封面是彩色的，内页都是黑白的。后来几届，我记得黄阿忠去找了他的学生，是在凤凰自行车厂工作，因为当时凤凰、永久自行车都是有实力的企业，但对大部分企业来说，当时的广告回报几乎没有什么效应，企业属于完全非盈利的资助。

黄阿忠：我记得为了1990年“第三届上海青年美术大展”的赞助，我们动了许多脑筋。我有位学生在新沪钢铁厂的宣传组工作，请他牵线拉这届展览的赞助，我建议举办“新沪杯美术评奖活动”，希望新沪钢铁厂赞助三千元，主要用于奖品和画册的印刷。1993年“第四届上海青年美术大展”，我一位学生在凤凰自行车厂工作，他们厂给我们赞助了一辆最新式的凤凰牌自行车，所以那一届的一等奖奖品就是一辆凤凰牌自行车，颁奖的时候场面很热闹，请乐队，放鸽子，气势宏大。我们用最少的钱办了一次轰轰烈烈的事。

卢　缓：20世纪90年代初，随着改革开放步伐不断深入，西方艺术思潮全面影响了中国的美术界，许多青年艺术家选择了学习和实践西方艺术的样式，同时商品经济的发展也促使了艺术界在观念上的转型，这样的文化大背景应该更促进青年美术的发展，而上海青年美展为什么销声匿迹了?

沈浩鹏：没有继续举办的原因，一是组织者本身对这个展览已经不像之前那样满腔热情，不少人出国或者离开上海青年美协的工作岗位；二是团市委本身的人员调动，经费方面出现了问题；三是社团整顿，上海青年美术家协会的组织机构解散了，所以无法继续下去。

李　磊：首先是因为这批组织者长期积聚的能量和热情已经释放掉了，一些早期参展的人，也已经得到社会认可，又在各单位担任一定职务，他们日常的行政事务很多，“在野”心态没有了，做青年美展要有一点“在野”心态，这时候状态已经不一样了。其次是当时涉及到社团整顿的大背景，没有组织就没有牵头者了。

● 1999年至今的“上海青年美术大展”

卢　缓：1998年肖谷、李磊等后继者又重起炉灶，重新拉开了“上海青年美术大展”的大幕，并且持续至今，每两年举办一届。展览名称重新定为“上海青年美术大展”，2001年之后把这个展览的组织工作真正落户于上海的刘海粟美术馆。与之前的上海青年美展相比，起因、性质、目的、意义都已不同。在世纪交替之际，中国的艺术界从创作、经营到收藏、研究都经历了一场大转型，为什么这个时候又会选择上海青年美展这个艺术项目呢?

肖　谷：1998年，我和李磊都在上海市文化局工作，我们重提上海青年美展这件事情，并且做了大量的前期筹备工作，等这些工作都比较完整以后，移交给刘海粟美术馆来具体操作。当时张桂铭任刘海粟美术馆馆长，他和文化局的领导都非常支持上海青年美展这个想法，从此以后上海青年美展就成为刘海粟美术馆的一个品牌性展览，一直延续至今。

李　磊：当时我在上海市文化局团委工作，肖谷在文化局的创作中心，我们两个又找到刘亚平，提出还想做上海青年美展。当时是出于什么考虑呢？以前的上海青年美展已经成为推介青年艺术家的重要平台，而此后几年青年的创作沉寂了，呈现青黄不接的状态，市美协对作品要求又很高，青年人更没有了展示的机会。我们当时就想要解决几个问题：第一，要把"上海青年美术大展"这个品牌恢复起来，能够让它成为青年人不断成长的一个机会；第二，要通过青年美术大展推动美术创作。所以那时候我和肖谷一起去上大美院和戏剧学院等地进行动员，去看他们的作品，为的就是要保证作品质量。后来，这个事情是以文化局团委的名义牵头，得到了文化局领导的支持，召集方方面面开会协调，当时就决定由文化局出面，文化局和团市委主办，场地放在刘海粟美术馆，张桂铭馆长相当支持。

1999年"上海青年美术作品大展"开幕以后，我们就考虑怎样让青年美展持续地办下去。当时成立了上海市青年文学艺术联合会美术专业委员会，但经过对前几届青年美展停办原因的分析，认为靠协会举办是不行的，靠个人的热情更不行，必须要体制化。在向上海市文化局领导请示后，决定放在刘海粟美术馆，作为常设项目。当时认为，上海美术馆有"上海双年展"，刘海粟美术馆有两年一届的青年美展，这样两个单位都有比较重要的美术品牌活动来进行。

卢　缓：2001年之后，"上海青年美术大展"正式成为刘海粟美术馆的一个常设性质的自主项目，从经费到人员获得了制度化的保障，那么在展览的运作上发生了哪些变化？

张培成：2001年"上海青年美术大展"正式扎根在刘海粟美术馆，从那时开始我们两年举办一届，不断有新的拓展。2001年展览收到的稿件比1999年多了二百多件，1999年是四百多件，2001年是六百多件，应该说这样的成绩已经不错了。2003年又有了一些突破，收到了一些外地艺术家的作品，比如何汶玦的《游泳》。2005年的青年美展我们正式向外省市征集稿件，到了2007年，稿件量达到了七千多件，比原先的六百件翻了十倍多。虽然我们每届都设有主题，但主题非常宽泛，设立主题的目的是为了表达策划的主张，比如说2007年的主题是“从这里出发”，因为我们觉得今天的艺术有很多已经不是从这里出发，可能从欧洲出发，可能从美国出发，“从这里出发”强调了本土概念。

卢　缓：“上海青年美术大展”落户刘海粟美术馆之后，仍旧保留了征集、评选的展览模式，这与近年来国际流行的双年展模式完全不同。正因如此，征集、评选成为了上海青年美展广受青睐的重要原因之一，那么在挑选评委这个环节中，刘海粟美术馆是依照怎样的标准来确定评委名单?

张培成：从评委名单里可以发现，里面多为技术好、观念新的艺术家组成，这正是我们评选工作的首要原则。我们的评选相对来说是公正的，当然公正的评选也会带来结果的不公平，因为我们的“公正”是完全根据票数来决定。虽然评委的构成没有分画种，可能画油画的艺术家看国画作品会有偏差，画国画的艺术家又不一定能对油画创作十分了解，但他们都是非常成熟的艺术家，所以这种偏差造成的影响极低。

邱瑞敏：就我参与的几届评选工作来看，现在的上海青年美展参展作品风格更加多样化，年轻人的思维很活跃，想象力比较丰富，而且更加注重创新。

● 上海青年美展的展览机制

卢　缓：尽管上海青年美展的举办几次易主，经历了不少变动和波折，但是它征集、报名、评选、参展、获奖的展览机制被沿用至今，而且形成了一定的运作模式，在当今多元化的展览本体发展过程中独树一帜。这种展览的运作模式是否能符合当前的艺术发展形势?

李　磊：我反对有些大展用策展人制度，尤其是像“上海青年美术大展”，更不能搞策展人制度，因为策展人制度就是“圈子”，比如上海美术馆的“上海双年展”，它是在一个学术主题统领下，由策展人选择艺术家参展，它只选择合适的。

张培成： 我们还是用征集的方法在操作上海青年美展，而不是由策展人来“点名”。这样，每个青年人都可以自由投稿。正是因为采用征集的方法，青年人都把这个展览当一回事，好多青年艺术家上一届没选上，这两年就摩拳擦掌，准备下一届的作品。如果一下子来个策展人，做个邀请展的话，很多青年人的希望就落空了。经过大家的商量，还是继续走“征集”的老路子。这不同于国际上的双年展，我们是一个让青年人脱颖而出的平台。

● 30年来上海青年美展的价值与意义

施大畏： 上海青年美展已经走过了30年，我觉得青年美展是上海美术的一个品牌，它是青年艺术家展示自己才能、展示自己思想状态的一个非常了不起的展览，所以在公众的心目中有很重要的学术地位，青年美展成为了每位青年艺术家成长发展的必经之路，我觉得很有意义。

周长江： 我们这代人的想法其实已经与前辈不同，特别是对艺术形式的热情已经在中青年里面广泛流传，各种新样式都在这个阶段出现，因此每一届的青年美展对于年轻人探索艺术新风气来说，起到了很好的示范作用，一、二、三等奖的设置其实都是鼓励一种新的样式出现，它有一个广泛的主题，但又没有非常具体的限制，主要还是考察每位艺术家在艺术形式上的创造能力。从这点来讲，上海青年美展对上海整个艺术样式的创造起到了很好的推动作用，形成了很好的艺术风气，为上海的抽象绘画、纯形式等的研究营造了一种氛围。而上海青年美展的平台给所有的青年人，包括在校读书的青年学生，提供一种表现自己的可能性，所以参加的人数和积极性都与届俱增。

刘亚平： 青年艺术家通过青年美展这样一个平台被社会认可，被美术界的专家认可。参加青年美展和获奖经历对青年艺术家来说是非常重要的证明，证明自己的才能，证明自己的实力。

黄阿忠： 青年美展的最大价值在于活跃了画坛的气氛。同时有一种意义，就是它坚持不懈地在进行绘画语言的探索，有前卫的思想，也有传统的继承。青年美展为年轻人提供了一个展示自己绘画语言、观念以及形式的机会。

肖　谷：除了陈逸飞之外，上海65岁以下比较著名的艺术家基本上都参加过上海青年美展，后来中央美院的学生何汶玦、四川美院的学生赵晓东等，都是在上海青年美展得奖后被社会关注、被社会知晓，上海青年美展实际上就是起到了培养青年艺术家的作用。

李　磊：上海青年美展的整个发展对上海视觉文化的推进是非常重要的，它更多的是在于总体的推进，而不在于一个具体流派或个体的推出。上海青年美展是征集、评选性质的，而不是凭策展人、理论家的主观意识推选的，也不是沙龙性质的，它是社会化的，因此能反映上海在这二三十年里青年美术发展的整体脉络和水平。

● 上海青年美展的发展方向

卢　缓：上海青年美展已经深入人心，为上海一带的青年美术人才培养起到了积极的推进作用，其历史功勋毋庸置疑。面对21世纪文化的大变革时期，特别是面对全球化文化的语境，上海青年美展也在寻找适应当下青年艺术发展的一种展览模式。正因如此，目前上海青年美展已经面向全国范围征集作品，甚至有组织者希望将来能面向国际，成为一个国际性的展览品牌，那么上海青年美展的未来如何定位将更加有益?

朱国荣：回顾上海青年美展走过来的这条路，最初其实是竞赛性的办展方式，大家都可以参加，今后可以尝试一些改变，做成上海青年和外地青年的交流展，也可以做中国青年和外国青年的交流展，这样范围就更大了。其实，青年美展在举办方式上、主办单位上、理念上都可以是多元的。

施大畏：上海青年美展定位在“上海”两个字上，但是上海又是一个特殊的开放性城市，除了上海本身的人才资源以外，它必须吸纳全国乃至全世界的艺术人才，来共同研究探讨我们的艺术发展。把上海青年美展变成一个全国性的乃至国际性的青年美展，这个思路非常了不起，但是我们要做的还很多，比如说评审机制、策展机制、运作模式等等，都得进一步思考。我觉得今后上海要成为国际大都市，要文化大发展，必须努力打造全国性的上海品牌，这样上海的资源才会逐渐扩大，因为地域的资源毕竟是有限的，我们通过上海特殊的地理位置来吸引全国的艺术家到上海共同唱这台戏，这台戏才会唱得更好。

周长江：“上海青年美术大展”如果要做得踏实一点的话，在全国青年参加的同时，还是应该以上海为主。如果把征集范围扩大到全世界的话，就会涉及很多意识形态问题、画风问题、评奖问题、评选方法问题，操作会比较困难。我的建议是做专题性的研究，把现在我们所具有的各种类型的艺术样式和新观念，通过不同类型的展览来进行展示，这对学术上的进一步梳理会有好处。对年轻人来说，也可以比较早地建立自己的学术观点和学术自信心。在今天这样一个改革开放的时代，在今天这样一个艺术特别引人关注，艺术市场蓬勃兴起的时代，如何引导青年人走健康的艺术道路，是最关键的。而就青年美展的组织方式来说，它的组织机构应该年轻化，因为每一代人的想法都不同，全部让青年人来做这件事情，他们的出发点肯定会和我们不同，会更符合年轻人现在的时代背景和他们现在的一种愿望。

张培成：我希望上海青年美展可以让年轻人自己来做。就像20世纪80年代的青年美展，当时那批艺术家，他们既是组织者，又是参与者，我觉得这是一件非常好的事情。在当代艺术很红火的今天，我们还是要保持冷静的头脑，因为从历史发展的眼光来看，最后留下来的不能仅仅是时髦的东西，时髦的东西很快就会不时髦，而好的东西才能真正留下来。我也借用当代的一句话，就是：青年美展应该是更当代的，但是这个“当代”的含义，它不应该是由外国人的价值观来选择的，而应该是我们全体艺术家、我们的全体人民来选择。社会在变革，社会在前进，我们的艺术当然应该跟着这个社会向前进，越办越好。

李　磊：上海青年美展要名副其实。现在随着文化的发展和市场的繁荣，青年人参与各种展览的机会越来越多，这本身是件好事，但要发挥好青年展的作用。因为这个展览的机制、运营及产生的作用与画廊展、艺博会不一样，它是一个公共平台，它最后的结果是社会认可，这和商业认可、圈子认可的意义是不一样的。我觉得上海青年美展还是要立足于上海，我不是很主张要搞成一个世界性的、国际性的展览，因为它的重点还是在于推动本地区青年的成长和创作。所以可以分两个展览来做，征集评选的上海青年美展一定要以上海本地为主，如果要打造一个全国或者国际平台，可以采用另一种方式，比如说全国或国际青年邀请展。这样就形成了对比，将以推荐方式、邀请方式举办的青年美展和用评选机制进行选拔的青年美展进行对比，但目的还是促进本地青年美术的发展。

肖　谷：30年来的十一届上海青年美展，对上海的文化发展来说，有其特别的意义，借纪念改革开放30周年之际，认真梳理一下30年来的历程，对今后的发展史极为有益，它至少可以提供六个方面的经验：一是机制的规范化，二是征集的宽泛化，三是标准的多元化，四是评审的投票化，五是展示的品牌化，六是气息的本土化。我赞成上海青年美展应该让年轻人来自己做的建议。愿上海青年美展一往无前。

1980年
“上海市青年美术作品展览”概述

1978年12月18日，党的十一届三中全会召开，奏响了中国改革开放的序曲。沉寂了多年的中国社会开始酝酿新的变革。思想枷锁的开解使得社会、经济、文化等各个领域都显现出百废待举的活跃气象。

踏入20世纪80年代，中国美术界开始从“文革”中幡然醒悟，他们大胆突破艺术禁区，在对“文革美术”进行反思的同时，从创作实践与理论研究上都开始追求新的艺术样式，尤其是以上海为中心的江南地区的艺术家逐步向艺术本体回归，提倡面向现实情景，从生活中获得真切的感受，才是艺术创作摆脱陈旧模式，保持与时代同行的正确途径。

1980年3月25日，由中国文化部、共青团中央和中国美术家协会联合发文举办“第二届全国青年美术作品展览”的通知，号召全国各省、市根据自身实际情况，采取有效措施，充分发动群众，组织地区内的专业及业余青年美术工作者进行创作。应该说，此次展览是粉碎“四人帮”以后第一次全国规模的青年美术作品展览，这无疑促进了上海青年美术的整体发展。为了配合1981年“第二届全国青年美术作品展览”，上海市文化局、共青团上海市委员会和中国美术家协会上海分会在1980年9月举办了“上海市青年美术作品展览”，来选拔优秀作品推荐至全国青年美展。这次展览也成为了今后“上海青年美术作品大展”的雏形。

1980“上海市青年美术作品展览”前言

自粉碎“四人帮”以来,上海群众美术非常活跃，出现了令人兴奋的蓬勃现象，热别是涌现了一大批青年美术作者。他们在党的领导下,在“双百”方针的鼓舞下，努力学习，敢与实践，创作了大量的美术作品。这些作品，对于解放思想，振奋精神，丰富生活，培养青年高尚品德和审美观念，鼓舞他们在新的长征中，向四个现代化进军，起了积极的作用。

这里展出的二百多件作品，是从一千五百多件来稿中选出来的，都处于35岁以下各单位的专业与业余作者之手。作品由中国画、油画、雕塑、版画、漫画、连环画、剪纸等，题材融合形式风格都比较丰富。

通过这次展览。广泛听取意见，从中选拔优秀作品，送北京参加“第二届全国青年美术作品展览”。

中国画

陈　明	春雨
韩碧池 丁国韦	向往
华国勤	麦积山石窟
胡永凯	枫叶红了
王伟义	难民图
桑麟康	迷
乐震文 张　池	育林成材
朱小明	神农架放木
汪大刚 翁丽华	盼
谌孝安 桑麟康	小憩
杨德瑛	山水
丁筱芳	香味满园
陈世宗	花鸟
陆维华	代价
贺国光	苦练之伏
朱振东 王德水	生命的价值
李容容	葵蝶图
孙姗姗	白荷图
陈　鸣	悔
张雷平	蜀葵
谌孝安	不愿人间拖锁链
吴秀丽	潮
胡永凯	姐妹花
周　俊	傣家午姿图
陈世宗	鹰
丁筱芳	农场电视中学
陆维华	红娘书记来一段
殷介宇	密林深处
林凡 汪凯民	春
秀国平	春意
周根宝	开业
余家乐	盼
曹　复	头像习作
王仁亮	明天更幸福
张　恢	少女
朱双海 张广力	争艳
黄民华	速写
何承锡	鹦鹉凌霄
袁宗杰	白描习作
沈浩鹏	人物
王建国	玄奘重生，乘愿再来
应诗流	花鸟
华国勤	夔门天下险
闻　俊	雨中飞瀑
沈　虎	麦临圩场
施忠平	岗位
朱　敏	山水
盛姗姗	绿色的早晨
张培成	后羿射日
高泽永	阿姨像妈妈
姚海斌	滨海晨啸
周正民 石奇人	闹春图
沈伟宁	山水
韩以昕 马亚兵 孙心华	栓柱，你错了
韩以昕 孙心华	未婚妻的来信
唐秉根	山水
瞿祖慰	花卉
陶亚杰	唤醒林源千古眼
董之蕾	花卉
陈心懋	队会
施大畏 韩　硕	我要向毛主席报告的

油画

郑银喜 张中元 陈浩东	艺术　生命
郑国权 韦　康	我要
赵　滨	博物馆一角
王绍飞 方　昉	亲切的关怀
王国梁 蒋奇谷	前
陈　坚	渔光曲
菅齐骏 菅伟骏	沃土
黄阿忠	山村
裴自春 丁如忠	盼
邹鸿民	下班
张东麟 陈伟东	创业者
刘耀真	离骚
陈伟德	黄帝的子孙
邱瑞敏	大海在召唤
姜荣根	志
王德亮	蜜在花中采
朱　刚	祖国您好
丁力平	林
晓　友 胡　强	霞光曲
王莉华	拾贝
胡　刚	思考·期望
王琮卫 石　炯	任重
质　钢 俞晋中	流——青年与十年
周长江	生命
贝家骧	憧憬
王永强	当祖国需要的时候
俞晓夫	血沃
郭伟星	裁缝
洪祝安	山西一景
侯　宁	潮流
虬　耀	为大家开辟一条光明的路——忆瞿秋白同志
陆　廷	英雄
周长江 沈　虎	囚
王利国	能
徐建青	美
张敏清	为了明天
洪基杰	读
郑均杰	醒
冯明榴	献上最美的花
钱钦明	创业乐
刘国才	肖像
龙纯立 胡依仁	冠军的秘密
傅　钢	笑春花
王守生	路
王向明	漫长的路
方　庄 孟庆民	过去的时光

1981年“第二届全国青年美术作品展览”入选证

1981年“第二届全国青年美术作品展览”作品目录

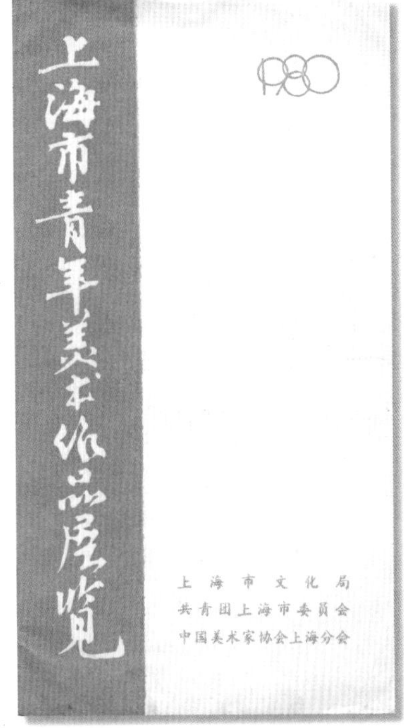

1980年“上海市青年美术作品展览”作品目录

前　　言

自粉碎“四人帮”以来，上海群众美术非常活跃，出现了令人兴奋的蓬勃景象，特别是涌现了一大批青年美术作者。他们在党的领导下，在“双百”方针的鼓舞下，努力学习，勇于实践，创作了大量的美术作品。这些作品，对于解放思想，振奋精神，丰富生活，培养青年高尚品德和审美观念，鼓舞他们在新的长征中，向四个现代化进军，起了积极的作用。

这里展出的二百多件作品，是从一千五百多件来稿中选出来的，都出于三十五岁以下各单位的专业与业余作者之手。作品有中国画、油画、雕塑、版画、漫画、连环画、剪纸等，题材内容和形式风格都比较丰富。

通过这次展览，广泛听取意见，从中选拔优秀作品，送北京参加“第二届全国青年美术作品展览。”

1980年“上海市青年美术作品展览”前言

目　　录

中　国　画

1.春　雨　　陈　明
2.向　往　　韩碧池　丁国书
3.麦积山石窟　　华国勤
4.枫叶红了　　胡永凯
5.难民图　　王伟义
6.迷　　桑麟康
7.育林成材　　乐震文　张　池
8.神农架放木　　朱小明
9.盼　　江大刚　翁丽华
10.小　憩　　湛孝安　桑麟康
11.山　水　　杨德瑛
12.香味满园　　丁筱芳
13.花　鸟　　陈世宗
14.代　价　　陆维华
15.苦练之伏　　贺国光
16.生命的价值　　朱振东　王德水
17.葵蝶图　　李容容

— 1 —

1980年“上海市青年美术作品展览”作品目录(节选)

陈　平	农家乐
魏　平	去延安
张　军 周培廉	探求
任丽君	春
胡依仁	老去愈知不足
史明华	苏州郊区的百果树林
陈永耕	劫后
沈东亮	该怎么办
王立威	理想与现实
任铁军 刘永才	育
蒋小洪	铁匠铺里的小伙子
王　恬 丁东亚	绿色的校园
杨顺泰	材
赵川夫	为了忘却的纪念
周培德	童年
许明耀	欢
石奇人	午
何祖明	明天
曹明华	细雨绵绵
胡晓云	憧憬
周豹健	婚事新办
陈　明	印象中的青岛
孟庆民	晨风
吕振环	晨光戏雾
宋建庄 袁忠德	鞋与路
沈松牛	村口小路
李群力 杨怀炎	盼望

雕塑

王根生	列车员
蒋思远	震后
张平杰	下棋的孩子
徐龙森	体坛新星
顾森骏	古代文学家张卫
王鸣敏	希望的星光
张海平	阳光下
吴慧明	珂珂
王公望	顾盼
余积勇	女工——母亲
陈海燕	娇燕
张德先	少奇同志像
刘明浪	溜冰
刘少华	吾将上下而求学
廖振强	读书
徐龙宝	温暖
徐龙华	彩云归
张泽平	三百年前的青年
王小蕙	养鸡姑娘
柴　标	幻想家
金泽棵	少女
胡国良	迎归
王志强	箭颂
陈古魁	屈原
吴慧明	思
王志强	上九天揽月
陈古魁	鲁迅

版画

卢治平	青春呵，你有多少梦！
朱国荣	午休
薛红根	鱼水情深
徐修伍	水乡
徐修伍	练兵图
徐龙宝、徐龙华	周总理故居
卢治平	花儿为什么这样红
戚惠忠	汇江积雨
杨德鸿	小男孩
王成城 刘宁蛟	石化新城
施正庆	灯光
章德青	收获
王羽寅	待

漫画

潘顺祺	圆好？方好？
沈天呈	蝇歌烟舞
潘顺祺	棋迷如幅
徐景祥	无题

连环画

韩　硕 施大畏	陈毅
刘斌昆	文昭关
傅关根	一只钱包
崔君沛	隋末农民起义
谌孝安 绿海林	双鹰展翅
季　平	六月雪
金　冈 崔君沛	贝多芬
王保兴 张南山 姜荣根	黑水英魂
殷恩光	樱桃花
刘为民	沉默的人
黄英浩	堡垒
周启民 林三琪	我爱她
娄　铁	最后一课
项　钢 贝家骧	荅草的眼泪

水粉画

林　树	青春的闪光
肖　谷	怀念北海的一个早晨
王聿豹	雨前
陈予钢	无声不语言
李守白	节奏
张路红	学游泳
江淮春	花颂
余小仪	朵朵友谊花
杨亚明	青春舞
翟祖华	保护环境
叶　导	中华腾飞
林　树	探索者
陈予钢	日暮春江传笛声
周六瑾	盈盈一水间
李守白	太阳岛上
姚尔畅	学习科学文化建设现代化国防！
王　正	丰收喜悦

剪纸及其他

邵承达	当代新人
李守白 李守仁	从我做起从现在做起
徐龙宝 徐龙华	上海三街一场
何建华	雷锋精神代代传
王　正	动物
陈心懋	被爱情遗忘的角落
许　雁	风景
曲磊工 周　合	科学家肖像
姚　南 朱德兴	蜻蜓点水
管齐骏	一出惊戏（四幅）

1980年 大世界（上海市青年宫）展出现场

1

学习科学文化 建设现代化国防！
XUE XI KE XI WEN HUA JIAN SHE XIANDAI HUA GUO FANG

2

3

5

第4版　第1511期　青年报　1980年9月26日

青春，美好的形象

—看"上海市青年美术作品展览"的油画作品

吴景泽

如果可以把造型艺术比作"无声诗"的话，那末，正在市青年宫展出的"上海市青年美术作品展览"上的许多作品，就象一首首优美的新诗。青年作者们用饱含激情的笔触、线条、色彩……来抒发他们对生活的感受和对未来的向往，来吟颂青年一代献身四化的高尚情操和奋发有为的思想风貌。不少作品以它们强烈的艺术感染力，激发起观者的共鸣。

《读》（洪基杰作），描写一个女青年正坐在公园的长椅上认真地读书学习。作者通过这个生活中常见的情景，反映了我们青年一代为社会主义四化建设勤奋求知的好风气。它的画面结构是简洁的，人物形象鲜明突出。长椅、水泥板以及人物坐着的姿态，形成了由横线和直线组成的构图，这就使得在视觉上产生一种稳定感，从而也有助于造成一个静境，而这正好适应了表现人物专心读书的特定情景的需要。

《午》（石奇人作），塑造了一位保育员的形象。作者描写她正利用孩子们午睡的时间，制作着各种玩具。在画面上虽然没有出现睡着的孩子，但通过对保育员的神情的恰切描绘和環境的烘托，使人不难感受到她对孩子们的亲切关怀。这幅风格朴实的作品，是对热爱平凡工作的人们的颂赞。另一幅题为《能》（王利国作）的作品，则歌颂了努力攀登科学技术高峰的人们。

《美》（徐建青作），描写的也许是自卫还击战中的英雄和他的未婚妻。它颂扬了男女青年间的高尚的、忠贞不渝的爱情。画面上出现的虽只是男女主人翁的背面和侧面，但它仍然足以表达对人物的美好内心世界的肯定。英雄的思想境界是美的，而能够珍视、爱慕这种美，也表现了这位女青年的内在美。

《生命》（周长江作），是一幅启发人们思考的作品。在一位青年人的脑海里，涌现出一个个已经为革命献出了宝贵生命的英雄形象，涌现出正在为祖国建设发出灿烂的生命火花的人物形象。它启发观者去思考：为了实现"四化"，你将怎么办？

看展出的油画，我感到尽管有些作品艺术上还不很成熟，但在青年人的笔下，都显得生气勃勃，富有青年的特色。当然，也有不足之处，即生活中的不少有意义的题材，还没有引起青年作者们的足够注意，这多少也影响了作品的多样性。

◇美　徐建青作（24岁）

◇生命　周长江作（30岁）

◇午　石奇人作（33岁）

◇童年　周玮德作（27岁）

◇欢　许明耀作（30岁）

◇能　王利国作（32岁）

◇读　洪基杰作（21岁）

◇鞋与路　宋建社　袁忠德作（23 24岁）

上海市文化局、共青团上海市委和中国美术家协会上海分会联合举办的"上海市青年美术作品展览"自本月二十五日起在市青年宫分两期展出。第一期展出了油画、雕塑等。国画、版画等其它作品将在十月十三日展出。

《青年报》 1980年9月26日 第1511期 第4版
此为1980年"上海市青年美术作品展览"媒体宣传

1980年部分参展作品

1. 姚尔畅 **雨花** 油画
2. 姚尔畅 **学习科学文化建设现代化国防**！ 水粉画
3. 张培成 **孔雀东南飞（之一）** 连环画
4. 张雷平 **蜀葵** 国画
5. 邱瑞敏 **大海在召唤** 油画
6. 朱国荣 **午休** 版画

1985年
“前进中的中国青年美术作品展览(上海)”概述

1985年为“国际青年年”。这是联合国大会于1979年根据罗马尼亚的倡议而决定的，它的主题是“参与、发展、和平”。

当时的中国是世界上人口最年轻的国家之一，有近三亿青年人，他们是中华民族的未来和希望。为了庆祝“国际青年年”，中国政府部门和群众团体举行了多种多样的活动，其中包括国际青年年中国组委会于1985年5月在北京举办的“前进中的中国青年”绘画艺术展。这个展览的成功举办使得它成为上世纪80年代中国美术史上的重要事件，也是'85美术新潮中的重要一环。

共青团上海市委员会和中国美术家协会上海分会在1985年2月26日至3月8日举办了“前进中的中国青年美术作品展览（上海）”，作为上海的青年美术工作者向国际青年年献上的礼物，同时也是为此次全国性展览进行上海地区的选拔工作。

1985年国际青年年标志

1985 “前进中的中国青年美术作品展览(上海)”前言

我们的话

置身于社会的大课堂,饱含对生活的眷爱,我们——上海的青年美术工作者用画笔谨向1985年国际青年年献上这份礼物。

青年，是深沉思索的一代、是热情探求的一代，是勇敢开拓的一代，唯能思索、能探求、能开拓才能前进。我们的画：记录了一代人前进的步履和节奏；注入了青年人特有的思想感情和艺术观念；蕴藏着青年人的性格和风采。我们的画：将更多地唤起同一代人的热情、参与、促进社会发展和进步的事业，以我们的聪明才智，为人类的和平作出不愧为我们一代人应有的贡献。

希望在于青年，未来属于青年。

上海《前进中的中国青年美术作品展览》展出作品目录

周长江	窗口（油画）
方 庄 虞建刚	参与、发展、和平——国际青年年主题（油画）
王向明 金莉莉	渴望和平（油画）
俞晓夫	轻些，孩子们正给毕加索的鸽子演奏哩（油画）
刘亚平	钢筋铁骨（油画）
贝家骧	渡（油画）
胡 冰	城市一角（油画）
张 敏 姜 敏	向上——中华崛起之力之势（油画）
健 君	设计Ⅱ号时间：10-2-1985 范围：心理空间 物理空间 目的：和平（油画）
张东麟 黄志彬	甲板 阳光（油画）
冷 宏	马车上的白杜鹃（国画）
王政革	青草地（国画）
谌孝安 施大畏	浦江的黎明（国画）
周 刚	橱窗前的村姑（国画）
王维新	幼成图（国画）
卢辅圣	腾飞图（国画）
施忠平	火里金钢（国画）
张广力	青春（国画）
王 青	友谊（国画）
周 俊	装（国画）
沈 虎	乌金组画（1）（国画）
姜明立	泰戈尔诗选插图（版画）
雪 儿	我和小猫（版画）
刘亚平	春天，我们的歌（版画）
刘 淳	宝钢人（版画）
黄玉兰	钢铁节奏（版画）
张安朴	我们的生活充满阳光（宣传画）
倪志琪 周上列	我们在第一个早晨诞生（宣传画）
方子虹 钟海宏	和平之歌（宣传画）
宋史坚	爱我中华，修我长城（宣传画）
王 洪 邵 屏	年轻的朋友来相会（宣传画）
黄阿忠 周长江	为了蓝的天空（油画）
瞿大刚 喻 干	风（油画）
戴 岱	天空和大地（油画）
叶智勇	博士仪式（油画）
陈伟德	现代企业（油画）
李荣平	大海铺路人（油画）
赵穗康	收工之后（油画）
韦 康	觅源（油画）
宋晓峰	还要往前去的足迹（油画）
陈予钢	欣慰（油画）
蒋 伟	赶集（国画）
周路明	火的节日（国画）
蒋奇谷	翔（国画）
桑麟康	生活（国画）
孙顺良	城里来的新娘（国画）
黄阿忠	小镇春风（油画）
周 俊	晚霞（国画）
张 恢	绿的季节（国画）
张 隆	熟（国画）
王洪 邵屏	学生咖啡馆（国画）
王国安	午（国画）
王立威	拾景（油画）
梁进青	白衣天使（油画）
毕 诚	晚餐（油画）
胡 冰	方与和谐（油画）
傅 骏	建筑师的桌子（油画）
金志兴	绿色的华尔兹 我们这代人的心境（油画）
殷 峻	红草地（油画）
章德明	第一课：龙的传人（油画）
顾 政	恬静的梦（油画）
胡项城 蔡国强	有龙凤的船（油画）
王 平	五点半的校园（油画）
李 晨	龙之子（油画）
陈小明 张中元	第一次邀舞（油画）
管伟骏	把希望带给人间（油画）
赵以夫	三月（油画）
余 欣	一夜春泉百重山（国画）
卢辅圣	东风应律（国画）
贺国光	伙伴（国画）
成生虎	江南水乡我的家（国画）
王 青	汲（国画）
朱晓云	秋艳图（国画）
葛幸福 施元亮	静女图（国画）
王嵒谷	苍山明月图（国画）
朱顺林	守白知黑（国画）
肖小兰	朝圣路上（版画）
吴坤强	描金（国画）
刘亚平	前奏（版画）
华逸龙	我们的世界（版画）
项 伟	动之以情（版画）
成生虎	万绿丛中有人家（国画）
丁筱芳	乳白（国画）
周正民 曹晓鸥	初生的太阳（国画）
张静宝	朝阳下的树林（国画）
张静宝	林雪之晨（国画）
肖 谷	夏风（版画）
郑方雯	鹌鹑荷花（国画）
柯 青	春消息（国画）
肖小兰	地下餐厅（版画）
姜明立	修船（版画）
柯 青	池塘骤雨（国画）
张喜福	东山所见（国画）
万 芾	新歌（国画）
孙 林	山色空蒙图（国画）
华逸龙	新课（版画）
陈 捷	水仙花（国画）
詹仁左	柳阴清栖（国画）
张德明	女学生的假日（版画）
沈 钢	面向未来（版画）
丁德武	湘西风情（六幅）（版画）
张秀龙	元宵乐（版画）
胡晓军	时代、信息、速跑（宣传画）
朱国勤 王卫平	全世界青年们用我们 自己的手来保卫和平（宣传画）
董卫星	以新的观念美化我们的衣着（宣传画）
任庆国 高学明	朋友，珍惜时光（宣传画）
张兰生 钱纲 陈建强	为友谊携手（宣传画）
董卫星	面向未来、面向世界、面向四化（宣传画）
乐震文 张 弛	搏击（国画）

1

我们的话

置身于社会的大课堂，饱含对生活的倦爱，我们——上海的青年美术工作者用画笔谨向一九八五年国际青年年献上这一份礼物。

青年，是深沉思索的一代、是热情探求的一代，是勇敢开拓的一代，唯能思索、能探求、能开拓才能前进。我们的画：记录了一代人前进的步履和节奏；注入了青年人特有的思想感情和艺术观念；蕴藏着青年人的性格和风采。我们的画：将更多地唤起同一代人的热情、参与、促进社会发展和进步的事业，以我们的聪明才智，为人类的和平作出不愧为我们这一代人应有的贡献。

希望在于青年，未来属于青年。

未来属于青年

汪道涵

一九八五年

三月?日

3

青谷 同志：

您的作品《夏风》(版画)入选上海《前进中的中国青年美术作品展览》，特发此证，以志纪念。

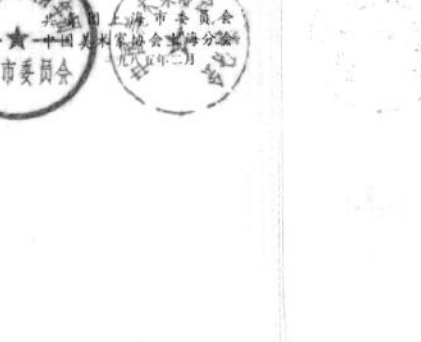

上海《前进中的中国青年美术作品展览》

主办 共青团上海市委员会 中国美术家协会上海分会

展出日期·1985·2·26—3·8

入场时间·下午1:30-3:00 晚上6:00-8:30

展出地点·上海市青年宫

6

1. 1985年 “前进中的中国青年美术作品展览（上海）”画册封面
2. 1985年 “前进中的中国青年美术作品展览（上海）”前言
3. 汪道涵 时任上海市市长 为1985年“前进中的中国青年美术作品展览（上海）”题字
4. 1985年 “前进中的中国青年美术作品展览（上海）”入选证
5. 1985年 “前进中的中国青年美术作品展览（上海）”入场券
6. 1985年为国际青年年举办的“前进中的中国青年”绘画艺术展览。此为展览画册封面

上海《前进中的中国青年美术作品展览》展出作品目录

口（油画） 周长江
与、发展、和平——国际
青年年主题（油画）
方　庄　虞建刚
望和平（油画）
王向明　金莉莉
些，孩子们正给毕加索的
鸽子演奏哩（油画） 俞晓夫
筋铁骨（油画） 刘亚平
（油画） 贝家骧
市一角（油画） 胡　冰
上——中华崛起之力之势
（油画） 张　敏　姜　敏
计II号时间：10—2—1985
范围：心理空间　物理空间
目的：和平
（油画） 健　君
板　阳光（油画）
张东麟　黄志彬
车上的白杜鹃（国画） 冷　宏
草地（国画） 王政革
江的黎明（国画）
诺孝安　施大畏
窗前的村姑（国画） 周　刚
成图（国画） 王维新
飞图（国画） 卢辅圣
里金钢（国画） 施忠平
春（国画） 张广力
谊（国画） 王　青
（国画） 周　俊
金组画（1）（国画） 沈　虎

22 泰戈尔诗选插图（版画） 姜明立
23 我和小猫（版画） 雪　儿
24 春天，我们的歌（版画） 刘亚平
25 宝钢人（版画） 刘　淳
26 钢铁节奏（版画） 黄玉兰
27 我们的生活充满阳光（宣传画）
张安朴
28 我们在每一个早晨诞生（宣传画）
倪志琪　周上列
29 和平之歌（宣传画）
方子虹　钟海宏
30 爱我中华，修我长城（宣传画）
宋史坚
31 年轻的朋友来相会（宣传画）
王　洪　邵　屏
32 为了蓝的天空（油画）
黄阿忠　周长江
33 风（油画） 瞿大刚　喻　干
34 天空和大地（油画） 戴　岱
35 博士仪式（油画） 叶智勇
36 现代企业（油画） 陈伟德
37 大海铺路人（油画） 李荣平
38 收工之后（油画） 赵穗康
39 觅　源（油画） 韦　康
40 还要往前去的足迹（油画） 宋晓峰
41 欣　慰（油画） 陈予钢
42 赶　集（国画） 蒋　伟
43 火的节日（国画） 周路明
44 翔（国画） 蒋奇谷
45 生　活（国画） 桑麟康
46 城里来的新娘（国画） 孙顺良

47 小镇春风（油画） 黄阿忠
48 晚　霞（国画） 周　俊
49 绿的季节（国画） 张　妆
50 熟（国画） 张　隆
51 学生咖啡馆（国画）
王　洪　邵　屏
52 午（国画） 王国安
53 拾　景（油画） 王立威
54 白衣天使（油画） 梁进青
55 晚　餐（油画） 毕　诶
56 方与和谐（油画） 胡　冰
57 建筑师的桌子（油画） 傅　骏
58 绿色的华尔兹——我们这代人
的心境（油画） 金志兴
59 红草地（油画） 殷　峻
60 第一课：龙的传人（油画） 章德明
61 恬静的梦（油画） 顾　政
62 有龙凤的船（油画）
胡项城　蔡国强
63 五点半的校园（油画） 王　平
64 龙之子（油画） 李　晨
65 第一次邀舞（油画）
陈小明　张中元
66 把希望带给人间（油画） 管伟骏
67 三　月（油画） 赵以夫
68 一夜春泉百重山（国画） 余　欣
69 东风应律（国画） 卢辅圣
70 伙　伴（国画） 贺国光
71 江南水乡我的家（国画） 成生虎
72 汲（国画） 王　青
73 秋艳图（国画） 朱晓云

74 静女图（国画）
葛本福　施元亮
75 苍山明月图（国画） 王蕾谷
76 守白知黑（国画） 朱顺林
77 朝圣路上（版画） 肖小兰
78 描　金（国画） 吴坤强
79 前　奏（版画） 刘亚平
80 我们的世界（版画） 华逸龙
81 动之以情（版画） 项　伟
82 万绿丛中有人家（国画） 成生虎
83 乳　白（国画） 丁筱芳
84 初升的太阳（国画）
周正民　曹晓鸥
85 朝阳下的树林（国画） 张静宝
36 林雪之晨（国画） 张静宝
87 夏　风（版画） 肖　谷
88 鹌鹑荷花（国画） 郑方雯
89 春消息（国画） 柯　青
90 地下餐厅（版画） 肖小兰
91 修　船（版画） 姜明立
92 池塘骤雨（国画） 柯　青
93 东山所见（国画） 张喜福
94 新　歌（国画） 万　蒂
95 山色空蒙图（国画） 孙　林
96 新　课（版画） 华逸龙
97 水仙花（国画） 陈　捷
98 柳荫清栖（国画） 詹仁左
99 女学生的假日（版画） 张德明
100 面向未来（版画） 沈　钢
101 湘西风情（六幅）（版画） 丁德武
102 元宵乐（版画） 张秀龙

103 时代、信息、迅跑（宣传画）
胡晓军
104 全世界青年们用我们自己的
手来保卫和平（宣传画）
朱国勤　王卫平
105 以新的观念美化我们的衣着
（宣传画） 董卫星
106 朋友，珍惜时光（宣传画）
任庆国　高学明
107 为友谊携手（宣传画）
张兰生　钱　炯　陈建强
108 面向未来、面向世界、面向四化
（宣传画） 董卫星
109 搏　击（国画） 乐震文　张　弛

编　辑　中国美术家协会上海分会
中国共产主义青年团上海市委员会

责任编辑　张大鸿　周　刚

装帧设计　方　昉

印　刷　上海市印刷十一厂

1985年 上海“前进中的中国青年美术作品展览” 展出作品目录

1985年部分参展作品

1. 谌孝安 施大畏 **浦江的黎明** 国画
2. 周长江 **窗口** 油画
3. 周 俊 **晚霞** 国画
4. 俞晓夫 **轻些，孩子们正给毕加索的鸽子演奏哩** 油画
5. 刘亚平 **春天、我们的歌** 版画
6. 王 青 **友谊** 国画
7. 沈 虎 **乌金组画** 国画
8. 胡项城 蔡国强 **有龙风的船** 油画
9. 刘亚平 **钢筋铁骨** 油画

10

11

13

15

1985年部分参展作品

10. 丁筱芳 **乳白** 国画
11. 黄阿忠 **小镇春风** 油画
12. 黄阿忠 **街口** 油画
13. 施忠平 **火里金钢** 国画
14. 王政苹 **青草地** 国画
15. 张安朴 **我们的生活充满阳光** 油画
16. 周 刚 **橱窗前的村姑** 国画

1985.3.22. 第四版　青年报

年轻人的画展

——观赏上海《前进中的中国青年美术作品展览》

雨 潮

你喜欢看画展吗？你可曾参观过上海《前进中的中国青年美术作品展览》？如果你去过的话，你一定会感到她风格多样、耳目一新。

油画《渴望和平》，表达了作者热爱生活、热爱自由的情感，作品既代表作者本人的心愿，又反映出各国艺术家渴望和平的共同理想。立意深远、构思巧妙的《年轻的朋友来相会》是献给国际青年年的宣传画，国旗组成的长城，象征着各国青年们"参与、发展、和平"的愿望。刘亚平的版画《春天，我们的歌》和王政军的国画《青草地》用不同的造型手法反映了青年人的生活。

追求高尚生活情趣的当代青年，崛起的中华体育健儿，搏浪前进的青年船夫，热爱艺术的孩子们，沉醉在友谊海洋里的中日青年……这里反映了画展的一个角落，但这又是一个窗口，从这里可以看到当代青年的求与索、欢与乐。

渴望和平（油画）　王向明　金将莉

向上——中华崛起之力之美（油画）　张敏　姜敏

年轻的朋友来相会（宣传画）　王洪　邓屏

搏 击（国画）　乐家文　张晓

轻些，孩子们正在毕加索的鸽子演奏哩（油画）　俞晓夫

友 谊（国画）　王青

春天，我们的歌（版画）　刘亚平

窗口（油画）　周长江

青草地（国画）　王政军

青年画刊

QINGNIAN HUAKAN 85 3

《青年报》　1985年3月22日　第4版

（此为上海“前进中的中国青年美术作品展览”的媒体宣传）

1986年—1993年
“上海青年美术作品大展”概述

1986年首届上海青年美术作品大展的举办，与’85美术新潮有着密不可分的关系。

1985年是中国现代美术的一个重要转折时期，对西方现代美术的学习和借鉴成为了当时青年美术的主要特征。自当年5月间为纪念世界青年年举办的“前进中的中国青年绘画艺术展览”起，在各地出现了一批自发的青年艺术群体及其美展，展现出一种普遍的中国美术新潮气象。

正是在这样的背景下，上海青年美术家协会正式成立，由此首届上海青年美术作品大展也正式孕育而生。从展览题目可知，这是一次大规模的青年美展，它是由上海青年文学艺术联谊会、上海青年美术家协会、上海市文化局艺术创作中心和《美术生活》杂志社联合举办，并由青年人自主筹备、组织、实施。从收件、评选到布置、展出，此次展览仅用了五天的时间，使得场地方上海美术馆的工作人员赞叹说：“唯有青年人才能办这样的展览。”本届展览分两批在上海美术馆展出，参展艺术家近两百人，年龄均在39岁以下，可以说是上海青年美术家的一次集团性的展现，在上海文化界产生了较大的反响。

上海青年美术作品大展以每两年一次的形式连续举办了四届，直至1993年中止。从展览组织上看，基本形成了一套从征集、评选到实施、展出的较为成熟的操作模式。上海一批颇具才华的青年美术家得到了一个重要的展示平台，也使得这个展览成为最具实力和影响力的青年艺术舞台，以至成为改革开放三十年来上海美术一个成功的展览品牌。

上海青年美术家协会负责人、理事名单

会长　俞晓夫
副会长　周长江
副会长　张健君
副会长　周　俊
副会长　刘亚平
理事长　胡志荣
副理事长兼展览部主任　黄阿忠
副理事长　王景国
秘书长兼办公室主任　沈浩鹏
副秘书长　陈　宁
副秘书长　蔡荣华
对外联络部主任　刘　坚

油画部

主　任　阮　杰
副主任　王景国
理　事　周长江　俞晓夫　张健君　黄阿忠　虞建刚　姜建忠　冯林景（女）
周文富　胡志荣

招贴·装帧部

主　任　袁银昌
副主任　张安朴
理　事　陆震卫、徐逸涛、蔡荣华

国画部

主　任　袁　顺
副主任　陈心懋
理　事　施大畏　施忠平　刘　坚　周　俊　沈浩鹏

插图·连环画部

主　任　沈　勇
副主任　季　平
理　事　陈　宁　陆　华

版画部

主　任　姜明立
副主任　肖小兰（女）
理　事　肖　谷　刘亚平

漫画部

主　任　沈天呈
副主任　吴同利

雕塑部

主　任　杨冬白
副主任　余积勇
理　事　周培德　徐龙森

理论部

主　任　黄　石
副主任　陈　文（女）
理　事　李　超　张平杰　端木复　郑丽娟（女）　邓　键

首届上海青年美术作品大展 评委会

顾　问：沈柔坚
主　任：范希平
副主任：方增先　严明邦　胡晓申　韩　敏
评　委：范希平　方增先　严明邦　胡晓申　韩　敏　何振志　俞晓夫
周　刚　刘亚平　施大畏　周长江　王向明　徐克仁　王劼音
张安朴　姜明立　朱联忠
筹备组成员：周　刚　卢治平　张健君　黄阿忠　冯林景

获奖者名单

一等奖：健　君　周　刚　俞晓夫
二等奖：周培德　姜明立　王益辉　周长江
三等奖：赵以夫　吉健解　汪伊达　丁　乙　刘亚平　郑辛遥　黄阿忠
沈浩鹏　徐逸涛　张安朴　张东麟
鼓励奖：潘促武　谭根雄　葛俊辉　冷　宏　刘树春　许宗苓　沈　虎
周上列　倪志琪　张平杰　张国梁　肖小兰　王小君　王向明
金莉莉　虞建刚　陈　辉　王政苹　张继文　赵无思　周　潜
韦　康　周　俊　李荣平　韩　峰

入选者名单

健　军　周　刚　俞晓夫　周培德　姜明立　王益辉　周长江　赵以夫
吉健解　汪伊达　丁　乙　刘亚平　郑辛遥　黄阿忠　沈浩鹏　徐逸涛
张安朴　张东麟　潘仲武　谭根雄　葛俊辉　冷　宏　沈　虎　许宗苓
刘树春　周上列　倪志琪　张平杰　张国梁　肖小兰　王小君　王向明
金莉莉　虞建刚　陈　辉　王政苹　张继文　赵无思　周　潜　韦　康
周　俊　李荣平　韩　峰　裴　晶　周文富　侯金林　冯林景　单露露
洪基杰　王达麟　凌　云　姜　敏　楼亦东　苦　寒　阮　忠　方子虹
张　玮　张中道　予　森　余积勇　杨冬白　朱　敏　张伟良　杨壁壁
陈志宏　王　剑　冯绮荻　袁国建　王本贵　张　淳　葛鸿亮　张志安
古　木　古　林　翁纪雄　胡志荣　张海平　沈天呈　程俊杰　雪　儿
黄玉兰　李　磊　张德明　肖　谷　朱国荣　戎学强　陈予钢　俞芹中
夏予冰　姚惠良　卞国良　周小平　胡若军　黄志彬　方　庄　王景国
江岳平　严克勤　胡　漂　陈　文　陶　野　乐震文　张　驰　孙小平
温大好　张海平　苏泽民　丁力平　王立华　胡　冰　韩立勋　丰　凡
傅振声　张新荣　冯　钢　傅培源　王立威　韩巨良　李禧麟　赵穗康
金书华　杨　斌　傅　骏　孙建伟　徐　珑　熊建奇　郭青介　张　隆
孙　良　徐　虹　贺　青　吴之明　田大军　赵为群　王国强　严平亚
萧　川　王永义　夏正大　李兴忠　王厚永　沈和年　游肇基　姜建敏
余志毅　俞舟伟　董文德　国　建　冯有康　张鸿俊　杜震君　闻　俊
张　恢　李　春　裴向春　冯　节　王国荣　唐玉芬　宋晓峰　金志兴
章德明　陆振华　贺国光　陈　鸣　周杰伟　徐龙宝　曹培安　王　洪
王也良　周国斌　庄光蔚　黄　勤　周　铭　张　军　戴春华　虞世超
王　正　曹锦大　吴德跃　王维新　王恒星　吴　坚　乐　坚　周正方
王垒谷　金　晨　李　增　彭国锋　姚　远　谢　珠　翟祖华　戴继斌
安　可　汤佩娟　周培德　一　辉　胡志荣　王　辉　张　敏

1986年“首届上海青年美术作品大展”画册封面

“首届上海青年美术作品大展”评委会

- 顾问：沈柔坚
- 主任：范希平
- 副主任：方增先　严明邦　胡晓申　韩　敏
- 评委：范希平　方增先　严明邦　胡晓申　韩　敏　何振志　俞晓夫　周　刚　刘亚平　施大畏　周长江　王向明　徐克仁　王劼音　张安朴　姜明立　朱联忠
- 筹备组成员：周　刚　卢治平　张健君　黄阿忠　冯林景

获奖者名单：

- 一等奖：健　君　周　刚　俞晓夫
- 二等奖：周培德　姜明立　王益辉　周长江
- 三等奖：赵以夫　吉健解　汪伊达　丁　乙　刘亚平　郑辛遥　黄阿忠　沈浩鹏　徐逸涛　张安朴　张东麟
- 鼓励奖：潘仲武　谭根雄　葛俊辉　冷　宏　刘树春　许宗苓　沈　虎　周上列　倪志琪　张平杰　张国梁　肖小兰　王小君　王向明　金莉莉　虞建刚　陈　辉　王政萃　张继文　赵无思　周　潜　韦　康　周　俊　李荣平　韩　峰

1986年“首届上海青年美术作品大展”评委会及获奖者名单

首届上海青年美术作品大展

入选者名单

健　君　周　刚　俞晓夫　周培德　姜明立　王益辉　周长江　赵以夫
吉健解　汪伊达　丁　乙　刘亚平　郑辛遥　黄阿忠　沈浩鹏　徐逸涛
张安朴　张东麟　潘仲武　谭根雄　葛俊辉　冷　宏　沈　虎　许宗苓
刘树春　周上列　倪志琪　张平杰　张国梁　肖小兰　王小君　王向明
金莉莉　虞建刚　陈　辉　王政萃　张继文　赵无思　周　潜　韦　康
周　俊　李荣平　韩　峰　袁　晶　周文富　候金林　冯林景　单露露
洪基杰　王达麟　凌　云　姜　敏　楼亦东　苦　寒　阮　忠　方子虹
张　玮　张中道　予　森　余积勇　杨冬白　朱　敏　张伟良　杨壁壁
陈志宏　王　剑　冯绮获　袁国建　王本贵　张　淳　葛鸿亮　张志安
古　木　古　林　翁纪维　胡志荣　张海平　沈天呈　程俊杰　雪　儿
黄玉兰　李　磊　张德明　肖　谷　朱国荣　戎学强　陈予钢　俞芹中
夏予冰　姚惠良　卞国良　周小平　胡若军　黄志彬　方　庄　王景国
江岳平　严克勤　胡　漂　陈　文　陶　野　乐震文　张　驰　孙小平
温大好　张海平　苏泽民　丁力平　王立华　胡　冰　韩立勋　丰　凡
傅振声　张新荣　冯　钢　傅培源　王立威　邬巨良　李楠麟　赵穗康
金书华　杨　斌　傅　骏　孙建伟　徐　珑　熊建奇　郭青介　张　隆
孙　良　徐　虹　智　青　吴之明　田大军　赵为群　王国强　严平亚
萧　川　王永义　夏正大　李兴忠　王厚永　沈和年　爵肇基　姜建敏
余志毅　俞舟伟　華文德　国　建　冯有康　张鸿俊　杜震君　闻　俊
张　恢　李　春　裴向春　冯　节　王国荣　唐玉芳　宋晓峰　金志兴
章德明　陆振华　贺国光　陈　鸣　周杰伟　徐龙宝　曹培安　王　洪
王也良　周国斌　庄光蔚　黄　勤　周　铭　张　军　戴春华　虞世超
王　正　曹锦大　吴德跃　王维新　王恒星　吴　坚　乐　坚　周正方
王伞谷　金　晨　李　增　彭国锋　姚　远　谢　琢　瞿祖华　戴继斌
安　可　汤佩娟　周培德　一　辉　胡志荣　王　辉　张　敏

1986年“首届上海青年美术作品大展”入选

1986年“首届上海青年美术作品大展”入选证

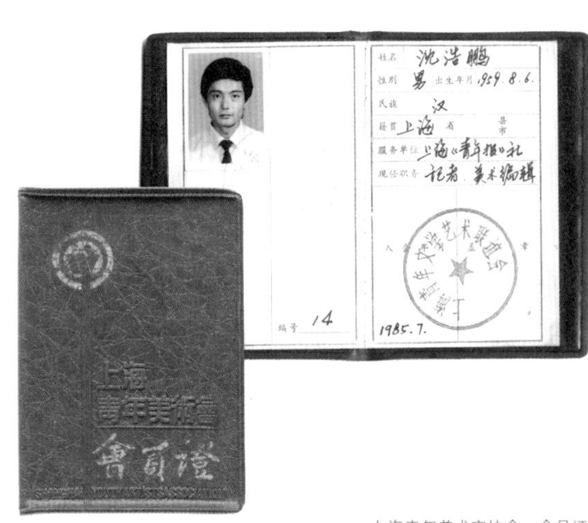

上海青年美术家协会　会员证

上海青年美術家協會，是上海地區青年美術家的權威性團體。成立於1985年，目前擁有會員300餘名，幾乎包括了所有上海的青年美術家的中堅。

上海青年美術家協會除了舉辦雙年度的"上海青年美術作品大展"外，還經常性舉辦各類聯展、個人展以及國內、國際間的美術交流展，並與世界各地的藝術團體和藝術家個人建立聯絡關系；還不定期地舉辦各類學術研討會和學術講座，旨在繁榮藝術創作、向世界推出一批美術界的新人；加深東西方文化的相互理解，從而致力於世界和平事業。

上海青年美術家協會的工作職能由理事會執行，理事會下設協會辦公室、對外聯絡部、展覽部及各種類美術部。

Founded in 1985, Shanghai Youth Artists' Association, an authoritative organization of young artists in Shanghai area, now has over 300 members and consists of almost all the backbone of young artists in Shanghai.

In addition to holding "Shanghai Young Artists' Works Exhibition" every two years, Shanghai Youth Artists' Association puts on different kinds of joint exhibitions, individual exhibitions and domestic and international artistic exchange exhibitions regularly and established liaison relations with artistic bodies or organizations and artists all over the world. In order to prosper artistic creation, introduce a new batch of talents in artistic circles to the world, deepen the mutual understanding of the eastern and and western culture and devote itself to the peace cause of the world, Shanghai Youth Artists' Association also sponsors academic symposia and lectures of various sorts at intervals.

The working functions of Shanghai Youth Artists' Association are executed by the board of directors under which there are Association Office, Overseas Liaison Department, Exhibition Department and art departments of different categories.

Brief Introduction to Shanghai Youth Artists' Association

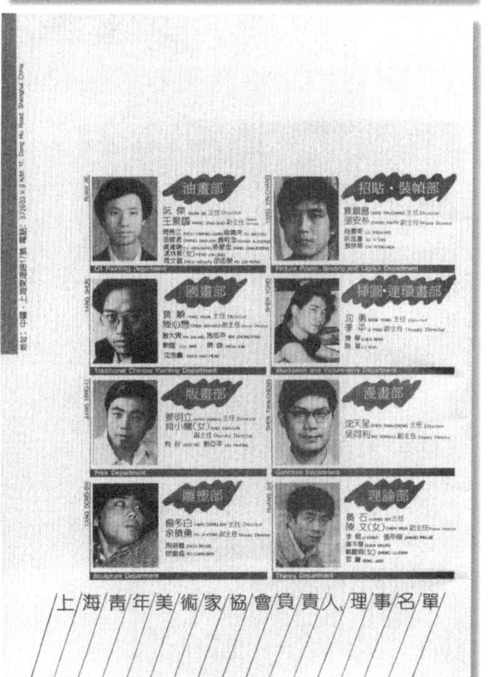

上海青年美术家协会，是上海地区青年美术家的权威性团体。成立于1985年，目前拥有会员三百余名，几乎包括了所有上海的青年美术家的中坚。

上海青年美术家协会除了举办双年度的“上海青年美术作品大展”外，还经常性举办各类联展、个人展以及国内、国际间的美术交流展，并与世界各地的艺术团体和艺术家个人建立联络关系；还不定期地举办各类学术研讨会和学术讲座，旨在繁荣艺术创作、向世界推出一批美术界的新人，加深东西方文化的相互理解，从而致力于世界和平事业。

上海青年美术家协会的工作职能由理事会执行，理事会下设协会办公室、对外联络部、展览部及各种类美术部。

1

5

2

3

6

4

7

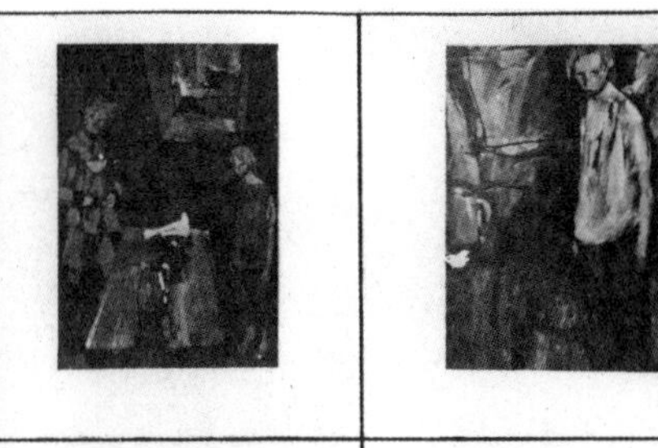

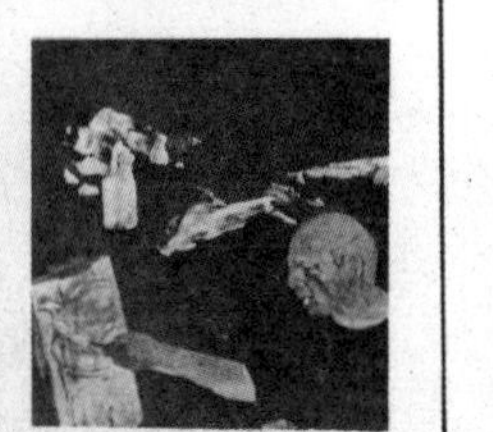

8

9

10

11

1986年部分参展作品

1. 健　君 **人类与他们的钟** 油画
2. 黄阿忠 **元宵节** 粉画
3. 王向明 金莉莉 **造型作品（局部）** 油画
4. 刘亚平 **回声** 版画
5. 朱国荣 **阳春变奏曲** 版画
6. 沈　虎 **东方——一点点红了** 国画
7. 陈　文 **当代青年** 油画
8. 俞晓夫 **和平鸽** 连环画
9. 周长江 **父与子** 油画
10. 周　刚 **冬** 国画
11. 沈浩鹏 徐逸涛 张安朴 **我的心中流过长江、黄河** 宣传画

青年报　　青年画刊　　1986.5.23.　　4

在对话中理解和提高

——观首届上海青年美术作品大展

今天的青年美术作者，已走出了孤芳自赏的小圈子，一种追随时代的紧迫感和顽强的向上感，使得他们共同怀着一颗执着追求艺术的赤诚之心。他们以反思的眼光来审视过去的一切，使得他们的作品具有一种反成规的鲜明个性。对话对于他们来说，不仅是需要的，而且是必要的。

上海青年文学艺术联谊会、上海青年美术会、文化局艺术创作中心、《美化生活》杂志社联合主办的“首届上海青年美术作品大展”适时地为青年美术作者提供了一个与广大群众公开对话的机会。在这里，青年们用自己的艺术语言来寻找各自的知音。他们把自己内心的思想、感受和意识无私地向每一位观众倾吐，他们不奢望得到称赞，只希望求得理解。青年美展充分体现了青年人那种敢于开拓进取的勇气和探索创新的精神，再一次地证明了当今艺术已步入了一个多层次、多元化、多风格的新时期。

由此，使我想到对话的另一方面，即欣赏者方面。一件艺术作品并不能简单地以能看懂它的人数多少来决定其优劣，如果以为看到《蒙娜丽莎》的微笑，就以为看懂了这幅名画，那就错了。《蒙娜丽莎》的杰出、伟大，是因为她结束了中世纪时期那种冷漠呆滞的面部表情，揭示出人物的内心世界。因此，欣赏当代青年的美术作品也需要更新知识和提高艺术修养。

青年美展以其探索、创新形成鲜明的特色，多种多样的艺术风格的作品使每个观众都可以找到自己对话的对象。在对话中理解和提高，看来应是对作者和观者的共同要求吧。　朱国荣

▲冬（国画）一等奖　周刚

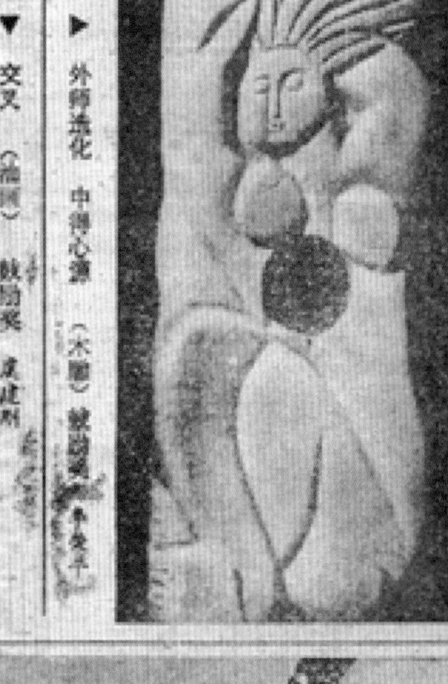

▶外师造化　中得心源（木雕）鼓励奖　李[illegible]平

▼交叉（油画）鼓励奖　虞建刚

▶元宵节（粉画）三等奖　黄阿忠

▲大地的结合（油画）鼓励奖　周上村　倪志琪

“首届上海青年美术作品大展”作品选登

《青年报》 1986年5月23日 第4版"青年画刊"
(此为"首届上海青年美术作品大展"的媒体宣传)

前　言

曾经是两年前的相聚，已成为回忆。

随着新浪潮的冲击，有人去叩响另外世界的大门，而我们，在这里思索、探求、开拓着未来，或许是共同的未来。

所有的矛盾、激情、平淡、和谐，人生潮汐、沧桑经验、漫长寂寞、瞬间欢乐都在这里向社会展示。青年人的艺术世界，永远是——蓬勃辉煌！

今天的新，将成为明天的旧，我们没有义务回头，请仔细听听年轻人时刻向前的脚步声！

上海青年美术协会

1988. 9.

“第二届上海青年美术展览”开幕式议程

1988. 9. 1上午9时

上海美术展览馆

主持人：沈浩鹏（上海青年美术协会秘书长）

1. 团市委副书记王仲伟致祝词；
2. 上海美术馆副馆长陈克礼致祝词；
3. 上海美术家协会秘书长徐昌酩致祝词；
4. 宣布获奖者名单并授奖；

由本届展览评委会主任范希平宣布：

大奖（1）；新人奖（1）；优秀奖（8）；上海青年美术协会荣誉奖（2）；

由上海市青年文学艺术联谊会秘书长韩敏宣布：

上海优秀青年画家奖（9）；上海优秀青年美术评论家（2）；

5. 宣布“第二届上海青年美术展览”开幕。

1988年评委及获奖者名单

大　奖：（空缺）

新人奖：沈　勇　姜建忠

优秀奖：刘　坚　阮　杰　张瑞根　周文虎　陈心懋　金建楚　周嘉政　袁　顺

评委会

方　坚　刘亚平　何振志　张桂铭　沈浩鹏　杨冬白　范希平　周　俊　胡志荣　俞晓夫　健　君　徐昌酩　黄阿忠　韩　敏

（按姓氏笔画排名）

《关于筹备第二届上海青年美术作品大展的报告》
共青团上海市委宣传部
上海市青年文学艺术联谊会：
自成立上海青年美术会至今，本会通过努力，在工作上取得了一些成绩，在全国范围内也造成了一定的影响。但自本会主要工作负责人周刚同志赴日留学后，工作基本停止。随着全国各地青年美术团体、集群的日益增多及强盛，上海就显得比较单调与静止，所以，许多青年画家便把希望寄托在上海青年美术会身上。对此，在1987年底，本会的几个主要骨干领导开了一次碰头会，会议认为在1988年里，美术会应该继续扩大活动。首先，要筹备举办"第二届上海青年美术作品大展"，而后编印上海青年美术会介绍画册（中英文对照）。争取利用青年美

1988年《关于筹备“第二届上海青年美术作品大展”的报告》

关于筹备“第二届上海青年美术作品大展”的报告

共青团上海市委宣传部
上海市青年文学艺术联谊会：

自成立上海青年美术会至今，本会通过努力，在工作上取得了一些成绩，在全国范围内也造成了一定的影响。但自本会主要工作负责人周刚同志赴日留学后，工作基本停止。随着全国各地青年美术团体、集群的日益增多及强盛，上海就显得比较单调与静止，所以，许多青年画家便把希望寄托在上海青年美术会身上。对此，在1987年底，本会的几个主要骨干领导开了一次碰头会，会议认为在1988年里，美术会应该继续扩大活动。首先，要筹备举办“第二届上海青年美术作品大展”，而后编印上海青年美术会介绍画册（中英文对照）。争取利用青年美术会在海外的会员及全国各地关系，将美术会会员的优秀作品推出去，引起海外及全国的重视，加强国际间的横向联系。为此，本会精简了领导班子，初步商议了“第二届青年美术大展”的具体内容，现汇报如下：

（1）上海青年美术会领导班子
会长：俞晓夫
副会长：周长江、周俊
理事长：胡志荣（代）原为张健君（现赴美）
副理事长：黄阿忠　理事成员25名（略）
秘书长：沈浩鹏 副秘书长（待补）
秘书兼工作人员：周文富等
（2）“上海青年美术作品大展”（双年展）具体事项：
预定1988年10月于上海美术馆大厅举行
场地租金3000元（青年文联及团市委负责）
画展设奖七项　奖金共3000元（本会负责）
“大奖”　1名　400元
“新人奖”　1名　200元
“佳作奖”　6名　各100元
“优秀奖”　10名　各50元
“优秀青年画家奖（或称号）”
“优秀青年美术工作者奖”　共12名，各100元
“青年美术会特别荣誉奖”
（3）青年美术会介绍画册（资金5000元左右　另议）
（4）为便利于开展本会各项工作及对外联系，也作为上海市唯一的青年美术界权威团体，将本会更名为：“上海青年美术家协会”，希望团市委出具证明刻制公章一枚。
（5）由团市委宣传部出面先增印会员登记表格。
（6）本会名誉会长由范希平同志担任，名誉副会长及顾问由团市委宣传部领导及各赞助单位的领导担任。

由于筹备工作即将全面展开，至少四月份将印发征稿通知，同时成立筹备工作委员会，并动员联系赞助事宜，组成评委会等。故希望上级领导尽早作出安排与回复。

致
礼

上海青年美术会（暂名）
1988年元月18日

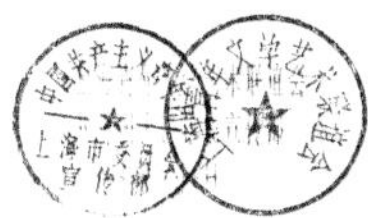

1988年《关于“上海青年美术协会”报告的回复》

关于“上海青年美术协会”报告的回复

上海青年美术协会：

你会1988年1月18日提交的《关于筹备“第二届上海青年美术作品大展”的报告》收悉，经研究，现批复如下：

一、同意上海青年美术协会领导班子的组成和人员职务的安排，并责成《青年报》记者沈浩鹏同志负责协会的常务工作。

二、原则同意上海青年美术协会于1988年10月举办“第二届上海青年美术作品大展”。

希望你会不断总结经验，为繁荣美术事业和拓展上海青年文化工作新领域，作出更大贡献。

此复

上海青年文学艺术联谊会
共青团上海市委宣传部
1988年2月3日

1

2

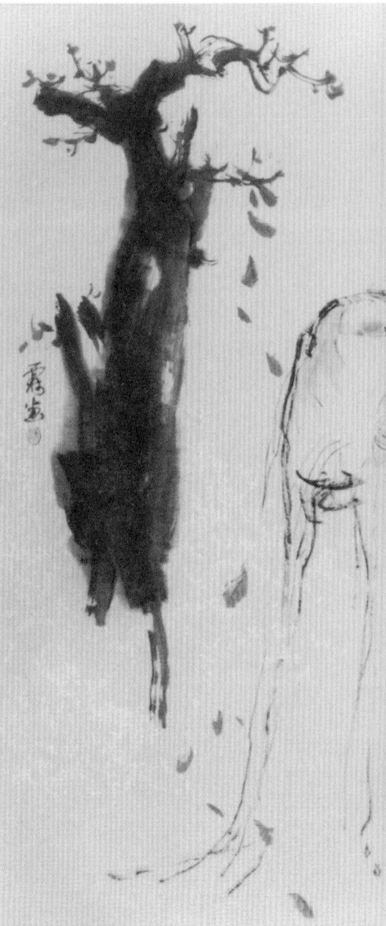

3

4

5

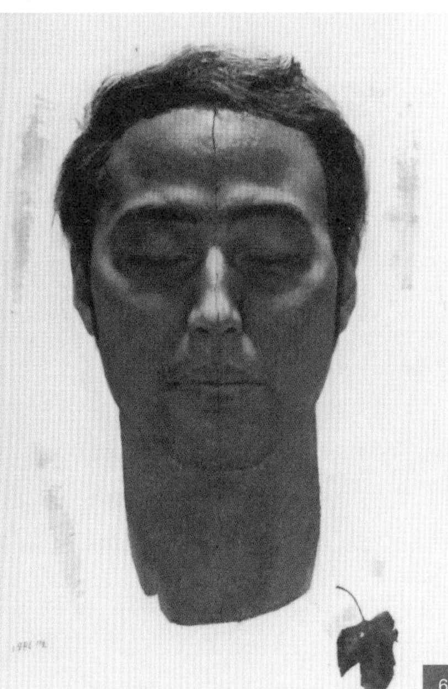

6

9

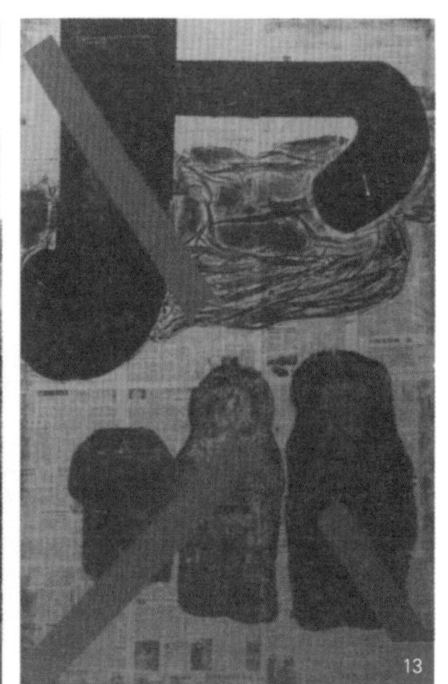
13

10

11

8

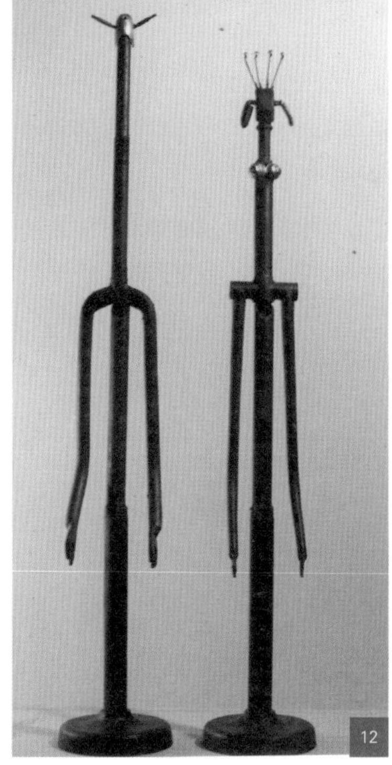
12

1988年部分参展作品

1. 姜　敏　**红色星的歌**　油画
3. 姜建敏　**NUDE INTNE MOON**　版画
8. 蔡伟文　**红墙**　油画
9. 姜建忠　**木栅栏**　油画
12. 周嘉政　**皇帝与皇后**　雕塑
13. 肖　谷　**一个不相关主题的联想**　版画

（因资料缺失，图2、4、5、6、7、10、11资料不详）

观青年美术大展后的思考

何振志

第二届上海青年美术作品大展，它给人的不仅是形式美和生活的描绘，这远远不是。观看它，既感到亲切，又带点陌生，象是懂得，又不能完全理解，它一直缠绕心头，它好象提出很多没有解答的问题。青年画家展示各种情绪、意念、想象，其中有矛盾、和谐，有欢乐、寂寞，有透视的哲理，也有朦胧的困惑。但是没有丝毫伤感，没有对陈旧的依恋，这多么好。我细听他们的脚步声，却几乎绝大多数是在探求未来，未来是复杂的难以理解，但他们走向未来的脚步，却是共同的，清晰的。

用艺术表现一个生活主题，这已不是大多数青年人的目的，他们不满足于直接展示现实，不模仿生活。从这些作品看到他们对过去的反思，对未来的憧憬，有着既燃烧而又冷静的心。作品各有自己语言和思路，上海也许就具有如此特色，艺术个性是上海青年画家的追求，既不对别人有成见，也不会一味追学别人的表现方法，这样各具独立性格的作品使人观赏时保持新鲜感，不会用一再重复加重精神上疲急。新人和新表现在画展中出现，这一切正是上海人特具的艺术气质。

有些作品并不很成熟，但它们的构思给我提出不少可以感悟的问题。大幅水墨画《后面是海》、《再生》、《非肖像的结构》的魄力，遐想全在挥笔之间，它超出国画的局限走向无限天地。油画《构成》、《红色的歌》、《超然》、《河殇》等表现完全不同的形式感，《春》的构思是别致的，文艺复兴画家波提切利的《春》里的主要人物居中，在同样一片绿草如茵的树林里，但其他人是一些做着健美姿态的现代少女，把古代画中的典型人物与现代结合起来。《游》引人想到远古世界的神[illegible]不可知，岩石上的画[illegible]通向无底的深黑。几套[illegible]环画用线条、黑白、色[illegible]各自不同表现，皆是[illegible]之作。《画家夏加尔》[illegible]作者肯定能达到极准确[illegible]形似，但不要形似，[illegible]神，十分洒脱。一幅[illegible]无二的漫画《浓缩的生[illegible]使人乐意化费很多的[illegible]去寻找其中的趣味，[illegible]充满幽默感，画出生[illegible]各个角落，画家不知[illegible]多少时间来构成这幅[illegible]之作。漫画形象生动[illegible]爱。

画展使我思索人[illegible]人对自身的理解和困[illegible]我更看到画前展示的[illegible]实，又不禁想到我们[illegible]的文化渗透着浓厚的[illegible]气息。现代青年人不[illegible]老文化而自豪，因为[illegible]祖先的事业，青年人[illegible]创造，表现自己的时[illegible]彩。古希腊人发现[illegible]美，创造了古典艺术，[illegible]这并不会使人联想到[illegible]的希腊人，因此，现[illegible]不能希望历史的余晖[illegible]自己身上。艺术能把[illegible]的一切浓缩为特征，[illegible]当代人的心态。而我[illegible]要多么大的毅力才能[illegible]浓重的封建意识，冲[illegible]围，才能理解自身的价[illegible]感情，用自己认为最[illegible]的形式表现出来。画[illegible]予了启示，上海的艺[illegible]有着与众不同的特点[illegible]此，青年画家们不能[illegible]使命感。

▲[illegible]　肖　谷

▲瓶花（素描）　龚阿忠

▲画家夏加尔（油画）　沈考

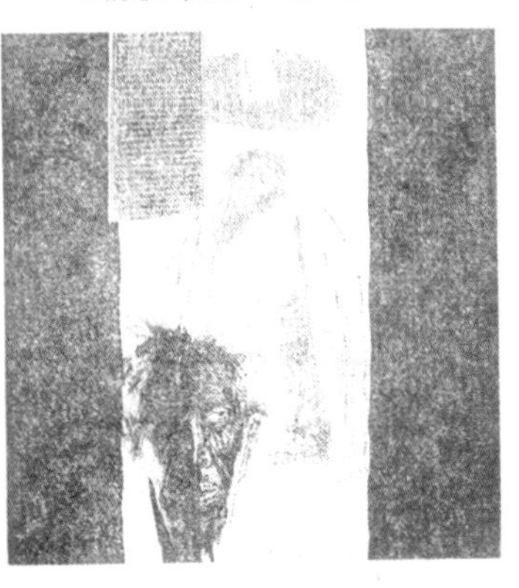

◀叙门（国画）　陈宁

▲往墙（组画）蔡伟文

青年画刊

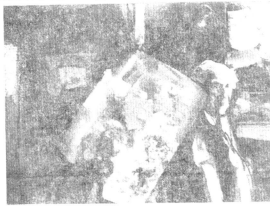

本版作品均由上海青年美术协会供稿

本版编辑　沈浩鹏　吴同利

▶再生（水墨系列之一）　沈浩鹏

▶感性魔力（油画）　潘劲农

上海青年美展再度揭幕

本报讯 “第二届上海青年美术作品大展”，经半年左右的筹备，于9月1日在上海美术馆开幕。此展览中的作品，无论从观念、技巧、手法上都比以的画展，来得丰富多彩。从展览会上也能对当今上青年画家，有个较全面的认识。大展设新人奖各二“双鱼”优秀奖8名。展出至9月10日结束。

记者 沈浩鹏

看到，这幢施工大楼，安全防护措施极差，窄窄的两张尼龙安全网，只罩住一、二层，及6、7两层施工现场。其余几层楼面露出暗红色的砖墙，呈敞开状。

据居民反映，这幢住宅楼由江苏南通8058工

第二届上海青年美术品大展9月1日在美馆隆重开幕。展出的92件作品，反映了当上海青年画坛的面貌及的艺术追求。图为评委正在认真评奖。

王剑华 摄影报道

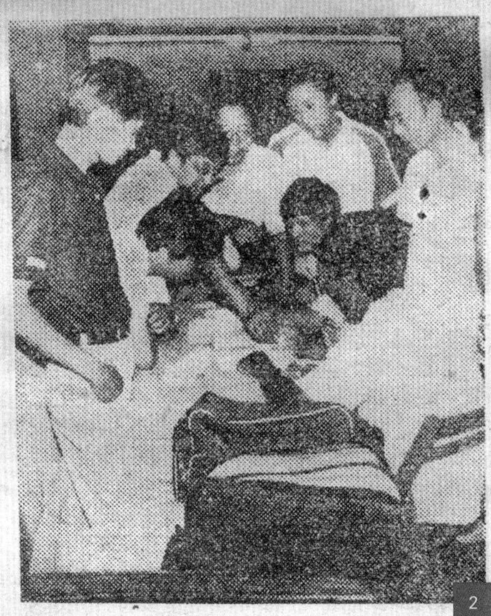

本报讯 本报上期刊登的士”采风》一文，批评些出租司机乱开价，不票等不正之风的现象。天，天鹅（信谊）宾馆部，对报纸反映该宾馆谢，并表示将迅速处理三。总务经理、车队长陪同报编辑部，再一次感谢，并决定在全宾馆的服

2

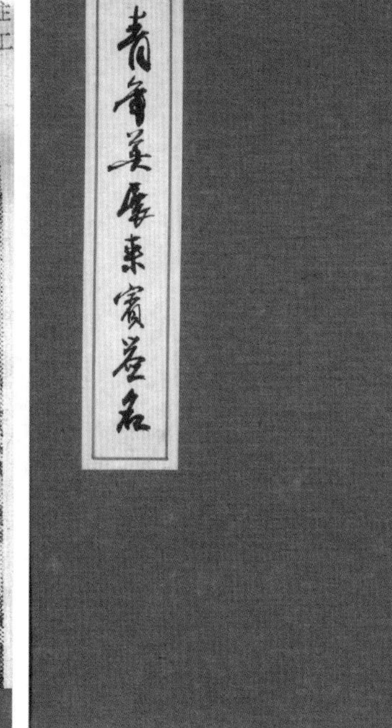

5

上海青年画展 油画成绩突出

本报讯 检阅上海青年美术总体力量的第二届上海青年美术作品大展，昨天在上海美术馆开幕。这次展览令人感到兴奋的是，青年画家的油画水平有了长足的进步，无论在写实和抽象的作品里，都可以看出上海青年油画家正在走向成熟，他们更为追求画面的现代内涵。

图为《春·现代》 傅骏作

3

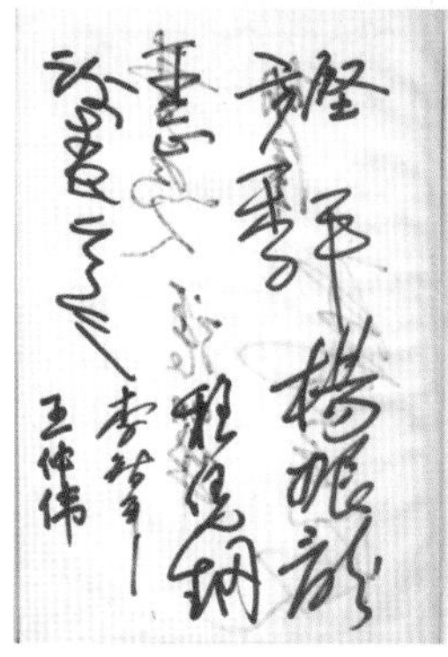

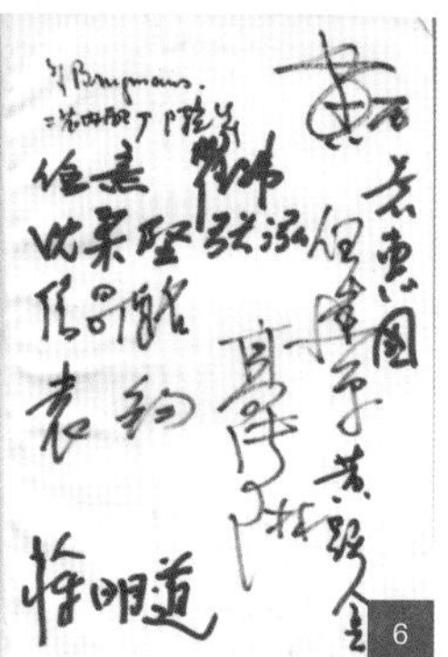

6

反映当今上海青年画坛风貌

青年画非具像作品比例高

本报讯 两位画坛新人沈勇、姜建忠被今天在美术馆开幕的二届上海青年美术作品大展授予双鱼“新人奖”。

这次画展陈列作品192件，非具像品占有相当高的比例，反映了当今青画坛的面貌。图为周嘉政雕塑作品《皇帝与皇后》

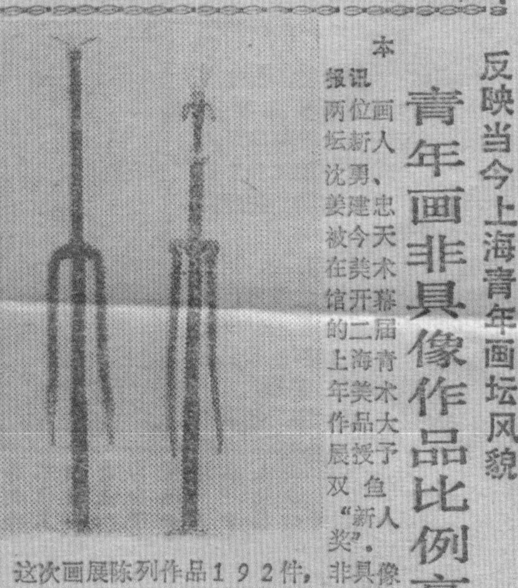

4

1.《青年报》 1988年9月16日 第5版“青年画刊”
2.《生活周刊》 1988年9月4日 第192期 第1版
3.《上海文化艺术报》 1988年9月2日 第179期 第1版
4.《新民晚报》 1988年9月1日 第2版
（以上为1988年“第二届上海青年美术作品大展”媒体宣传）
5. 1988年开幕式签到本 封面
6. 1988年开幕式签到本 内页

南京西路原上海美术馆开幕当天

王仲伟在开幕式上致祝词

开幕

参展艺术家合影

参展艺术家合影

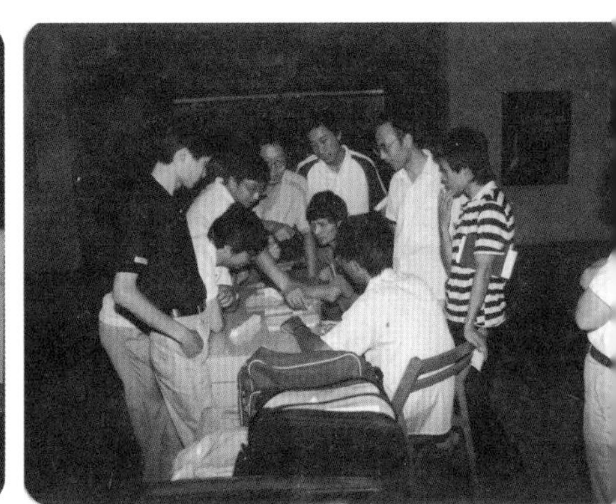
作品

展览布展

作品评选

开幕式上评委向获奖

展览布展

作品评选

展览现场

第三届上海青年美术作品大展

征 稿 启 事

由共青团上海市委、上海青年美术家协会、上海新沪钢铁厂及上海美术馆等单位联合主办的“第三届上海青年美术作品大展”，将于10月下旬在本市美术馆举行。在此特向广大青年美术爱好者征稿：

1、作品要求具有时代特点及探索精神，内容健康，形式多样，画种风格不限，凡展出过的作品不予参展（个展除外），其中中国画装裱自理，油画画框自备。

2、本届大展设“三冠”杯大奖1名，“三冠”杯优秀奖2名，“三冠”杯佳作奖8名，“三冠”杯特别奖2名。（评委作品不参加评奖）

3、凡本市18—40足岁的美术爱好者均可参加。

4、收稿时间为1990年9月5日—9日。送稿地点在上海南京西路456号上海美术馆收件处。

第三届上海青年美术作品大展筹委会

1990年6月

1990年“第三届上海青年美术作品大展” 征稿启事

主辦單位

共青團上海市委員會
上海新滬鋼鐵廠
上海美術館
上海青年美術家協會

1990.10

第 三 屆 上 海 青 年 美 術 作 品 大

評委會名單

藝術顧問：沈柔堅　方增先　徐昌酩
評委會主任：王仲偉
評委會副主任：韓　敏　夏順奎
徐世民　俞曉夫
周長江
評　委：王仲偉　韓　敏　徐世民
任新我　方　堅　俞曉夫
周長江　張桂銘　戴恒揚
胡志榮　黃阿忠　沈浩鵬
劉亞平　張安樸　潘順祺
陳　文　楊冬白　沈　勇

籌委會名單

籌委會主任：鄭沂心
副主任：方　堅　黃阿忠
張克勤　楊衛勇
籌委會秘書長：周長江
副秘書長：胡志榮　沈浩鵬
籌委會委員：王景國　王　正
肖小蘭　端木復
楊展業　黃　石
張平杰　陳鴻達
吳同利　周文富

Editor & Designer Shen Hao-Peng
Photographer Jin Xiao-Mang
English Reviser Ding Hua
Printed by Shanghai Jinjiang
Printing Shop (Joint Venture)

策劃 沈浩鵬
編輯設計 沈浩鵬
攝影 靳曉芒
英文審讀 丁樺
制版印刷 (合資)上海錦江印刷廠

1990年“第三届上海青年美术作品大展” 评委会、筹委

“第三届上海青年美术作品大展”征稿启事

由共青团上海市委、上海青年美术家协会、上海新沪钢铁厂及上海美术馆等单位联合主办的“第三届上海青年美术作品大展”，将于10月下旬在本市美术馆举行。在此特向广大青年美术爱好者征稿：

1. 作品要求具有时代特点及探索精神，内容健康，形式多样，画种风格不限，凡展出过的作品不予参展（个展除外），其中中国画装裱自理，油画画框自备。

2. 本届大展设“三冠”杯大奖1名，“三冠”优秀奖2名，“三冠”佳作奖8名，“三冠”特别奖2名。（评委作品不参加评奖）

3. 凡本市18—40足岁的美术爱好者均可参加。

4. 收稿时间为1990年9月5日—9日。送稿地点在上海南京西路456号上海美术馆收件处。

“第三届上海青年美术作品大展”筹委会

1990年6月

1990年“第三届上海青年美术作品大展”

主办单位

共青团上海市委员会
上海新沪钢铁厂
上海美术馆
上海青年美术家协会

评委会名单

艺术顾问：沈柔坚　方增先　徐昌酩
评委会主任：王仲伟
评委会副主任：韩　敏　夏顺奎　徐世民　俞晓夫　周长江
评　委：王仲伟　韩　敏　徐世民　任新我　方　坚　俞晓夫　周长江　张桂铭　戴恒扬　胡志荣　黄阿忠　沈浩鹏　刘亚平　张安朴　潘顺祺　陈　文　杨冬白　沈　勇

筹委会名单

筹委会主任：邹沂心
副主任：方　坚　黄阿忠　张克勤　杨卫勇
筹委会秘书长：周长江
副秘书长：胡志荣　沈浩鹏
筹委会委员：王景国　王　正　肖小兰　端木复　杨展业　黄　石　张平杰　陈鸿达　吴同利　周文富

1990年“第三届上海青年美术作品大展”画册封面

第三届青年美术作品大展征稿启事

由共青团上海市委、上海青年美术家协会、上海新沪钢铁厂及上海美术馆等单位联合主办的“第三届上海青年美术作品大展”，将于10月下旬在本市美术馆举行。在此特向广大青年美术爱好者征稿：

1、作品要求具有时代特点及探索精神，内容健康，形式多样，画种风格不限，凡展出过的作品不予参展（个展除外），其中中国画装裱自理，油画画框自备。

2、本届大展设“三冠”杯大奖1名，“三冠”杯优秀奖2名，“三冠”杯佳作奖8名，“三冠”杯特别奖2名（评委作品不参加评奖）。

3、凡本市18—40足岁的美术爱好者均可参加

4、收稿时间为1990年9月5日—9日。送稿地点在上海南京西路456号上海美术馆收件处。

第三届上海青年作品大展筹委会

《青年报》
1990年6月29日
第2020期中缝

第三届上海青年美术作品大展征稿启事

由共青团上海市委、上海青年美术家协会、上海新沪钢铁厂及上海美术馆等单位联合主办的“第三届上海青年美术作品大展”，将于10月下旬在本市美术馆举行。在此特向广大青年美术爱好者征稿：

1、作品要求具有时代特点及探索精神，内容健康，形式多样，画种风格不限，凡展出过的作品不予参展（个展除外），其中中国画装裱自理，油画画框自备。

2、本届大展设“三冠”杯大奖1名，“三冠”杯优秀奖2名，“三冠”杯佳作奖8名，“三冠”杯特别奖2名（评委作品不参加评奖）。

3、凡本市18—40足岁的美术爱好者均可参加。

4、收稿时间为1990年9月5日—9日。送稿地点在上海南京西路456号上海美术馆收件处。

《生活周刊》
1990年8月5日
第292期中缝

（此为“第三届上海青年美术作品大展”征稿启事）

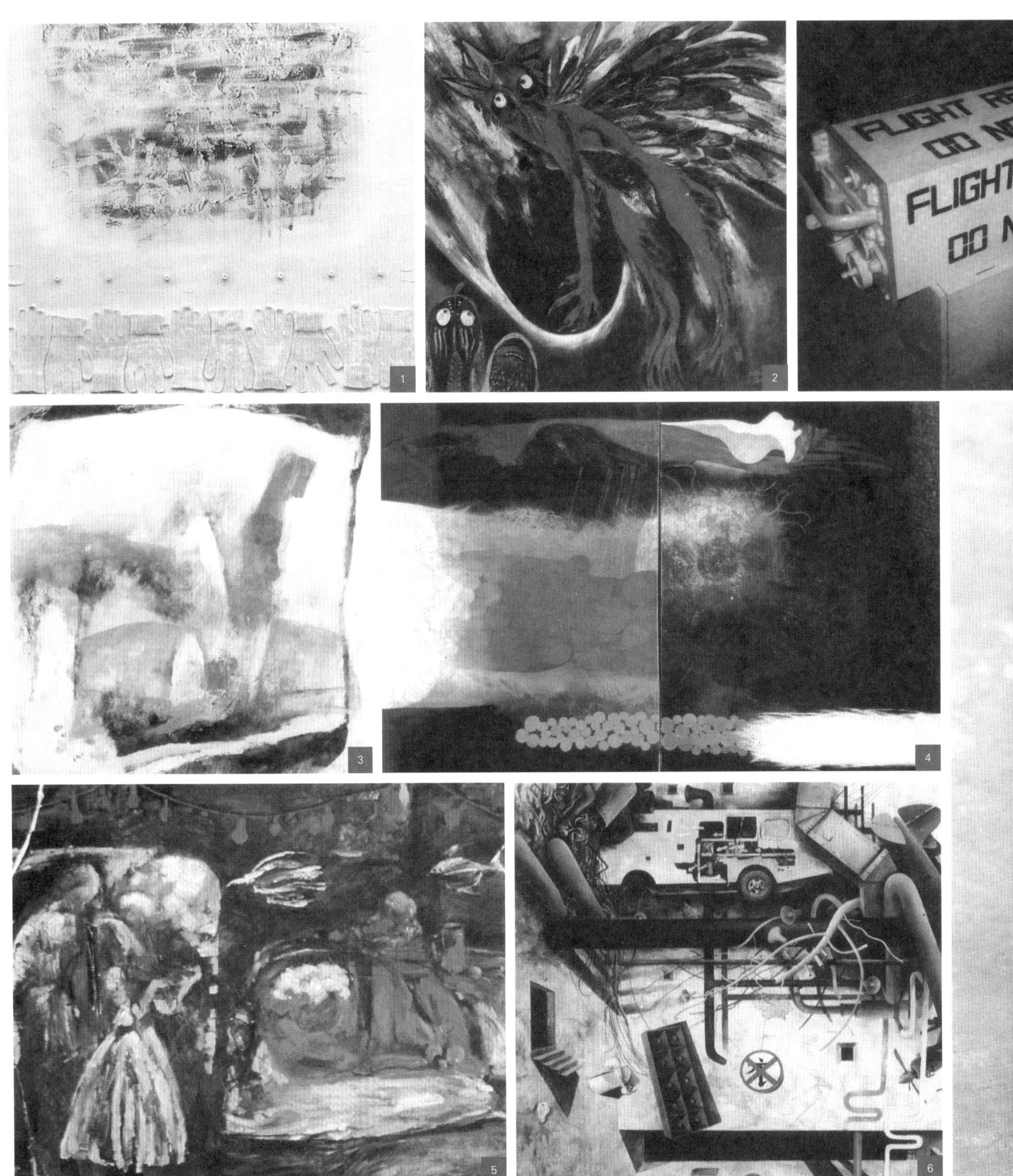
FLIGHT

7

8

10

9

1990年部分参展作品

1. 周长江 **互补系列121号** 综合材料
2. 孙　良 **精卫鸟** 布上油画
3. 黄阿忠 **水乡** 彩墨
4. 刘亚平 **漂浮的螺壳——生命状态之三** 布上油画
5. 俞晓夫 **星期天（局部）** 布上油画
6. 吴地米 **道具（局部）** 布上油画
7. 宋海冬 **测谎器** 装置
8. 张恩利 **色纸挡住的灯光** 布上油画
9. 杨剑平 **坐** 雕塑
10. 沈浩鹏 **再生（系列之十八）** 彩墨

1990.11.2 青年报

第三届上海青年美術作品大展

主办单位：共青团上海市委·上海新沪钢铁厂·上海美术馆·上海青年美术家协会

上海画坛的明天

◎沈浩鹏

年年金秋，今又金秋。由共青团上海市委、上海新沪钢铁厂、上海美术馆及上海青年美术家协会主办的"第三届上海青年美术作品大展"，再度以其咄咄逼人的气势，展现在人们面前。

也许，象这样不限体裁风格，向全市青年美术爱好者广泛征稿，不收任何参展费的综合性画展，在上海已是一枝独秀了。为此，该展也已成为上海地区最具魅力的高质量的群众性美术活动之一。

站在这一幅幅意味隽永、混沌深邃、青春盎然、各具面目的作品前，我们更能强烈感受到海派艺术的勃勃生机。同时又领略其不受艺术潮流、商品气氛影响、依然浸淫于发掘个性和绘画语言独特性的追寻之中，尽管大批有作为的青年艺术家远渡重洋，去陌生的天地找寻异域艺术语言的奥蕴，可更年轻的一辈，犹如滚滚长江潮，一浪追过一浪。这此届大展中，我们可以发现这出自无数新人笔下的作品，无论从主旋律的把握、绘画元素的表现、风格手法的创意上都跃上了新的层面。

有人以为，青年人的作品虽然生气蓬勃，但总欠成熟，可是大展中的许多作品以其自身的力度，说明了今天的青年艺术家同样也是成熟的艺术家，古往今来，不是有许多艺术大师，都在他们很年轻的时候，就已确立了他们叱咤风云的地位么？！

是的，波德莱尔曾说：任何头一炮前面都有头一炮，打响的头一炮是许多我们不知道的头一炮的结果。

但愿，年轻的艺术家们，在打响了头一炮之后，仍然义无反顾地走完那坎坷艰涩的艺术的未竟之路！因为，画坛的明天属于你们。

主持人　马歇儿

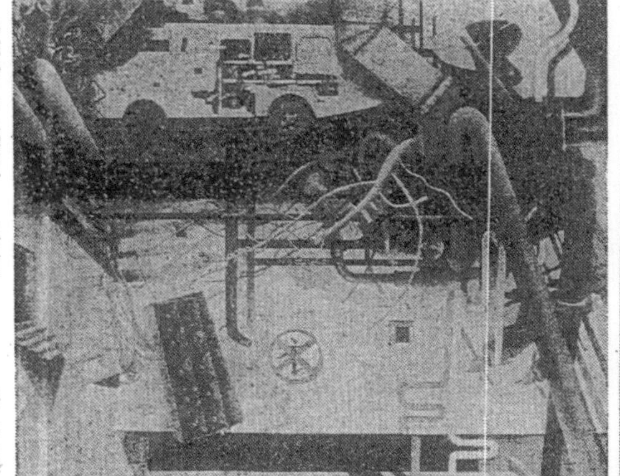

○道具（布上油画）　吴地来

○古文化奏鸣系列之一（综合材料）　寿达林

○昼夜（装饰画）　沈刚强

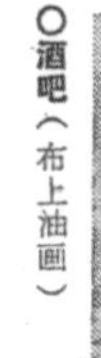

○酒吧（布上油画）　胡介鸣

调色板

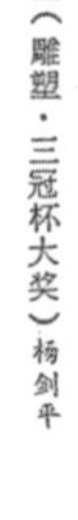

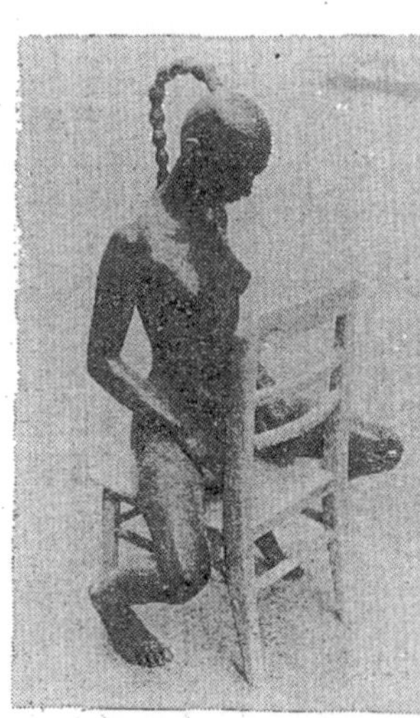

○坐（雕塑·三冠杯大奖）　杨剑平

○北方（布上油画）　张琅捷

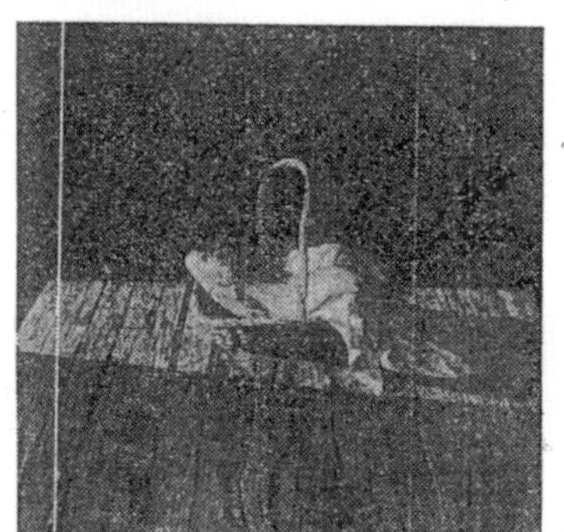

○ 鱼（布上油画）　梁卫洲

2· 上海新闻 解放日报 1990年10月25日 星期四

突出重点抓出成效 纠正行业不正之风

市财办召开动员大会，要求各级领导严于律己起表率作用

本报讯 昨天，中共上海市财贸工作委员会、市人民政府财贸办公室召开“加强廉政建设、纠正行业不正之风动员大会”。要求将与人民生活密切相关的菜场行业，以及零售商业、金融业和财政税务、工商管理等经济监督机关作为重点，认真抓好行业不正之风，各级党政领导干部都要抓这项工作，坚持不懈，抓出成效。

会议指出，目前财贸系统的行业不正之风主要是：菜场较普遍地存在着以次充好，短斤缺两，混充规格，提高价格，硬性搭配，平价转议价，热销商品卖大户，内外勾结，损公肥私等等。在一些纯商业企业、饮食服务业以及财贸系统其他行业中，也存在着程度不同的行业不正之风，人民群众对此深恶痛绝，已经影响到党和政府与群众的关系，必须集中精力，下大力气，抓紧抓好。

会议要求财贸系统纠正行业不正之风要突出重点，抓菜场行业，同时也要纠正整个商业、金融业以及财税、工商管理等经济监督机关的行业不正之风。具体分三条线进行工作：整顿菜场行业不正之风由市财办副主任会同市农委负责同志组成专门工作班子，协调各区，上下配合一起抓。整顿商业行业不正之风的工作由市财办商业服务办公室会同各区一起抓。金融业及经济监督机关由各主管局党政组织负责，纪委、监察、办公室等部门配合。三条线有分有合，及时沟通情况，研究政策，指导工作。

会议认为，这项工作政策性很强，一定坚持实事求是，对具体事物要作具体分析，不能简单化、“一刀切”，也不能急于求成。既要抓紧抓实，又要长时期地抓下，与此同时，还要进一步健全制度，加强检查。各单位要针各自的实际情况，发动群众订出有针对性、可操作、切实可的规章制度。要通过经常性的检查督促，使各项行之有效的度得到真正落实。对在纠正行业不正之风中揭露出来的违法纪问题，要及时查明事实，按照政策规定，从严查处。在纠行业不正之风工作中，各级领导都要严于律己，一级抓一，一级带一级，起好表率作用。（王叔青）

三林购销站问题查清

经整顿站风站貌有所改变 根源在于领导班子自身不正

本报讯 本报8月18日发表读者来信和记者调查报告，披露上海县三林蔬菜购销站行业风气不正、经营秩序混乱等问题，引起市府、市农委和蔬菜公司等领导部门的高度重视，市农委当即组成工作组进驻三林购销站进行全面调查整顿。经过50多天的紧张工作，该站经济上违法乱纪的问题基本查清，根源在于领导班子自身不正。

现经初步查实，该站62名职工中，犯有经济问题的有23人，贪污受贿总金额达2.43万元。其中被群众称为“五虎将”的站长朱某、副站长康某、黄某及业务组长薛某、生产组长夏某违法乱纪，利用手中的分配权、作价权、司秤权、返销权进行贪污和索贿受贿，致使站内行业不正之风愈刮愈猛。现在，副站长康某及一名业务组长、两名作价员因贪污受贿金额超过两千元，构成犯罪，已由上海县检察院立案审理；站长、另一名副站长、生产组长和一名村联络员将由上级部门作出党纪政纪处分；3名正副站长和2名组长就地免职；新的三林购销站领导班子已经组成。目前站内经营秩序恢复正常，站风站貌大有好转。

工作组在清查三林蔬菜购销站过程中，还发现一些国营菜场采购员在为菜农推销蔬菜和就地转手倒卖蔬菜时存在索拿卡要、贪污受贿等经济问题。据对三林乡联丰村16个生产队查帐统计，从1988年下半年到1990年上半年，仅销售香葱一项品种，市区一些菜场采购员得到的回扣款就高达3.26万元，工作组已将这方面发现的问题分别通报给有关部门追查处理。

三林站问题的出现，客观上是因为产供销流通体制不够完善和规章制度存在漏洞的问题，但更为重要的是，三林站领导班子成员严重违法乱纪，以致站内组织纪律严重涣散，以权谋私歪风盛行。目前市农委和蔬菜公司正组织力量对其它经营部、购销站存在的类似现象进行由点及面的清查整顿，以狠刹蔬菜购销行业中的不正之风。（金耀先 吴梅红）

青春之歌

用自己的双手创造美的生活，讴歌美的生活，定于明天举办的《一九九〇上海青年美术大展》展示了新一代上海青年对爱情、生活、理想的认识和追求。一百八十余件油、版、雕、剪纸、漆画、插图、漫画和中国画作品，选自一千二百余件应征作品，是一曲洋溢着生命活力的青春之歌。本报特选刊五幅以飨读者。——编者

△晚照图（国画）陆春寿

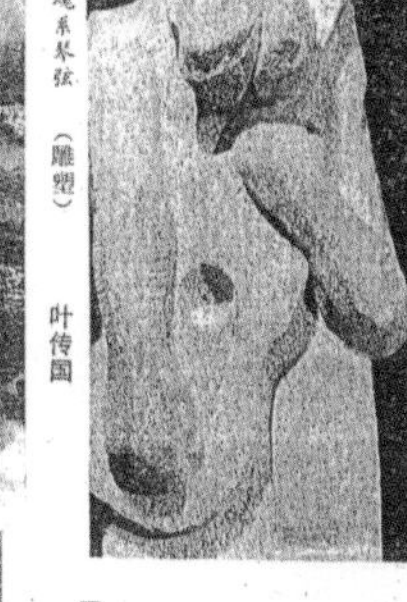

▷魂系琴弦（雕塑）叶传国

▷羊与少女（磨漆画）金霞

▽国际扫盲节（宣传画）梁钢

▷夏河的母亲（油画）喻晓燕

实行农业保险 农民灾年无忧

本市种植养殖业保险险种已发展到十六个

本报讯 本市保险公司农科近年来为猪、牛、鸡、鸭、对虾实行生产保险，从去起，又在市郊开展了水稻、蒜、葡萄等种植业保险业务，突破难点闯尖端，使“米袋子”、“菜篮子”充盈富足。记者从昨天的上海农业保险工作会议上获悉：迄今，本市种植、养殖业的保险险种已发展到16个，其中生猪211万头，占全国承保总数的60%；奶牛26740头，占全国承保总数的40%。从1988年开始，农业保险开始扭亏为盈，今年1到9月，农险保费收入达592.68万元，比去年同期增长了32%。

在天公不作美的今夏，市郊各县先后遭到台风、龙卷风袭击，猪瘟、猪肺疫也接踵而来，由于保险公司及时赔付，稳定了农民的情绪，迅速恢复了生产，使本市以“米袋子”、“菜篮子”为中心的农业生产

市郊棉产量回升

预计可比去年增产七万担

本报讯 截至10月20日，市郊已收购皮棉17.9万担，若无自然灾害，预计今年收购棉花可达19—20万担，比去年增加7万担。提供给纺织行业的16万担纺棉已落实。郊区产棉走出低谷开始回升。

自9月上旬，松江县拉开收棉帷幕后，其它各县的新棉也

公交售票员十中有八讲普通话

全国城市推广普通话现场会在沪举行

本报讯 全国城市社会推广普通话现场会昨在公交一电公司举行。

上海市公交总公司的代表在会上汇报了推广普通话的工作情况。近年来，本市公交将车厢普通话服务纳入了企业管理考核指标体系，为在公交企业全面推广普通话打下了基础。据统计，目前，本市公交售票员的普通话服务用语使用率已从过去的50%上升到85%以上，从

本市首届团的建设工作会议提出新任务

从基层选拔充实团干部队伍

本报讯 今后基层工人编制的团干部可以直接选拔、充实到上海各级团的领导机关工作，并在政策上保证团干部队伍的稳定性、延续性。这是从23、24日团市委召开的首届上海团的建设工作会议上传出来的信息。

中共上海市委常委、组织部长赵启正到会讲了话。他说，近年来上海各级团组织很好地完成了市委和团中央交给的各项任务，同时向党组织输送了一大批优秀青年干部。从目前团干部队伍来源不足的现状出发，有必要从优秀工人和基层团干部

朵云轩九十年出

形成多层次格局，保持传

本报讯 为纪念朵云轩创立90周年，上海书画出版社（亦名朵云轩）昨天下午假上海美术馆举行隆重的“朵云轩90周年书画藏品展”开幕式暨《朵云轩藏画选》、《朵云轩藏书法篆刻选》的首次出版发行仪式。汪道涵、王一平以及顾廷龙、马承源、杨振龙、龚继先、钱君匋、伍蠡甫、叶潞渊、胡问遂等前往致贺。

朵云轩自1900年创建和1960年重建以来，先后出版绘画、书法、篆刻艺术图书3000余种，其中有中国美术全集的《明代书法》卷、《清代书法》卷、《玺印篆刻》卷以及《董其昌画集》、《高其佩画集》、《中国画历代名家技法图谱》、《书法自学丛帖》、《中国书学丛书》

2

1 《青年报》 1990年11月2日 第5版“青年画刊”

2 《解放日报》 1990年10月25日 第2版

（以上为1990年“第三届上海青年美术作品大展”媒体宣传）

'93

SHANGHAI YOUTH ARTISTS ASSOCIATION

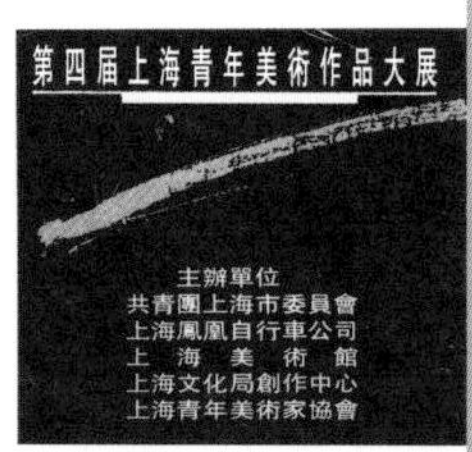

一九九三年元月十五日至廿一日展於上海美術館

1993年“第四届上海青年美术作品大展作品选”画册封面

第/四/届/上/海/青/年/美/术/作/品/大/展
凤 凰 杯
1993.1.15——1.21.

请 柬

第四届上海青年美术作品大展定于1993年1月15日上午十时，在上海美术馆二楼举行开幕式。

敬请光临

共青团上海市委
上海凤凰自行车公司
上海美术馆
上海文化局创作中心
上海青年美术家协会

此柬展览期间通用

1993年“第四届上海青年美术作品大展”请柬

您的作品 入選 特頒發此證

1993年“第四届上海青年美术作品大展”入选证

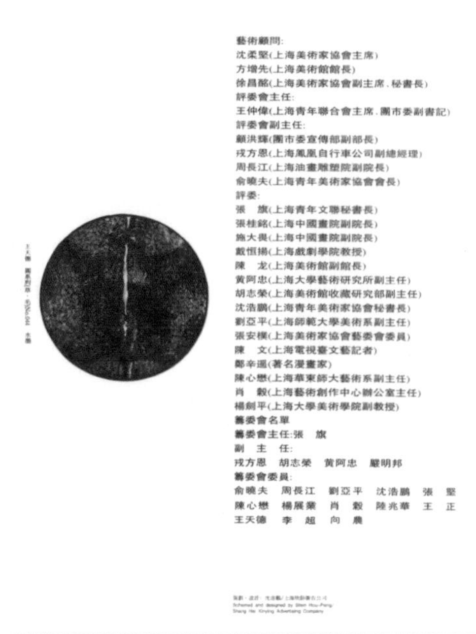

藝術顧問:
沈柔堅(上海美術家協會主席)
方增先(上海美術館館長)
徐昌酩(上海美術家協會副主席、秘書長)
評委會主任:
王仲偉(上海青年聯合會主席、團市委副書記)
評委會副主任:
顧洪輝(團市委宣傳部副部長)
戎方恩(上海鳳凰自行車公司副總經理)
周長江(上海油畫雕塑院副院長)
俞曉夫(上海青年美術家協會會長)
評委:
張　旗(上海青年文聯秘書長)
張桂銘(上海中國畫院副院長)
施大畏(上海中國畫院副院長)
戴恒揚(上海戲劇學院教授)
陳　龙(上海美術館副館長)
黃阿忠(上海大學藝術研究所副主任)
胡志榮(上海美術館收藏研究部副主任)
沈浩鵬(上海青年美術家協會秘書長)
劉亞平(上海師範大學美術系副主任)
張安樸(上海美術家協會藝委會委員)
陳　文(上海電視臺文藝記者)
鄭辛遥(著名漫畫家)
陳心懋(上海華東師大藝術系副主任)
肖　穀(上海藝術創作中心辦公室主任)
楊劍平(上海大學美術學院副教授)
籌委會名單
籌委會主任:張　旗
副　主　任:
戎方恩　胡志榮　黃阿忠　嚴明邦
籌委會委員:
俞曉夫　周長江　劉亞平　沈浩鵬　張　堅
陳心懋　楊展業　肖　穀　陸兆華　王　正
王天德　李　超　向　農

1993年 “第四届上海青年美术作品大展”顾问、评委会、筹委会名单

1993年“第四届上海青年美术作品大展”纪念封

1993年“第四届上海青年美术作品大展”

艺术顾问

沈柔坚（上海市美术家协会主席）
方增先（上海美术馆馆长）
徐昌酩（上海美术家协会副主席、秘书长）

评委会主任

王仲伟（上海青年联合会主席、团市委副书记）

评委会副主任

顾洪辉（团市委宣传部副部长）
戎方恩（上海凤凰自行车公司副总经理）
周长江（上海油画雕塑院副院长）
俞晓夫（上海青年美术家协会会长）

评委

张　旗（上海青年文联秘书长）
张桂铭（上海中国画院副院长）
施大畏（上海中国画院副院长）
戴恒扬（上海戏剧学院教授）
陈　龙（上海美术馆副馆长）
黄阿忠（上海大学艺术研究所副主任）
胡志荣（上海美术馆收藏研究部副主任）
沈浩鹏（上海青年美术家协会秘书长）
刘亚平（上海师范大学美术系副主任）
张安朴（上海美术家协会艺委会委员）
陈　文（上海电视台文艺记者）
郑辛遥（著名漫画家）
陈心懋（上海华东师大艺术系副主任）
肖　谷（上海艺术创作中心办公室主任）
杨剑平（上海大学美术学院副教授）

筹委会名单

筹委会主任：张　旗

副主任

戎方恩　胡志荣　黄阿忠　严明邦

筹委会委员

俞晓夫　周长江　刘亚平　沈浩鹏　张　坚
陈心懋　杨展业　肖　谷　陆兆华　王　正
王天德　李　超　向　农

14

19

15

16

17

12 18

'93

1993年部分参展作品

1. 姜建忠 **侧面的肖像** 油画
2. 陈心懋 **作品No. 02** 综合材料
3. 汪 磊 **构成** 油画
4. 胡永鹏 **梦蝶（局部）** 油画
5. 王 正 **春山雨霁** 国画
6. 蔡 忠 **记忆（局部）** 国画
7. 周长江 **互补系列No. 48** 油画
8. 黄阿忠 **沉寂** 国画
9. 梁卫洲 **室内 · 照镜子的男人** 油画
10. 胡志荣 **积雪的山脊** 油画
11. 韩巨良 **动力** 油画
12. 沈浩鹏 **再生No. 40-18（局部）** 国画
13. 陆兆华 **女孩 · 娃娃** 油画
14. 杨剑平 **无题-4** 雕塑
15. 肖 谷 **劳动者** 版画
16. 俞晓夫 **静物（局部）** 油画
17. 刘亚平 **画夜（局部）** 油画
18. 向 农 **运动系列No.3** 版画
19. 金国明 **世纪惊星** 油画

1999年 “上海青年美术大展”概述

1993年后，由于上海青年文学艺术联合会领导机构调整、展览经费及社团整顿等原因，“上海青年美术大展”一度处于停办状态，直到1998年才被重新提出。

当时在上海市文化局任职的肖谷和李磊重新开始筹备“上海青年美术大展”，并提交了详细的计划，草拟了《'98上海青年美术大展募资方案》和《关于举办'98上海青年美术大展的方案》等文件方案，并做了比较充分的准备工作，但由于各种原因1998年这个展览没有开成。

为了重塑“上海青年美术大展”的品牌，推动上海青年美术创作，1999年成立了“上海市青年文学艺术联合会美术专业委员会”，并经过上海市文化局和共青团上海市委员会的共同努力，“上海青年美术作品大展”终于在1999年重新成功举办，并设立了“青春汇演”的主题。虽然说当时刘海粟美术馆并没有直接参与策划工作，但展览场地的确定与展览的收件、布展及后期的大量组织工作的操作，为今后“上海青年美术大展”成为刘海粟美术馆的品牌性展览奠定了基础。

征稿通知

迎接灿烂的新世纪
'99上海青年美术大展
（1999年4月3日-11日）

新的世纪即将来临，时代的号角催人奋进。在上海迈向21世纪国际化大都市的进程中，我们迎来了上海解放50周年；迎来了建国50周年；迎来了新世纪的曙光。在这激动人心的时刻，上海的青年美术工作者怎么按捺得住胸中的激情，怎么能不挥洒手中的画笔来讴歌我们伟大的祖国，伟大的时代呢！

上海拥有一支高素质的青年美术创作队伍，他们在上海精神文明建设中作出了贡献。这次大展是对上海青年美术创作总体水平的一次检阅，也是为青年美术人才脱颖而出提供一个舞台。
让我们用青春的色彩装点上海的春天！
让我们用青春的激情迎接灿烂的新世纪！

2. 组织委员会

顾　问：程十发　上海中国画院院长
　　　　方增先　上海美术馆馆长
主　任：干树海　上海市文化局副局长
副主任：宗　明　共青团上海市委员会副书记
　　　　刘　建　上海市文化局党委副书记
　　　　李智平　青年报社总编辑
　　　　徐昌酩　上海市美术家协会副主席
委　员：（以姓氏笔画为序）
　　　　毛时安　上海艺术研究所所长
　　　　王经博　上海市文化局大型活动办公室副主任
　　　　刘达望　上海框王艺术装潢材料有限公司常务副总经理
　　　　李向阳　上海美术馆执行馆长
　　　　李　坚　新民晚报文艺部主任
　　　　吴逸群　上海市文化局文化市场处处长
　　　　余亮茹　团市委常委、宣传部部长
　　　　林安庭　上海市文化局计财处副处长
　　　　杨春曼　上海市文化局群美图处处长
　　　　张桂铭　刘海粟美术馆执行馆长
　　　　陈钧德　上海油画学会会长
　　　　施大畏　上海中国画院常务副院长
　　　　谈建军　上海油画雕塑院执行院长

2. 评选委员会

主　　任：张桂铭
副 主 任：朱国荣　李　磊
委　　员：（以姓氏笔画为序）
　　　　王兆荣　刘海粟美术馆副馆长
　　　　王劼音　上海大学美术学院教授
　　　　王祖光　青年报社副总编
　　　　朱国荣　上海市美术家协会副秘书长
　　　　刘亚平　上海师范大学艺术学院副院长
　　　　李　旭　上海美术馆研究人员
　　　　李　磊　上海市文化局团委书记
　　　　邱瑞敏　上海油画雕塑院副院长
　　　　肖　谷　美术活动家
　　　　汪大伟　上海大学美术学院常务副院长
　　　　张桂铭　刘海粟美术馆执行馆长
　　　　朱小明　华东师范大学艺术系副主任
　　　　周长江　上海油画学会秘书长
　　　　郭连生　上海市文化局群美图处副处长
　　　　韩天衡　上海中国画院副院长

五、作品征集：
1. 作者
凡年龄在40周岁以下，现居住在上海市的中国公民。
2. 作品
（1）近年来创作的、未参加过市级以上美术展览的作品，题材内容、表现形式不限；
（2）展现上海改革开放、两个文明建设新形象的作品 尤为欢迎；
（3）艺术品种有中国画、油画、版画、水彩（水粉）画、雕塑，不收实用美术作品和习作；
（4）尺寸：平面作品（连框）不大于200cm高×180cm宽、不小于80cm×50cm，雕塑不大于150cm长×150cm宽×150cm高；
（5）平面作品均需自行装裱或配框。雕塑不收石膏、玻璃等易碎材料制作的作品。
3. 征集及展出地点。
刘海粟美术馆（虹桥路1660号，有编200335）
4. 征集时间
1999年2月26日（星期五）至28日（星期日）
5. 报名要求
（1）填写报名表及作品登记表
（2）每位作者报名作品不得超过两件
（3）每件报名作品必须付50元报名费
（4）每件报名作品须交可供印刷、宣传用的135或120反转片1张。

六、评选和奖励：
1. 征集展
在广泛征集作品的基础上，评出入选作品120件左右。再从其中评出大奖一件、一等奖二件、二等奖三件、三等奖五件，特别奖若干件。
2. 设奖情况
大奖及一、二、三等奖为政府奖。
特别奖为以赞助单位命名的专项奖。目前已设的特别奖有：
①孟光美术教育特别奖——奖给在校学生创作的优秀作品；
②马利特别奖——奖给大展中的油画优秀作品；
③海圣特别奖——奖给大展中的中国画优秀作品；
④雅昌特别奖——奖给大展中的版画优秀作品；
⑤框王特别奖——奖给大展中以上海为创作题材的优秀作品。
3. 奖励办法
（1）获奖者将获得主办单位颁发的奖牌及由上海实业马利画材有限公司和上海海圣艺术品有限公司提供的奖品。
（2）获奖者将被推荐为上海中国画院、上海油雕院兼职画师候选人。

征 稿 通 知

迎接灿烂的新世纪

'99上海青年美术大展

（1999年4月3日～11日）

新的世纪即将来临，时代的号角催人奋进。在上海迈向二十一世纪国际化大都市的进程中，我们迎来了上海解放50周年，迎来了建国50周年，迎来了新世纪的曙光。在这激动人心的时刻，上海的青年美术工作者怎么按捺得住胸中的激情，怎么能不挥洒手中的画笔来讴歌我们伟大的祖国，伟大的时代呢！

上海拥有一支高素质的青年美术创作队伍，他们在上海精神文明建设中作出了贡献。这次大展是对上海青年美术创作总体水平的一次检阅，也是为青年美术人才脱颖而出提供一个舞台。

让我们用青春的色彩装点上海的春天！

让我们用青春的激情迎接灿烂的新世纪！

一、主办单位：

上海市文化局

共青团上海市委员会

上海市美术家协会

刘海粟美术馆

青年报社

二、协办单位：

上海市青年文学艺术联合会

上海美术馆、上海中国画院、上海油画雕塑院

上海恒王艺术装潢材料有限公司　　深圳雅昌彩色印刷有限公司

三、时间、地点：

1. 时间：1999年4月3日（星期六）至11日（星期日）

2. 地点：刘海粟美术馆（上海市虹桥路1660号）

四、组织机构：

1. 组织委员会

顾　问　程十发　上海中国画院院长

　　　　方增先　上海美术馆馆长

主　任　王树海　上海市文化局副局长

副主任　宗　明　共青团上海市委员会副书记

　　　　刘　建　上海市文化局党委副书记

　　　　李智平　青年报社总编辑

　　　　徐昌酩　上海市美术家协会副主席

委　员　（以姓氏笔划为序）

　　　　毛时安　上海艺术研究所所长

　　　　王经博　上海市文化局大型活动办公室副主任

　　　　刘恒望　上海恒王艺术装潢材料有限公司常务副总经理

　　　　李向阳　上海美术馆执行馆长

　　　　李　坚　新民晚报文艺部主任

　　　　吴德群　上海市文化局文化市场处处长

　　　　余亮磊　团市委常委、宣传部部长

　　　　林安胜　上海市文化局计财处副处长

　　　　杨春曼　上海市文化局群美图处处长

　　　　张桂铭　刘海粟美术馆执行馆长

　　　　陈均德　上海油画学会会长

　　　　施大畏　上海中国画院常务副院长

　　　　谈建军　上海油画雕塑院执行院长

2. 评选委员会

主　任：张桂铭

副主任：朱国荣　李　磊

委　员：（以姓氏笔划为序）

王兆荣　刘海粟美术馆副馆长

王劼音　上海大学美术学院教授

王知光　青年报社副总编

朱国荣　上海美术家协会副秘书长

刘亚平　上海师范大学艺术学院副院长

李　旭　上海美术馆研究人员

李　磊　上海市文化局团委书记

邱瑞敏　上海油画雕塑院副院长

肖　谷　美术活动家

汪大伟　上海大学美术学院常务副院长

张桂铭　刘海粟美术馆执行馆长

朱小明　华东师范大学艺术系副主任

周长江　上海油画学会秘书长

郭选生　上海市文化局群美图处副处长

韩天衡　上海中国画院副院长

五、作品征集：

1. 作者

凡年龄在40周岁以下，现居住在上海市的中国公民。

2. 作品

(1) 近年来创作的，未参加过市级以上美术展览的作品，题材内容、表现形式不限；

(2) 展现上海改革开放、两个文明建设新形象的作品尤为欢迎。

(3) 艺术品种有中国画、油画、版画、水彩（水粉）画、雕塑，不收实用美术作品和习作。

(4) 尺寸：平面作品（连框）不大于200cm高×180cm宽，不小于80cm×50cm，雕塑不大于150cm长×150cm宽×150cm高。

(5) 平面作品均需自行装裱或配框，雕塑不收石膏、玻璃等易碎材料制作的作品。

3. 征集及展出地点

刘海粟美术馆（虹桥路1660号，邮编200335）

4. 征集时间

1999年2月26日（星期五）至28日（星期日）

5. 报名要求

(1) 填写报名表及作品登记表

(2) 每位作者报名作品不得超过二件

(3) 每件报名作品缴付50元报名费

(4) 每件报名作品须交可供印刷、宣传用的135或120反转片1张。

六、评选和奖励：

1. 设奖项

在初选征集作品的基础上，评出入选作品120件左右，再从其中评出大奖一件、一等奖二件、二等奖三件，三等奖五件，特别奖若干件。

2. 设奖情况

大奖及一、二、三等奖为政府奖。

特别奖为以赞助单位命名的专项奖，目前已设的特别奖有：

1.东方美术教育特别奖　　奖给在校学生创作的优秀作品；

2.马利特别奖　　奖给大展中的油画优秀作品；

3.海墨特别奖　　奖给大展中的中国画优秀作品；

4.雅昌特别奖　　奖给大展中的版画优秀作品；

5.恒王特别奖　　奖给大展中以上海为创作题材的优秀作品。

3. 奖励办法

(1) 获奖者将获得主办单位颁发的奖牌及由上海实业马利画材有限公司和上海海墨艺术品有限公司提供的奖品。

(2) 获奖者将被推荐为上海中国画院、上海油雕院兼职画师候选人。

"1999年上海青年美术大展"征稿通知

'99上海青年美术大展

组织委员会

顾　问：程十发　上海中国画院院长
　　　　方增先　上海美术馆馆长
主　任：干树海　上海市文化局副局长
副主任：宗　明　共青团上海市委员会副书记
　　　　刘　建　上海市文化局党委副书记
　　　　李智平　青年报社总编辑
　　　　徐昌酩　上海市美术家协会副主席
委　员：（以姓氏笔画为序）
　　　　毛时安　上海艺术研究所所长
　　　　王经博　上海市文化局大型活动办公室副主任
　　　　刘达望　上海框王艺术装潢材料有限公司总经理
　　　　李向阳　上海美术馆执行馆长
　　　　李　坚　新民晚报文艺部主任
　　　　吴逸群　上海市文化局文化市场处处长
　　　　余亮茹　共青团上海市委员会常委、宣传部长
　　　　林安庭　上海市文化局计财处副处长
　　　　杨春曼　上海市文化局社会文化管理处处长
　　　　张桂铭　刘海粟美术馆执行馆长
　　　　陈均德　上海油画学会会长
　　　　施大畏　上海中国画院常务副院长
　　　　谈建军　上海油画雕塑院执行院长

评选委员会

主　任：张桂铭　刘海粟美术馆执行馆长
副主任：朱国荣　上海市美术家协会副秘书长
　　　　李　磊　上海市文化局群美图处副处长　上海市文化局团委书记
委　员：（以姓氏笔画为序）
　　　　王兆荣　刘海粟美术馆副馆长
　　　　王劼音　上海大学美术学院教授
　　　　王祖光　青年报社副总编辑
　　　　朱国荣　上海市美术家协会副秘书长
　　　　刘亚平　上海师范大学艺术学院副院长
　　　　李　旭　上海美术馆研究人员
　　　　邱瑞敏　上海油画雕塑院副院长
　　　　肖　谷　美术活动家
　　　　汪大伟　上海大学美术学院常务副院长
　　　　张桂铭　刘海粟美术馆执行馆长
　　　　朱小明　华东师范大学艺术系副主任
　　　　周长江　上海油画协会秘书长
　　　　郭连生　上海市文化局工会主席
　　　　韩天衡　上海中国画院副院长

办公室
主　任：张桂铭　刘海粟美术馆执行馆长
　　　　郭连生　上海市文化局工会主席
　　　　李　磊（常务）上海市文化局群美图处副处长　上海市文化局团委书记
副主任：朱国荣　上海市美术家协会副秘书长
　　　　李智刚　《青年报》新闻中心总监
成　员：（以姓氏笔画为序）
　　　　王国安　刘海粟美术馆展览部副主任
　　　　毛冬华　刘海粟美术馆研究部副主任
　　　　李智刚　《青年报》新闻中心总监
　　　　杨碧云　上海市文化局团委副书记
　　　　肖　谷　美术活动家
　　　　沈　轶　《青年报》新闻部主任
　　　　韩国强　《新年报》文艺部主任
　　　　沈　虎　刘海粟美术馆研究部主任
　　　　沈竹楠　上海市文化局群美图处干部
　　　　徐俊亮　团市委宣传部干部
　　　　惠　蓝　刘海粟美术馆研究人员

'99上海青年美术大展作品集

前言

上海市文化局 副局长
'99上海青年美术大展 组委会主任
干树海

时值二十世纪末的最后一个春天，'99上海青年美术大展在历经长期策划和精心筹备后，终于与观众见面了。

这是一次美术界的盛会，更是年轻人的盛会，在迈向新世纪的共同主题下，上海的青年美术家和广大爱好者们将在这里集中展示他们近年来探索和创造的成果。对于上海这个国际大都市来说，这样的展览有助于文化事业的繁荣，更有助于市民整体文化素质的提高。

青年，是我们的明天；青年，是我们的希望。青年美术事业的建设和发展，标志着新时代的精神追求和未来文化的总体走向。本次展览的开幕，是上海青年文化事业建设逐步走向规范化的重要步骤，青年美展已对展览作了两年一次的规划，我相信通过青年们的积极进取和不懈努力，青年美术展必将成为独具魅力的大型美展。

在此，我谨对关心、扶植青年文化建设事业的各级领导以及鼎立支持本次展览的社会各界人士表示诚挚的谢意。

祝'99上海青年美术大展圆满成功！

裴　晶　《青年》油画
汪　磊　《都市痕迹》油画
赵　牧　《99•红色汇演》油画
王煜宏　《一盅水酒迎月圆》油画
陆　慧　《99届毕业生》丙烯材料
张　展　《小黎的下午》油画
柳爱华　《鱼》丙烯
陶琳娜　《玩具工》油画
段　滨　《梅雨》综合材料
黄渊青　《无题混合材料》材料
曲丰国　《手迹NO. 1998 II 白色》油画
胡亚强　《固辉》——百草园系列之四　油画
周　杰　《梦忆》油画
罗尔奇　《时空并置》油画
李军亚　《涅》油画
彭鸣亮　《世纪交响》油画
徐　岷　《过零丁洋》油画
陶　然　《陶然自得》油画
陈　墙　《作品97-12》油画
殷　峻　《花韵2#》油画
宋晓峰　《作品1999. 1》油画
黄惠敏　《菊苑风流》油画
张志岐　《山水》油画
陈予钢　《构图》油画
芮志诚　《前进》油画
吴晓申　《我心歌唱》油画
钱　伟　《园之二》油画
李大宪　《南村•北村（一）》油画
王心旭　李　燕　《春天》水粉
薛　嘉　《醒狮》油画
孙　洁　《歌》油画
乐　坚　《双生》13号　油画
葛俊辉　《有铜水烟壶的静物》油画
朱意林　《99•遗居》油画
张　琪　《依恋》油画
郑　寒　《阵风》油画
张劲松　《春眠》油画
周腾青　《古壶》油画
王伊楚　《静物》油画
吕德辉　《诱惑》油画

'99上海青年美术大展

作　品　集

1999年4月3日——11日

《'99上海青年美术大展作品集》 封面

前 言

上海市文化局 副局长
'99 上海青年美术大展 组委会主任
王树海

时值二十世纪末的最后一个春天，'99上海青年美术大展在历经长期策划和精心筹备后，终于与观众见面了。

这是一次美术界的盛会，更是年轻人的盛会，在迈向新世纪的共同主题下，上海的青年美术家和广大爱好者们将在这里集中展示他们近年来探索和创造的成果。对于上海这个国际大都市来说，这样的展览有助于文化事业的繁荣，更有助于市民整体文化素质的提高。

青年，是我们的明天；青年，是我们的希望。青年美术事业的建设和发展，标志着新时代的精神追求和未来文化的总体走向。本次展览的开幕，是上海青年文化事业建设逐步走向规范化的重要步骤，青年美展已对展览作了两年一次的规划，我相信，通过青年们的积极进取和不懈努力，青年美展必将成为独具魅力的大型美展。

在此，我谨对关心、扶植青年文化建设事业的各级领导以及鼎力支持本次展览的社会各界人士表示诚挚的谢意。

祝'99上海青年美术大展圆满成功！

"1999年上海青年美术大展" 前言

组织委员会

顾　问：程十发　上海中国画院院长
　　　　方增先　上海美术馆馆长
主　任：王树海　上海市文化局副局长
副主任：宗　明　共青团上海市委员会副书记
　　　　刘　建　上海市文化局党委副书记
　　　　李智平　青年报社总编辑
　　　　徐昌酩　上海市美术家协会副主席
委　员：(以姓氏笔画为序)
　　　　毛时安　上海艺术研究所所长
　　　　王[illegible]　上海市文化局大型活动办公室副主任
　　　　刘达平　上海[illegible]艺术装潢材料有限公司总经理
　　　　李向阳　上海美术馆执行馆长
　　　　李　坚　新民晚报文艺部主任
　　　　吴逸群　上海市文化局文化市场处处长
　　　　余竞茹　共青团上海市委员会常委、宣传部长
　　　　林安庭　上海市文化局计财处副处长
　　　　杨春曼　上海市文化局社会文化管理处处长
　　　　张桂铭　刘海粟美术馆执行馆长
　　　　陈均德　上海油画学会会长
　　　　施大畏　上海中国画院常务副院长
　　　　奚建军　上海油画雕塑院执行院长

评选委员会

主　任：张桂铭　刘海粟美术馆执行馆长
副主任：朱国荣　上海市美术家协会副秘书长
　　　　李　磊　上海市文化局群美处副处长　上海市文化局团委书记
委　员：(以姓氏笔画为序)
　　　　王兆荣　刘海粟美术馆副馆长
　　　　王劼音　上海大学美术学院教授
　　　　王祖光　青年报社副总编辑
　　　　朱国荣　上海美术家协会副秘书长
　　　　刘振平　上海师范大学艺术学院副院长
　　　　李　旭　上海美术馆研究人员
　　　　邱瑞敏　上海油画雕塑院副院长
　　　　肖　谷　美术活动家
　　　　汪大伟　上海大学美术学院常务副院长
　　　　张桂铭　刘海粟美术馆执行馆长
　　　　朱小明　华东师范大学艺术系副主任
　　　　周长江　上海油画协会秘书长
　　　　郭选生　上海市文化局工会主席
　　　　韩天衡　上海中国画院副院长

办公室

主　任：张桂铭　刘海粟美术馆执行馆长
　　　　郭选生　上海市文化局工会主席
　　　　李　磊(常务)　上海市文化局群美处副处长　上海市文化局团委书记
副主任：朱国荣　上海市美术家协会副秘书长
　　　　李智刚　《青年报》新闻中心总监
成　员：(以姓氏笔划为序)
　　　　王国安　刘海粟美术馆展览部副主任
　　　　毛冬华　刘海粟美术馆研究部副主任
　　　　李智刚　《青年报》新闻中心总监
　　　　杨碧云　上海市文化局团委副书记
　　　　肖　谷　美术活动家
　　　　沈　铁　《青年报》新闻部主任
　　　　韩国强　《新年报》文艺部主任
　　　　沈　虎　刘海粟美术馆研究部主任
　　　　沈竹楠　上海市文化局群美处干部
　　　　徐俊亮　团市委宣传部干部
　　　　惠　蕾　刘海粟美术馆研究人员

办公地点

上海市文化局团委（巨鹿路709号，邮编：200040）
电话：54031849　54035290转205

"1999年上海青年美术大展" 组委会、评委会、办公室名单

'99上海青年美术大展评选工作要点

1、从应征作品中初步评选出 200—250 件作品，再在此基础上评出 120—180 件大展入选作品。

2、原则上每位作者入选一件作品。个别被评委普遍看好的作品及雕塑作品可入选两件。

3、每个艺术品种的应征作品数与入选作品数的比例可大体相同。

4、获奖作品在入选作品的基础上评出。计大奖1个、一等奖2个、二等奖3个、三等奖5个。国画特别奖1个、油画特别奖1个、版画特别奖1个、以上海为题材的作品特别奖1个。共计15个。另外为在校学生设孟光美术教育特别奖10个。

5、展览前先评出获奖候选作品 30—40 件。正式获奖作品在这展览开幕后再评出。

6、评委和工作人员不得以任何方式将讨论内容和评选结果在组委会正式公布前向外界透露。对新闻界发布的消息统一由组委会办公室安排。

7、请每位评委在百忙中抽出半天时间参加大展期间的义务辅导美术爱好者活动。

'99上海青年美术大展组委会办公室

1999年2月26日

"1999年上海青年美术大展" 评选工作要点

金国明 《火跃》油画
吴舸 《黑夜来临》油画
陈小妍 《舞》丙烯
应小杰 《女生》油画
李海峰 《克隆-又一次裂变》油画
燕飞翔 《游》油画
袁向军 《黄昏瞬间》油画
余江 《全家福》油画
金卫忠 《陈震》油画
胡怡闻 《红天空的山》油画
陈海强 《跨越与阻隔之飞跃性》油画
徐君华 《中国山水系列之二》油画
刘毅 《皖南风》油画
孙志奎 《主角与配角》油画
张恩利 《吸烟者》油画
钟海宏 《岸》油画
王华 《绘画》油画
李军 《雨后放晴的五月》油画
郭庆玲 《糖客》油画
王远翔 《落脚点》丙烯
俞中保 《经幢》油画
张磊 《落》油画
刘波伦 《得意的一天》油画
王军锋 《月光》油画
张凯亮 《天长地久》油画
胡任义 《记得那一天》油画
金锋 《风景》油画
邹朝阳 《风景-我的梦》油画
闵彩霞 《面具》油画
黄玉兰 《城市节奏》油画
郭曦 《上海、上海、上海》油画
张静 《迎接新世纪》油画
杨福东 《席梦思之绣花枕头》油画
李向群 《海的风》油画
宋克西 《午日幻觉Allusion At Noon》油画
傅建翎 《阳光下的老屋》油画
陈振涛 《爱的梦幻》油画
刘彦赤 《梦幻中的战神》油画
胡思云 《XⅡ空间》油画
王慧敏 《嘿…》油画
陈征宇 《星雨》油画
汪洋 《又高了》油画
金晶石 《1999世纪舞蹈》油画
徐步成 《青塚》油画
周子曦 《有风筝的书》油画
王净 《泳》油画
史军亮 《回家》油画
陆云华 《后园风景》油画
宋永华 《西藏女孩》油画
孙云宏 《营销组合Ⅶ》油画
周明 《你想看见什么》油画
廖志豪 《秋乡》油画
杜湘 《玫瑰》油画
冯俊熙 《希望》油画
郑君山 《梦幻五重奏》油画
徐进 《末世纪三人主义》油画
蒋炜 《日记》油画
韩家泉 《饭后闲来观新闻》油画
张湧 《白》油画
司马青 《1999.2的点》油画
王远 《云图》油画
殷光华 《圆木系列之22-崩溃》水彩
徐国强 《风景》油画

贺子鉴 《沉重的翅膀》油画
吴伟 《机车97》油画
纪玉江 《春光》油画
傅鸿俊 《构架120》油画
袁滨 《在塔的左右》油画
汤曙 《天堂的企图》油画
高旨平 《株》油画
顾振华 《寻欢》油画
胡永鹏 《刘氏基因》油画
刘世江 《老家》油画
龚彦 《心曲》国画
陈亮 《残荷-秋》国画
计文于 《洋为中用》油画
刘广云 《工业风景》国画
丁蓓莉 《蔷薇》国画
万跃申 《祥和》国画
邬一鸣 《三只苹果》国画
胡炜 《风雨栖禽图》国画
何赛邦 《静物》国画
袁龙海 《秋色系列（二）》国画
邵仄炯 《陇山秋寒》国画
陈娟红 《春风得意》农民画
凤鸣 《腾云似烟》国画
周南 《新绿》水粉
赵爱华 《田园随想》国画
夏霓 《山之魂》国画
胡耀奇 《古韵绽放》国画
王善祥 《是否神仙》国画
郑惠康 《映山红》国画
林中鉴 《黎明断想之二》国画
沈向然 《清净世界》国画
王瑛 《青壮年》国画
张沪生 《希望之光》国画
张黎星 《海上旧梦的地方-老上海的洋房》国画
翁颖涛 《清影》国画
梁英杰 《延伸》国画
周弘湘 《TLS' 99NO.1》国画
高鸣 《约拿逃到大海上》丙烯
何曦 《地洞》国画
鲍莺 《紫薇》国画
崔建伟 《秋鸣》国画
张雪青 《六月的风》国画
白璎 《花季》国画
刘胜 《印象》国画
朱伟 《秋声》国画
李晏之 《战洪图》国画
吕官荣 《藏民》国画
韩峰 《漫-黑色之三》国画
汪洋 《山水》国画
万芾 《久安图》国画
郑文 《秋韵》国画
李钢 《天心一日、普印千江》国画
曹铃 《气象系列NO.9》国画
徐德强 《秋山图》国画
薛强 《如果云知道》国画
朱唯践 《歌声》国画
苏小松 《锦茵黑狸》国画
洪健 《家园夜籁》国画
邵仄炯 《溪山入梦》国画
成生虎 《荷梦》国画
平龙 《灯火》水彩
陈航峰 《晃》综合材料
郑志明 《我的家》水彩

’98上海青年美术大展募资方案

一、’98上海青年美术大展简介

1、’98上海青年美术大展将于1998年10月在刘海粟美术馆隆重举行，这将是全面展示上海青年美术创作成果的一次大展。由于上海近5 年没有举办过大型综合性青年美展，所以这次大展受到了广泛的重视。为此，上海市文化局、共青团上海市委、青年报社投入了精干的工作班子。上海市主要美术单位的领导和专家组成了阵容强大的组委会，刘海粟美术馆将开放所有展厅迎接青年艺术家的佳作，相信此次大展将在上海乃至全国美术界产生重大的影响。

2、’98上海青年美术大展将展出中国画、油画、雕塑、版画、 水彩（水粉）五个种类近200件作品。组委会将在其中评出一、二、 三等奖和优秀作品奖（政府奖）以及各种特别奖（以赞助人命名的专项奖）。

3、’98 上海青年美术大展将作为上海青年精神文明建设的重要活动在全市各大报刊、广播、电视进行宣传，并将在全国各大美术专业刊物上进行宣传。

二、募资方案

由于’98上海青年美术大展是政府主办的社会公益性文化艺术活动，故本次募集的原则上为义务捐款。

本次展览欢迎企事业单位和个人以现金、实物及其他形式的资助。

1、资助30万元

(1) 可设以资助人（企业、 产品）命名的奖杯（如＊＊杯’98上海青年美术大展及＊＊杯一、二、三等奖，优秀作品奖）；

1

曾策划的“1998年上海青年美术大展”募资方案（节选）

关于举办’９８上海青年美术大展的方案

（征求意见稿）

局领导：

根据局领导的要求，经与团市委、局群文美术图书馆处、刘海粟美术馆有关部门协商，并召开了二次专家咨询座谈会，在此基础上拟订此方案。

一、背景：

1、在上海迈向二十一世纪国际化大都市的进程中，在“两个文明”的建设中，美术创作与交流的繁荣是一流城市、一流文化的重要标志之一；

2、上海拥有一支强大的青年美术创作队伍，作为上海市的文化主管部门和有关群众团体，有责任充分引导这支队伍，使之成为上海精神文明建设的生力军；

3、上海已有近五年没有举办大型的以青年艺术家为主体的美术展，大展的举办是对上海青年美术创作总体水平的一次检阅，有利于青年美术人才的脱颖而出，有利于在青年中推动艺术的普及和提高；

4、98年10月上海将有“上海美术双年展”“上海艺术博览会”等重大美术活动，“上海青年美展”的举办将为金秋的上海画坛抹上一笔重彩。

二、主办单位：

上海市文化局

共青团上海市委员会

1

曾策划的“1999年上海青年美术大展”方案（节选）

鸣谢

“1999年上海青年美术大展”· 请柬

奚赛联	《假日》水彩
胡　宗	《苏州河桥》水彩
林少华	《毕加索的发现》版画
王泉芳	《鸡群》农民画
舒　翊	《茶馆NO.1》版画
陈　鸣	《有太阳的景物》纸刻画
向　农	《放飞和平》版画
倪　彤	《竹石梅》国画
王　欣	《XX日记》综合材料
汤剑炜	《节日系列Ⅰ》国画
夏　景	《忆》国画
卢　卫	《关羽疗伤图》国画
梁　钢	《朝》水彩
柳爱华	《裂变》装置
阮胜球	《老屋的回忆》水彩
沈秀华	《岁月》水彩
陈爱秋	《哭泣的灵魂》陶艺
穆昉谰	《瓶花》版画
赵龙观	《小镇》农民画
陈晓云	《极乐》版画
孔繁强	《集---灭》版画
胡　坚	《都市情结•台阶》雕塑
韩子建	《我心像花一样美丽》雕塑
李乾煜	《陌生人》雕塑
倪　巍	《岛》雕塑
陆步清	《尚》雕塑
钱　嵘	《在码头》雕塑
胡　坚	《海峡、聆听》雕塑
唐吉光	《江，堤》雕塑
李本海	《母—唤系列之一》雕塑
邱　加	《幽人》雕塑
汪海霞	《我们这个城市》雕塑
刘国柱	《吟诵》雕塑
徐文锋	《五星耀东方》雕塑
邱　加	《息》雕塑
夏　阳	《晴空》雕塑
李本海	《智者系列（一）》雕塑
徐文锋	《红色的情结》雕塑
王江浩	《墙》雕塑
蒋铁骊	《远行者》雕塑
宋　康	《窗》雕塑
孙一飞	《一次意外中的希望》雕塑
王绪全	《到那时…》雕塑
蒋进军	《牧歌》雕塑
潘东华	《男孩》雕塑
陈航峰	《肖像》雕塑玻璃钢
张　强	《千年仰韶》雕塑
吴　凯	《翔》雕塑
张　明	《无题》雕塑
张永千	《民族魂》雕塑

师夷
与世界之接轨
洋为中用
毕加索作

4

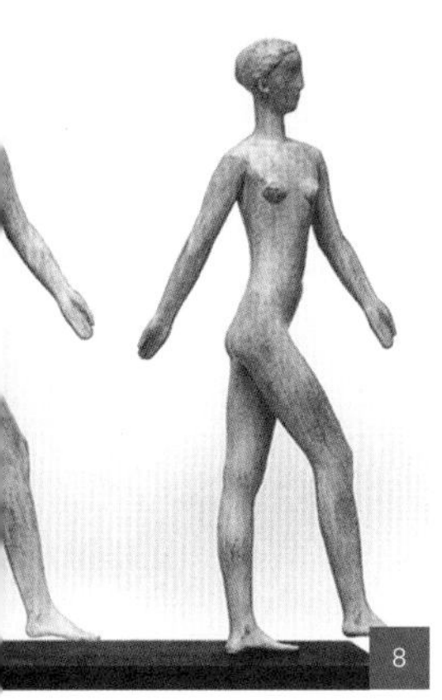

8

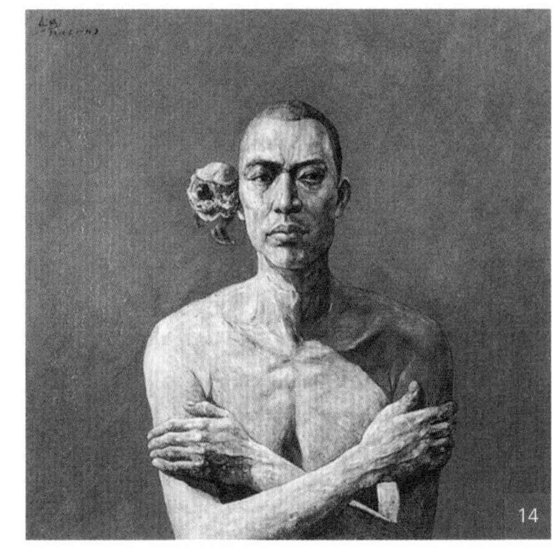

14

13

'99

1999年部分参展作品

1. 陈爱秋 **哭泣的灵魂** 陶艺
2. 陈　墙 **作品97-12** 油画
3. 张恩利 **吸烟者** 油画
4. 计文于 **洋为中用** 油画
5. 曲丰国 **手迹NO-1998II白色** 油画
6. 丁蓓莉 **蔷薇** 国画
7. 杨福东 **席梦思之绣花枕头** 油画
8. 蒋铁骊 **远行者** 雕塑
9. 金　锋 **风景** 油画
10. 王江浩 **墙** 雕塑
11. 徐步成 **青塚** 油画
12. 何赛邦 **静物** 国画
13. 龚　彦 **心曲** 国画
14. 胡永鹏 **刘氏基因** 油画

新民晚报 1999年3月15日

沪上新生代画家渐渐崛起

视野开阔 感觉敏锐

富有探索、创新精神的美术新生代正在上海崛起，这是从《'99上海青年美术大展》作品评选过程中传出的信息。

记者从青年美展的评委会了解到，本次参展作品的一大特点是丰富多彩：写实的、抽象的；有主题的、纯为精神探索的，各种形式都有，各种方法都用，特别是现代派的油画创作，充分反映出上海青年的开阔视野和敏锐感觉。一位评委说：他们很聪明，有想法，内心充满新的追求，这与上海这座城市给人的印象十分合拍，也让人从一个侧面体会到上海的文化传统和积淀。本来担心现在的青年人中，艺术创作可能已让位于经济活动，没想到发动后一下子冒出这么多好作品。

据悉，参加这次大展的多属"无名小辈"，年纪最小的只有14岁。评委们对送选作品采取了宽容的态度，以鼓励为主，把那些虽然还不太成熟、但显露出思想的作品尽量保留下来，相信有一天，笨拙的蛹终会蜕变为美丽的蝴蝶。

上海已经六年没有举办过全市性的青年美展了。八十年代中期至九十年代初，由团市委和青年美协主办的几届上海青年美展，曾推出好一批人才，目前在美术界占有主要位置的中青年画家、雕塑家中相当一部分人就是通过那些活动崭露头角的。那么，绚丽舞台重新搭起的今天，会不会又升起一群新星呢?

图为雕塑《无题》 张明

对此，评委的看法是：新生代画家除了艺术形式上的探索外，尚需加强生活实感。过去一些功成名就的美术家都是有生活作为基础的。这次评选中暴露出来的某些问题便与之有关，比如表现上海城市节奏和年轻人生活的作品较少、较弱。另外，普遍偏重油画创作，对版画等小画种认识不足；国画的临摹作品太多，未能体现时代精神和青年特点。谈及于此，一位青年农民画作者受到评委赞扬，新生代农民画既保留了传统的"土"味，又引进现代绘画的布局、手法，绘制也相当精到，给观众带来了美的享受。

记者 李菁

图为油画《城市节奏》 黄玉兰

1

图为农民画《鸡群》 王泉芳

新民晚报 1999年3月10日

二百余件作品入选青年美术大展

数量超出原先设想近一倍

本报讯（记者李菁）经过评委们的认真挑选，大约220件各类美术作品最终入选《'99上海青年美术大展》，这个数字，比组委会原先的设想数增加了近100件。

记者昨天从市文化局了解到，增加入选作品的原因之一是本次送选作品的数量很多，总体水准较高，使评委难以割舍；另一原因是年轻作者的态度都十分认真，不单创作认真，而且对配画框、运作品等相关事务也极其认真地对待，令评委们深受感动，以至筛选时下不了手。

评委会经商议后作出决定：宁可让画展挤一点，牺牲些展览效果，也要让尽可能多的年轻人获得展示自己才华的机会，不使他们在艺术发展的道路上留下遗憾。

2

采访札记

如何看待青年画家善待『丑』

——对青年美术现象的思考

正在举行的'99上海青年美术大展上，有一个很引人注目的现象是：善待"丑"。一些青年画家有意将一些在视觉上令人感到"不美"的东西，以艺术的手段直露地表现出来。这在其他年龄段美术家的作品中是很少见的。

一些论者认为，这些表现"丑"的作品，是作者内心感受的一种直率的宣泄。如裴晶的一幅油画《青年》：两个特大的头、两排整齐的牙齿，意在表现青年憨厚、热情的性格；张展的油画《小黎的下午》表现的是一种失望、迷茫和无奈的心绪；还有余江的油画《全家福》、陈庆玲的《糖客》和胡任义的《记得那一天》等，作者的意图显然不在于表现"美"，而是借助于这些"丑"的人物形象，来表现一种孤独、矛盾和扭曲的心态。这些不以"美"为追求目标的作品，在部分青年美术家的笔下，表露得十分真实、坦率。

对于这种善待"丑"的现象，有专家指出，艺术的表现目的并非只有"美"；当作者的某些情感无法用美来展示时，改用"丑"来表现，反而能如愿地达到目的。当然，这里的"丑"，不单是指丑陋的东西，也包括荒诞、冷寂、嘲弄、孤独、颤栗、绝望等情感的宣泄。如果运用得当，也不失为有效的艺术表现手段。青年画单纯选择表现美，从某种意义说，表明他们正在寻找艺术语创新，也表明他们的艺术触角面地、肤浅地表现周围的事物，到人的复杂的内心情感，从而了、拓宽了美术表现的题材和手

专家们同时也指出，善待不是艺术的主流，更不是全部。作者在摆脱了某些"束缚"后，游离火热的现实生活，一味地表现所谓的"个人生存状态"、于追求"丑"，就有可能误入另歧途。从这次应征和展出的作品被称之为"主旋律"的作品微微，就证明这种担心不是多余的

专家们还谈到，80年代海青年美术作品展览，有许多现实生活的作品，如陈逸飞、山的《蒋家王朝的覆灭》，戴恒人的《在希望的田野上》，俞晓《我轻轻地敲门》，徐文华的《王向明、金莉莉的《渴望和平》反映出那个时期的青年美术努力用新的艺术形式来表现代的艺术追求。而这次美展恰恰缺少了类的作品。他们认为，上海当代青年美术者应该在展现上海的巨大变化、上海特文化以及揭示现代都市人的心态等方面作为。

解放报 99.4.12 本报记者 顾咪咪

十四版 1999年4月4日 星期日 新民晚报 Pictorial ·画 刊·

青春会演

——九九上海青年美术大展

'99上海青年美术大展于4月3日开幕。220件由青年美术工作者精心创作的作品在刘海粟美术馆展出，另有12个专题展览同时与观众见面。大展期间还将举办"双休日辅导美术爱好者"、"中、小学生参观专场"、"免费艺术欣赏讲座"等艺术普及活动。

在迈向新世纪的主题下，上海青年美术家和广大美术爱好者集中展示了他们近年来探索和创造的成果。对于上海这个国际大都市来说，这样的展览有助于文化事业的繁荣，有助于市民整体文化素质的提高；青年美术事业的建设和发展，更是标志着新时代的精神追求。谨以这次大展作为对"五·四"运动80周年的纪念。

李磊

◀《清净世界》国画 沈向然 ▶《六月的风》国画 张雪青

◀《舞》丙烯 陈小妍
▼《都市痕迹》油画 汪磊

春风得意》农民画 陈娟红

▲《有太阳的景物》纸刻画 陈鸣

▲《无 题》雕塑 张明
▶《醒 狮》油画 薛嘉
▼《家园夜籁》国画 洪健

金阳台（画刊） 本版编辑 李安瑜

◀《腾云似烟》国画 凤鸣 ▶《瓶 花》版画 穆昉澜

▶《希望》油画 冯俊熙

5

1. 《新民晚报》 1999年3月15日
2. 《新民晚报》 1999年3月10日
3. 《解放报》 1999年4月12日
4. "1999上海青年美术大展" 宣传页
5. 《新民晚报》 1999年4月4日
（此为"1999上海青年美术大展"媒体宣传）

从"五四"迈向新世纪　特别报道

代表着目前上海青年画者的总体水平

上海青年美术大展

感受同龄人的脉动

年轻人专注地欣赏着每一幅作品。　摄影/记者　许海峰

本报专稿/记者　杨柳

"上海很久没有搞过如此大规模的青年画展了。"几百幅优秀作品将刘海粟美术馆装了个满堂。

一大早便赶来的上海大学美术学院的教授廖炯模老先生认真仔细地观赏了每一幅参赛入围作品。他高兴地说，比赛十分激烈，这可以从眼前的这些作品中看出，大部分作品是倾力之作，代表着目前上海青年画者的总体水平。

的确，在展馆中走走，时而可以被一幅技法传统、精湛的油画或国画所吸引，时而又会为一件想法独特、风格前卫的雕塑品大声叫绝。来自加拿大的画家Jeffery说，画展中许多作品让他感到震惊。或许是语言上无法沟通，他无法得知每一幅作品创作者的经历以及对画的立意，但他认为，这样反倒没了拘束，他可以更深入地凭眼、用心去感受每一幅画的寓意。

在上海从事创作的美国画家潘约翰先生此次也兴致勃勃地看了画展，或许是因为专业的缘故，他在每幅画前都要站上十多分钟，以便细细品味个中神韵。他特别欣赏一幅名为《黎明断想》的作品，表现大胆，想法独到。他认为上海的年轻画家是有希望的一批艺术家，很想多见见面，交个朋友。

到场的观展者中最热心的莫过于青年学生了。还不到中午，展馆门口就已密密麻麻地停满了自行车，许多路程还颇远，甚至有来自嘉定与崇明的。就读于复旦的两位女生虽说不是艺术专业的学生，但也认真地欣赏着每一幅佳作。她们说，这次的画展是非看不可的，因为都是同龄人的作品，最能从中感受到时代脉动。

当然，更多的是本就热爱绘画艺术并就读美术专业的学生，他们成群结队地涌入展馆。一位中国纺织大学装潢专业的一年级女生还仔细地将每一幅作品拍摄下来，以便带回去与老师、同学一起研究。

不过，一些老艺术家在肯定的同时，也真诚地提出了不足之处。身为中国美术家协会会员的陈乃秋先生告诉记者，形式多样的确发挥了青年人的创作天赋，但个别作品过于早熟。他建议青年画家切记戒骄戒躁，在激进的同时，也别忘了应以打好基础为重。

历经半年精心筹备　讴歌特殊的历史时刻

本报讯/宋元

从上海美术事业发展和群众性精神文明建设的需要出发，上海青年美术大展将成为由刘海粟美术馆为中心展区的每两年举办一次的大型美术展览。

对于广大青年美术工作者和美术爱好者来说，这无疑是一个福音。

历经近半年的精心策划和筹备，'99青年美术大展隆重开幕，它的背后凝聚着本次美展组织委员会和评选委员会的心血。

早在半年之前，美展组委会成员就敏锐地意识到，在上海迈向21世纪国际大都市的进程中，今年即将迎来"五·四"运动80周年、上海解放50周年、建国50周年等大型庆祝活动。活跃在上海的美术工作者，肯定会拿起手中的画笔，来讴歌这一特殊的历史时刻。"要给青春的色彩提供一个展现的舞台"。

组委员成员为此加班加点，付出了相当的时间和心血。一个月前，美展评委会副主任李磊因为加夜班，患上流感最严重时病倒在家里，却又利用家中的电话和传真机开展工作。现在，美展隆重开幕，展厅内脸上笑得最灿烂的人就是他。

青年美术爱好者　为了共同的爱好相聚

本报讯/宋元

这是一次全市青年美术爱好者的盛会。

青年美术作者、美术爱好者、青年美术评论家，还有许多的学生和青年教师，在4月3日，'99上海青年美术大展开幕的这一天，为了共同的爱好而相聚。

本次美展的组委会主任干树海在美展作品集的前言中写道："青年，是我们的明天；青年，是我们的希望。青年美术事业的建设和发展，标志着新时代的精神追求和未来文化的总体走向。"

开幕式这天，记者随机采访了十多位青年美术作者和青年美术评论家，他们大都对本次美展持肯定态度，并从自己的角度出发，对展览作品作了诚挚的评点。

美术作者薛嘉的作品《醒□》入选，他一早就赶来参加开幕式。大致看了画展的作品后说，"这些作品大都洋溢着青春纯真的气息，几乎没有什么商业味，这是难能可贵的。而且由于对作品的限制不多，作者的个性能自由发挥出来，也确实产生了一些有思想、有力度的作品"。

青年画家燕飞翔站在自己的作品《游》面前，热情地向记者介绍他的作品内涵："我要表现一个人内心的感情，展现的是一种生命的游动和力量。"他说，目前已有一个德国收藏家看中了这幅作品，打算收购。

面对这么多兴奋而真诚的青年美术作者，青年美术评论家李旭感叹说："上海拥有一支高素质的青年美术创作队伍，本次美展是对他们总体水平的一次检阅。我坚信，一个民族的全新视觉经验，将会在新一代青年的创造中诞生。"

画家陈逸飞先生认真地观看作品，时不时地点头，记者听到他使用频率最高的是两个字："不错"。潜台词不言而喻：后生可畏！

1

'99上海青年美术大展系列活动

(1)4月3日—11日，'99上海青年美术大展在刘海粟美术馆举行。

(2)'99上海青年美术大展学术系列展览

展览名称	主办单位	展出地点
上海青年文联美术专业委员会委员联展	上海青年文联美术专业委员 上海油画雕塑院	上海油画雕塑院 虹桥路农工里100号
'99中国新观念艺术展	上海青年文联美术专业委员会 华东师范大学艺术系	华东师范大学艺术系 中山北路3663号

(3)'99上海青年美术大展画廊系列展览

	画廊	地址	展览	内容
1	史丹尼艺术空间	长乐路615号	色界——新空间艺术展	青年艺术现代水墨、水彩、油画、版画等
2	意心斋画廊	安福路233号2室	当代水墨画系列展	青年艺术[illegible]
3	龙画廊	梅龙镇广场六楼	中日青年画家联展	中国、日[illegible]代水墨[illegible]
4	霍克艺术中心	古北新区荣华西道39弄8B	青年版画展	青年艺术[illegible]
5	凡达利画廊	伊山路785号	版画四人展	青年艺术[illegible]
6	香格纳画廊	皋兰路2号甲（复兴公园内）	三十而立，四十不惑	在沪外[illegible]品展
7	框王画廊	[illegible]路140号	上海青年画家油画精品展	油画
8	海圣艺术品公司	长寿路[illegible]号4楼（上海当代书画院）	韶光——清代皇家服饰及民国木雕展	古代服饰[illegible]
9	汉源书店	绍兴路27号	[illegible]——吴维奇抽象画展	青年艺术[illegible]

看画展像……

胡怡闻开幕式（文刊十、十五……）

系列画展　目不暇接

为配合此次'99上海青年美术大展，坐落于梅龙镇广场六楼的龙画廊从4月3日起推出中日青年油画展，30多幅精选出来的作品，展现出十几位中日青年画家的才华和对世界的新视角。而在刘海粟美术馆主会场展出的青年美术大展结束后，大展评选出15幅得奖作品及一些优秀作品将移至龙画廊展出。可以说，这是精品展中的精品展，美术工作者和爱好者切莫错过这个观摩良机。

海圣艺术品公司为配合'99上海青年美术大展，在长寿路652号二楼商务中心展示厅举办"韶光——清代皇家服饰及民国木雕展"，展出的百余件民间建筑木雕以高浮雕、浅浮雕、影雕、混雕、漏雕等手法，体现了中国民间能工巧匠的聪明才智。同时还有不少雕花窗板、门板，可为现代家居装潢提供素材和想象空间。

在皋兰路上的香格纳画廊将于4月3日起举办在沪外籍青年艺术家作品展，这是一个颇有新意的画展，其中有日本画家的油画，美国画家的装置艺术、录像艺术，德国画家的水墨和霓虹灯装置及美国画家在水彩纸上绘下的老上海印象。此外，值得一看的画展还有在长乐路上史丹尼画廊举办的现代水墨、水彩、油画、版画展；在古北新区霍克艺术中心举办的青年版画展和在东海堂举办的"三人行"青年艺术家油画展。

2

4版　文化新闻　青年报、学生导刊 YOUTH DAILY
◆一九九九年三月十日　◆星期三　◆责任编辑　韩国强　◆版式策划　朱□□

上海青年美术大展征稿一幕

雨中，画作从四方涌来

本报专访/宋元

2月28日，'99上海青年美术大展征稿的第三天，设在刘海粟美术馆的征稿存放厅可谓"画满为患"。截至征稿最后时间当晚5时，据'99上海青年美展办公室统计，大展共计收到各类美术作品473件。这个数字充分显示出上海青年美术工作者及众多美术爱好者们的创作热情和积极的参与意识。

据记者了解，在此次报名参展者中，年龄最大的40岁，最小的仅14岁。其中，有不少年龄较长的美术创作者多次向大展组委会办公室提出申请，却因实际年龄超出参展年龄资格线2、3个月而无法报名参展。

……

本次美展油画作品选送的数量之多，是大展组委会所始料不及的。……在3月1日的评选中，共有220件作品入选参展。

……

与艺术沟通

■韩铭笑

未名画家走出斗室　你行，你就能冒出来

本报专访/记者杨柳

胡怡闻：好东西与大家分享

本报专访/宋元

思强网络调查显示，年轻人渴望上海成为艺术之城

本报专访/记者杨柳

4

焦点新闻

最新消息

本报讯　记者田健东

21世纪的艺术大师之"梦"有了开始的地方

'99上海青年美术大展今起亮牌征稿

青年报　一九九八年九月二十二日　星期二

在美院课堂与大师之间　艺术青年只能埋没在苏州河边的小阁楼里茫然等待"亮相"机会

给我一片能飞翔的天空

本报专稿/记者田健东

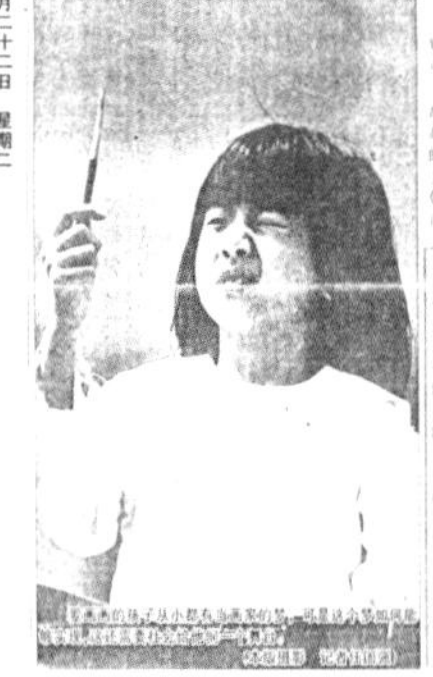

太地书画名家陈容多年不变　艺坛前辈强烈关注青年美术展

快搭台让后生们出头

本报讯/记者田健东

专家说法

3

1.《青年报》　1999年5月4日　　3.《青年报》　1998年9月22日　第8版
2.《青年报》　1999年1月7日　　4.《青年报》　1999年3月10日　第4版

（此为"1999上海青年美术大展"媒体宣传）

《新民晚报》1999年3月31日　第二十版　"十日谈"

住在美术馆的那些日子　李旭

我是东北人，老家在长春，在北京读了四年书之后毕业分配到上海美术馆工作，那是1988年的秋天，那一年，我21岁。

到上海之后才发觉自己对上海的住房困难程度估计不足，结果在单位临时腾出的一间宿舍里一住就是八年。1996年，我搬进了分配到的莘庄一套住房，从闹市到郊区，冷清了许多，也安静了许多，可以静静地回忆一些事情，包括住在美术馆的那些日子。

我当时住在美术馆办公楼的二楼，房间只有8平方米，窗户对着楼梯口，门对着另外一间办公室，每天吵吵闹闹、人来人往，每逢重要展览，我都会结交很多美术圈的朋友，于是我的小屋里就成了朋友聚会和歇脚的场所。尽管一进屋就要坐在床上，但"接待高峰"时一天就有二三十人次，在那种情况下，必须是一批人来，早到的一批人就得走了。一来二去，我这间小屋就成了信息的集散地，而且光顾这里的，绝大多数是美术圈里的年轻人。后来，在朋友的信任和鼓动下，我和画家朋友孙良开始着手收集和整理青年美术档案资料的工作，我们与许多年轻画家、雕塑家联系，收集了他们的简历、代表作品、幻灯片，这项工作后来也得到了许多中、青年画家们的响应。档案渐趋完善后，我把简历和图片做成插册，孙良把幻灯片分类存档，这样，一有机会，我们便可以较为全面地推荐和介绍上海的青年美术了。这些资料真正起作用，还是在1992年以后，从那时起，国内外美术交流的机会多起来了，传媒对青年美术也越来越有热情了。我手中的一本厚厚的资料册和孙良手上的几盒幻灯片曾为上海的美术青年们架起过许多桥梁，如今想来，这还是非常令人自豪和欣慰的事。

那些日子里，一听说什么地方冒出了新人新作便闻风而动，蹬着脚踏车从南京路直奔市郊，指望着能看到令人心动的作品而不虚此行；那些日子里，我勤奋地写作，为青年美术的崛起而喝彩；那些日子里，许多画家朋友邀请我做经纪人，由于对评论的立场有所顾忌我还是谢绝了这些请求，故此清贫依旧；那些日子里，好多朋友出了国，另外一些朋友发了财，极少数朋友终成大器……

前些日子，清理书籍的时候我又看到了那本厚厚的资料册，里面有许多画家们的前天和昨天，却没有他们的今天。也曾有许多青年，如今都变成了中年。他们曾经都是那么稚拙或者质朴，现在却都是那么成熟或者世故。

十年，不长也不短，对回忆来说，还缺乏足够的距离；对历史来说，这不过是短短的一瞬。但住在美术馆里的那些日子，对我个人来说，的确是终身难忘的经历。

《新民晚报》1999年4月1日　第二十版　"十日谈"

遇到几位好老师　毛冬华

每年的三四月份是各类艺术院校招生的日子，看到考生忙忙碌碌的身影，忐忑不安的样子，不禁想起11年前我也是一个惴惴不安的考前班的学员。

那年我第一次考上大美院中专落榜，下决心停了学第二年再考。虽然置身于"死地"却不知如何才能"后生"。去学习班第一张是画挂像，才八开大的纸上有一半以上是顾老师改的，末了，老师轻轻地留下一句话"还不太理解"。我真觉得到了"山重水复"的地步。几天以后，班里让准备考大学的学生画一个名叫凯撒大帝的石膏胸像，头部向前又向左微倾，透视感强不容易掌握。我不自量地铺开刚借来的对开铅画纸，抱着试一试的心情，大胆地画了起来。几个课时后，顾老师对我说："你这张画进步了，形打得不错，明暗控制一下，不要太过，希望把这种效果固定下来。"这句话使我兴奋了好几天，这种鼓励使我信心大增，仿佛到了柳暗花明又一村的境地。这张素描画了二十多小时。打那以后，素描算是入门了，在老师的指导下，不长的时间内便把这种偶尔产生的效果巩固下来，就此上了一个台阶。

记得那时我同时上了好多学习班，在济南路的业余艺校，每星期天上午学色彩、下午晚上画素描，一天十多小时连续作战，有位石老师的一句话对我触动很大："你画画怎么像没有心思一样，6小时才画这一点？！应该在3小时内完成！"我在笔记本上记录了老师的话并加了感叹号和问号。以后再也不敢懈怠了，我全神贯注，眼快手疾，养成了不拖沓的习惯。相对石老师的严肃，另一位步老师显得和蔼可亲，步老师会极有耐心地帮我改动画面，好像画自己的作品一样认真，在我刚要走神的那一刹那，他会慢条斯理的指出该注意的细节部分，两位老师一张一弛的节奏，使我在第二年素描考试中用3小时而达到6小时才有的效果。

还有一位叫朱雅飞的老师，他只教了我四五次，之后便去了日本，后来听说他回国了，已经考入了上大美院的我便按原地址去信，却收到查无此人的退件，就此渺无音讯，无处寻找……朱老师的素描是我所见过中最棒的，至今我还保留着他去日本前送我的一幅小小的素描，只要有时间，我就会打开，对着作品细细地欣赏……老师曾轻松地为我示范画了素描、色彩各一张，作画时老师几乎不说话，只记得他曾婉转地对我说："你好像不太愿意否定原来画好的东西。"当时我内心好像没有接受，事后我觉得这是一个很值得注意的问题，敢于出新这是搞艺术的人一直应保持的心态。

我觉得我很幸运，碰到许多好老师，有那么多美好的回忆，使生活充满着激情与希望，同时我也学会了以感激的心情对待生活，在别人需要帮助的时候，给他们增添热情和信心，使他们也成为幸运的一族。

《新民晚报》1999年4月2日　第二十版　"十日谈"

绘画之旅　乐坚

同大多数画家相比，我学画的起步实在算不上早。十八岁那年，我突然对绘画有了兴趣。由于当时的特殊环境及条件的限制，我只能天天面对着镜子画自己，在镜子中理解人物。就这样画啊画，也不知道画了多少幅自画像，直到今天我还偏爱画自画像，这都是那时候的情结。为了获得"正规训练"，我将许多个月的积蓄购买了一只"荷马"石膏像，开始进行最为基本的素描练习。我在黑暗中摸索，而给我影响最深的是借到了两张石膏像的素描示范图。那是"高手"的作品，看了以后大为惊叹，石膏像居然可以画得如此精彩，于是便把这两张素描示范图挂在墙上，每天早晨起，必定伫立这两幅画前细细揣摩。回想起那些日子，真是像开足了发条似的，着了魔"发痴"了。功夫不负有心人，在三起三落的高考痛苦中，迈入了上海大学美术学院中国画系。

大学毕业后我渐渐迷上了竹子。我喜爱看竹，喜爱画竹，但总觉得竹子又是特别难画。不断地画，不断地找感觉，不知画废了多少宣纸，还是没有什么长进。为了寻找画竹规律，做到胸有成竹，我就到生活中，到自然界中去观察。又不知过了多少个日日夜夜，某一天夜里，手中的笔像是沾有灵气似的，"势如破竹"般地找到了感觉，如"佛"之觉悟。画画就是这样，可遇而不可求，然而如果没有量的积累，灵气也是不可能投入到你的怀抱中来的。

然而，这只是绝大多数画画之人走的"康庄大道"。要成为一个画家，这只是一个开头。要想探索自己的艺术个性，形成自己的艺术风格，开辟自己的艺术道路，仅仅停留在勤奋上是不够的。艺术道路并不是平坦的，除了表现手段之外，创作观念和表达观念的母题是至关重要的。在当今的信息时代，国内国际的艺术交流非常频繁而丰富，所能看到的各种流派的艺术风格和各类画家的艺术个性也非常多，对于画家来说，自己的定位及个性的形成有一定的难度。特别是青年画家，容易被周围的环境所影响，以至于寻求不到自己真正原创性的潜能，找不到努力追求的方向。我在很长的日子里也是这样苦苦地追求，默默地思索。人们对我的创作和作品持着一种观望态度，有的甚至认为我的作品是个大插图。这是一个怎样冷寂而艰难的心理路程呵。当我的风格渐趋明朗时，人们的评价更是褒贬不一地涌了过来。对此，我是比较冷静的，因为我明白，人们对我的褒奖是一种鼓励，而对我的贬斥则是对我的一种鞭策。只要我自己深信不疑，坚持不懈地努力比什么都重要。好在自己还年轻，有努力奋斗的精力与时间，对于一个画家而言，时间是重要的。随着时间的推移，社会的发展，文化观念的更新，总有一天人们会理解的。绘画之旅漫长而艰辛，我为自己能在这条艺术道路上不断地跋涉而心满意足。

激情是生命的动力，也是艺术的动力。

《新民晚报》1999年4月4日　第十二版　"十日谈"

空间　王祖光

我有过不少启蒙老师，无论好坏，至今都有深刻的印象，其中一个就是我的表哥。

那时，因为中午在学校吃饭，二姨妈每天给他五分菜钱。后来发生的事是母亲告诉我的：二姨妈生了九个孩子，家境困难，这五分钱不算多，但以一个月计算，也是一笔开支，至于孩子的零花钱是不可能的了。

奇怪的事，我表哥居然还有钱不断买画画的纸、笔和颜料。在二姨妈的质问下才明白，表哥平时在学校几乎每天吃白饭！（因为长期营养不良，头发都白了）……后来我看见他在徐家汇画巨幅的《毛主席去安源》，后来我跟着他学画。

现在，他在美国画画，我却连线条和色块也没搞懂。

第二个印象深刻的启蒙老师，是我在南模读中学时教我书法和诗歌的邵伯衡老先生。他的眼神和扬动的双眉至今使我难忘："'喝令三山五岳开道，我来了！'你们看，这是什么样的气势！"说起话来，他带着浓重的家乡口音，还带着很有风度的口吃。老先生的一手颜体更让我五体投地。但是，我一直没想明白，学会了颜体或者写诗之后，除了用在写大字报、开大批判会上，究竟对自己的未来有什么价值。在20世纪70年代，空泛地做一个革命事业接班人是头等大事，书法和诗歌实在只能视为雕虫小技……

我的青春时代大概就是这样度过的：学过画，学过书法，忽东忽西。到现在为止，我还一直崇拜画家和书法家，便是青少年时代恍恍惚惚的经历使然了。

在新闻界做了近二十年，我与美术界的交往并不算多，只是直接或间接地掺和过“上海青年美术大赛”。有时候我想，做这种事情的目的究竟是什么呢？想起表哥读书时学画学得那么艰苦，是因为缺钱，可能还缺一流的导师，可我在中学学书法时为什么有那么好的老师而没有很好地把握机会呢？那是因为我看不见学书法的前途。

空间，美术的充分空间。与文化局筹办今年“青年美术大赛”的筹办者李磊、肖谷、李旭等交往的过程中，我眼前如画地出现了这个空间。青年人脱颖而出需要空间，经济上的宽裕，学习上的丰富，创作上的自由，发展上的开阔……这些空间，需要青年自己努力地去争取，但是更需要社会的创造，美术大赛就是其中的一次创造。像张桂铭这样的画坛前辈为什么这样精力充沛地投入呢？恐怕这就是原因。

我很自信地设想，以我的爱好，如果我年轻时也有这样的空间，那么，今天我可能就不是一个新闻工作者，而是一个画家或者书法家了。

当然，这是一个很遗憾的自信和设想，但愿今天的年轻人不是。

《新民晚报》1999年4月5日　第二十版　“十日谈”

学画　韩国强

我五六岁的时候，已经是所在的那一带中有名的一个小画童了。不过，那时候没有画纸，妈妈给我买了一块小黑板，我就用粉笔在黑板上画画，画的大多是汽车，大船之类，也画人物。由于画得好，每当有客人来，妈妈总喜欢把我画好画的小黑板拿出来炫耀一番。

可是，一块小黑板只能画一幅画，每当我想画点别的，就不得不把前一幅画擦掉，姐姐看着心疼。有一次找了好几个同学帮忙，一下子抱回来十几块小黑板，我看呆了，问姐姐，小黑板是哪来的，姐姐低着头不肯说。最后姐姐的同学告诉我：小黑板是他们放学之后从学校的教室里拿的。

以后我画画，可以保存下来了。每画好一块小黑板，家里就替我收藏起来，过了一段时间，十几幅画就画好了。有一天，我和小伙伴出去玩，回家时，发现家里挤满了左邻右舍，见到我回来，就竖起大拇指。我奇怪地挤进去一看，发现原来是妈妈把我画的小黑板挂满了四壁。这是我人生中的第一个画展，也是唯一的一个画展。

慢慢长大了，到了中学，我进了美术组，天天画石膏像。有一天，一起学画的一个同学偷偷告诉我，他的一个舅舅，花了2万块钱，自费办了一个画展，叫他带点同学去看看。因为没钱，我那时还从没有参观过画展，听到这个消息，顿时兴奋不已。我们赶到画展的时候，正是下午，我发现整个画展冷冷清清，画家穿着当时还不多见的西装，孤零零地接待着为数不多的几个参观者，看见我们几个孩子来了，居然也显得非常高兴。

这是一个抽象画展，每幅画的边上，还配上了一句诗。我震惊地看着那些画和诗，我至今仍清晰地记得两幅画，一幅画是黑色的画面中，一团鲜艳的红色在律动、旋转，边上写着：“我一个躲在黑夜的怀中，哭了。”还有一幅是从黑色的底部，喷薄而上的一团团桔黄色，像是太阳，人更像从污泥里涌出的希望之火，边上写着：“看，它升起来了。”看着看着，我突然有一种感动得想哭的冲动。这时，边上有一个人低语了一句：这都画的是些什么呀！这句从耳边擦过的话让我在赏画之余产生了一种深深的失落。我知道，在当时，欣赏艺术还是一件很奢侈的事情。由于对画石膏像缺乏耐心，我终于没有在绘画道路上走下去。转眼已年过三十，我想自己这辈子可能与之无缘了。但是，一个偶然认识的朋友却让我改变了自己的这种看法。那是一个日本朋友，已年过半百，来上海是为了拜会自己崇敬的一个画家。他告诉我，他想学画。我觉得以他这年纪学画似乎已难成大家，他却一笑：“我只是喜欢画，欣赏画，学画也是为了让自己的性情美好起来，成不成家并不重要。”他的话让我想起了自己童年时代小黑板画画，那是一种天真无邪的挚爱。如果全社会都拥有这样一份对艺术的挚爱，欣赏艺术甚至自己体验艺术，就会不再是件奢侈的事情。

在繁忙的工作之余，我已打算辟出时间来学画。因为我喜欢画画，喜欢这种天然的艺术享受。

新民晚报 1999年4月7日 星期三 第二十版

看海　刘亚平

小时候就有一个愿望，想看看真正的海，不知道还是什么样的，容易把大些的江河当成海。真正让我认识海，知道美妙、神秘和恐怖是那么不可思议地交织在一起的海，是在浙江美院三年级时候的一次出海，她让我过目难忘。

那时候，“深入生活”这个说话要比现在更加深入人心。我们一些同伴共从西北高坡回到江南，又匆匆来到福建沿海，在一个小渔村里和那里的人们同吃同住了半个多月，每日里看海上风起云涌，看渔女日出而作日落而息，看渔夫们出海和归来，在充满着鱼腥气的海风立体沿着海的阴暗、海的灿烂，深深感受到了海的美。

一次跟人们出海打鱼，在月黑星稀的夜里上了船，躺在摇篮似的船舱里听着渔夫们喝酒行令、渐入梦境。半夜里被马达的轰鸣闹醒，船已经走出去很远，人们在上下不停地奔忙吆喝。奔上脚板远望出去，只见四面一片黑暗，只有结伴同行的船只微弱的灯光在远处晃动，隐隐约约的海平线让人觉得在这种漫无边际的地方飘荡，孤独而不安。

记不清是什么时候晕船呕吐的，进入公海后，船在海里的动荡更加剧烈，已经无法站稳或躺平，体内翻江倒海，浑身抽了筋似的不停地吐，根本不听使唤。

当知道我们遇到了九级大风浪时，渔夫们也都紧张起来，舱外狂风呼啸，像是要把船撕裂开来，海水伴随着每次撞击甲板的轰然巨响哗哗地冲进舱内。天已经放亮，我硬撑着散架似的肢体跌跌撞撞地再次爬上甲板，紧紧地抱住桅杆，一下子被眼前的景象惊呆了：船像一片树叶一样在峰谷浪尖上忽起忽落，完全无法控制，海水在翻腾，浪涛像小山般一排排扑头盖脸地压过来。

令人难以置信的是海水是那样的清澈透明，泛着稚嫩的粉绿色，在莫名其妙的光线下翡翠似的闪光，周围浪花飞溅，撞击出无数的水花，珍珠般地撒落下来，散发出迷人的光彩，而这一切都和狂暴的冲击巨大的轰鸣不可思议地浑然一体。这种诡谲怪异显示的神秘和恐怖感使人震惊、失措、彷徨；同时又为它的美妙而目瞪口呆。原有印象中的“海”在片刻之间被击得粉碎……

我一直无法忘记大自然色彩和形体如此诡秘的结合，很久以后我才明白，也许正是那种迷人的光彩加在了怒海狂涛里才使得这时的海比之黑暗和狂暴更让人觉得不可捉摸，从心底里感到恐怖。

正如在社会生活中，如果一个人笑着对你说好，却在后面对你使尽手腕、费尽心机时你会真的懂什么是可怕。这种生活体验不能用照相机抓拍，也无法用速写本记录，但在人生这件作品的创作过程中却深有意义，一辈子受用。

《新民晚报》1999年4月6日　第二十版　“十日谈”

他们曾经帮助了我　肖谷

二十年前，刚过二十岁的我， 已在宝钢工程指挥部工作近三年。由于工程建设的宣传之需，我认识了许多画家，其中印象最深并成为我良师的是原上海油画雕塑工作室负责人，后成为浙江美术学院院长的肖锋先生。那时，我画了近百幅工地速写及工人肖像，有的发表在报刊上，有些则跻身于展览中。面对这些作品，肖锋先生认为我应该进行系统的高等教育，建议我去考美术学院，并从我的画风上进一步建议去考版画系。恰好那一年中央美术学院版画系招生，据说从全国两千多名报考者中，发了40张版画准考证，上海仅我一张。对此，父母态度很明朗，一切由你自己决定，我权衡再三，因为我那年同时收到了浙江美术学院和上海戏剧学院的准考证。三思之后，我决定赴京赶考。在火车上我遇上北京电力学院党委书记——一个革命老太太，告诉我她有一个亲戚叫王森然，可以请教他，在京的那几天，她还要我去她家吃了一顿饭。然而，版画系只招收八名学生，录取率为五分之一，竞争太厉害。当我收到未录取通知时，心酸无比，看看考分：速写85分、素描68分、语文仅有58分，差一丁点，落了榜。可能那时正年轻，很快恢复了自信，我真的开始了版画创作并参加了市工人文化宫举办的版画创作班，创作了不少作品。这个创作班当时被称之为“版画学校”，至今有许多成名成家的画家，当时或任教师或为学生。我在那个创作班上创作的作品《长龙飞舞》作为工业题材组画之一，曾得了个全国职工美展一等奖。不久，便加入了美术家协会。于是，版画创作一张接着一张，到了1988年在第二届“海平线”联展上，我新创作了几幅气势逼人（有些虚张声势），也可能是上海版画创作史上最大的版画。当时美协何振志老师主动地握了握我的手说：“肖谷又进步了。”那一刻我很感动，因为在那些日子里，上海正流行“甲肝”，人们怕传染，相互间忌握手，在那次展览上还有一个人与我很瓷实地握了一把手，他便是夏葆元。

往事如烟，一晃20年过去了。在我成长的过程中，有许许多多长辈、老师和画友曾以不同方式支持鼓励我，当然也离不开我的妻子和女儿。如今，则看到了新世纪之门在缓缓打开。当我60岁时，在回顾20岁时，我将说些什么呢？

约会激情

李磊

约会是一个很浪漫的字眼，这两个字容易让人浮想联翩。激情也是一个很浪漫的字眼，所有难忘的回忆几乎都与它关联。在烦乱忙碌之余偷偷地约会过往的激情，那种从心底涌起的惬意很难说不是一种浪漫的情怀。

与友人闲聊时说起1978年第一次参加高考。那时我13岁，在青藏高原上的一个小县城里读初中。“文革”后期，县里组织工农兵美术创作组，我是学生代表。由于我最小，大伙都疼我，而跟我最好的是高老师。我画的一幅下雨天大孩子为小同学撑伞的素描被送到北京并出国展览，这在小县城是件很大的事，于是我自然成了县里的“神童”。

全国恢复高考后，中央美术学院在省会西宁设立考场。听到这个消息，美术创作组一下子沸腾起来。说实在的我对大家的那股兴奋劲既好奇又莫名其妙，只是感到有什么事要发生。一天党支部书记把我和高老师叫到一边严肃地说：“组织上考验你们的时候到了，县里决定派你们两个代表全县美术工作者去考大学，你们要全力以赴打好这一仗。小高要把小李子带好，保证他取得胜利。”我有生第一次领受如此重大而光荣的任务，一种莫名的情感冲上头脑。我嗖地站起来大声喊道：“保证完成任务!”其实任务是不可能完成的，当我面对满满十几个教室的考生才知道什么是考场如战场。不知天高地厚的我只能怀着满腔激情“光荣牺牲”了。

十年后我已回到了上海，那段时间我有一个癖好——只身一人壮游天下。1988年我游四川，听说贡嘎山下新辟了个叫海螺沟的自然风景区，那里“一山有四季，十里不同天”，山下结芭蕉，山上凝冰川。于是我从成都出发，宿雅安，翻二郎山，渡泸定，到摩西。再从摩西骑毛驴到达一号营地才算正式进入海螺沟，往上就全靠步行了。一路风光美得难以言述，更难以画表，我决定要用手里的相机记录下一幕幕动人的景色。面对黑松白雪、激流飞雾，得意之际竟失足跌进了冰川河。几番挣扎命是拣回来了，但相机和胶卷都泡了汤。

回成都休养反而加重了我的心病，出师未捷怎能躺下了事，我决定再进海螺沟。这时已是12月份的封山季节，我请了一位彝族姑娘做向导，她盛装而行，说这样才不会被山鬼抓去。逶迤行进了两天来到了冰川谷底，贡嘎山主峰和大冰瀑布已跃然在目，彝族姑娘说：“女人不能再往前走了。你过了这冰川，在坡上就能看到火烧冰山。不过在那边掉进冰洞就得死，迷在雾里也得死，遇着冰崩更得死。要是三天没见你出来，村里会有人来找的。”就这样我一个人走进了冰川。

我没有任何冰川生存的经验，我有的只是一个强烈的愿望——拍摄火烧冰山。我坐在冰坡上等待日落，摸出个馒头想充饥，哪知馒头已冻成了硬硬的石头。太阳终于从贡嘎山的背脊上退了下去，满天的云霞变成了红色，不知什么原因云霞竟飞舞起来，一股股像烈焰般蹿起，整个贡嘎山顿时燃烧起来。刹那间我体会到了什么是雄性的壮美，这一幕把我惊呆了。当我回过神来，发现竟没有按下手里的快门。

激情是生命的动力，也是艺术的动力，在激情支配下所做的事也许有一多半是失败的，但回味人生，我们会发现没有激情也就永远没有了成功的可能。

十日谈 青年与美术

青年人脱颖而出需要空间。请看明日本栏。

99.4.3

《新民晚报》1999年4月3日　第二十版　“十日谈”

约会激情 李磊

约会是一个很浪漫的字眼，这两个字容易让人浮想联翩。激情也是一个很浪漫的字眼，所有难忘的回忆几乎都与它关联。在烦乱忙碌之余偷偷地约会过往的激情，那种从心底涌起的惬意很难说不是一种浪漫的情怀。

与友人闲聊时说起1978年第一次参加高考。那时我13岁，在青藏高原上的一个小县城里读初中。“文革”后期，县里组织“工农兵”美术创作组，我是学生代表。由于我最小，大伙都疼我，而跟我最好的是高老师。我画的一幅下雨天大孩子为小同学撑伞的素描被送到北京并出国展览，这在小县城是件很大的事，于是我自然成了县里的“神童”。

全国恢复高考后，中央美术学院在省会西宁设立考场。听到这个消息，美术创作组一下子沸腾起来。说实在的我对大家的那股兴奋劲既好奇又莫明其妙，只是感到有什么事要发生。一天党支部书记把我和高老师叫到一边严肃地说：“组织上考验你们的时候到了，县里决定派你们两个代表全县美术工作者去考大学，你们要全力以赴打好这一仗。小高要把小李子带好，保证他取得胜利。”我有生第一次领受如此重大而光荣的任务，一种莫名的情感冲上头脑。我嗖地站起来大声喊道：“保证完成任务！”其实任务是不可能完成的，当我面对满满十几个教室的考生才知道什么是考场如战场。不知天高地厚的我只能怀着满腔激情“光荣牺牲”了。

十年后我已回到了上海，那段时间我有一个癖好——只身一人壮游天下。1988年我游四川，听说贡嘎山下新辟了个叫海螺沟的自然风景区，那里“一山有四季，十里不同天”，山下结芭蕉，山上凝冰川。于是我从成都出发，宿雅安，翻二郎山，渡泸定，到摩西。再从摩西骑毛驴到达一号营地才算正式进入海螺沟，往上就全靠步行了。一路风光美得难以言述，更难以画表，我决定要用手里的相机记录下一幕幕动人的景色。面对黑松白雪、激流飞雾，得意之际竟失足跌进了冰川河。几番挣扎命是拣回来了，但相机和胶卷都泡了汤。

回成都休养反而加重了我的心病，出师未捷怎能躺下了事，我决定再进海螺沟。这时已是12月份的封山季节，我请了一位彝族姑娘做向导，她盛装而行，说这样才不会被山鬼抓去。逶迤行进了两天来到了冰川谷底，贡嘎山主峰和大冰瀑布已跃然在目，彝族姑娘说：“女人不能再往前走了。你过了这冰川，在坡上就能看到火烧冰山。不过在那边掉进冰洞就得死，迷在雾里也得死，遇着冰崩更得死。要是三天没见你出来，村里会有人来找的。”就这样我一个人走进了冰川。

我没有任何冰川生存的经验，我有的只是一个强烈的愿望——拍摄火烧冰山。我坐在冰坡上等待日落，摸出个馒头想充饥，哪知馒头已冻成了硬硬的石头。太阳终于从贡嘎山的背脊上退了下去，满天的云霞变成了红色，不知什么原因云霞竟飞舞起来，一股股像烈焰般蹿起，整个贡嘎山顿时燃烧起来。刹那间我体会到了什么是雄性的壮美，这一幕把我惊呆了。当我回过神来，发现竟没有按下手里的快门。

激情是生命的动力，也是艺术的动力，在激情支配下所做的事也许有一多半是失败的，但回味人生，我们会发现没有激情也就永远没有了成功的可能。

展出现场

部分评委、组织者及艺术家出席开幕式

程十发先生在展

刘海粟美术馆入口

"上海青年美术的现状和未来"学术研讨会

部分评委、组织者及艺术家出席

部分评委、组织者及艺术家在展览现场

2001年至今
“上海青年美术大展”概述

从2001年起，“上海青年美术大展”真正落户刘海粟美术馆。他们以两年举办一次的形式将此展览延续至今，又重新成为沪上一个重要的展览。

“上海青年美术大展”览仍然延续了“征集、评选”的组织形式，但是与20世纪80年代的上海青年美展不同，每一届“上海青年美术大展”开始设有展览主题，所选艺术作品均应在广义上符合展览的主题。同时，由于操作的实体化，展览在经费、人员等方面都得到了保障，组织模式渐趋成熟。

因此，从2001年开始，“上海青年美术大展”结合新时期艺术的转型而向更广的角度发展，这不仅体现在送展作品数量成逐届上升的趋势，而且征稿范围也从上海本地扩大到全国范围，甚至到国外并围绕展览主题策划了一些与国际接轨的外围展览和相关活动，“上海青年美术大展”的影响正在日益扩大而成为上海美术的品牌展览。

《2001上海青年美术大展作品集》封面

2001“上海青年美术大展”

主办单位：

上海市文化广播影视管理局
共青团上海委员会
上海市美术家协会
刘海粟美术馆
青年报

协办单位：

东方电视台
上海市青年文学艺术联合会
上海大学美术学院
上海师范大学艺术学院
华东师范大学艺术系
上海人民美术出版社
上海画报社
《艺术世界》
上海东方书报刊服务有限公司

2001“上海青年美术大展”请柬

与未来对话 2001上海青年美术大展

单一票价：15RMB

2001“上海青年美术大展”门票

组织委员会

名誉主任：方全林　郭开荣　叶志康　薛　潮
主　　任：马博敏
副 主 任：宗　明　方增先　任仲伦　胡劲军　李智平
委　　员：（以姓氏笔划为序）
毛时安　王祖光　邓　明　李向阳　李　坚　李守成　李　磊
李文华　吕晓明　余亮如　张培成　张雷平　张桂铭　邱瑞敏
陈保平　陈钧德　陈逸飞　施大畏　祝君波　徐芒耀
秘 书 长：李　磊
办公室主任：张培成
办公室副主任：唐华峰　沈竹楠　徐俊亮
学术秘书：惠　蓝

艺术（评选）委员会：
名誉主任：方增先
主　　任：张培成
副 主 任：唐静恺　朱国荣　李　磊
委　　员：（以姓氏笔划为序）
王兆荣　王劼音　王祖光　乐　坚　刘亚平
李　旭　汪大伟　朱小明　周长江　韩　硕

获奖及入选作品名单：

获奖作品（32件）

张　见　悬浮的记忆
石至莹　黑线的仪式
陶黎佳　水墨人物·2001　NO.1
滕　发　褪色的回忆（二）
陈海强　网络之舟引领我们趋向虚拟
夏　阳　事迹
毛冬华　我爱动物
丁　设　空7号
张　莹　对话（局部）
王　远　纹
武毅恒　梦
杨贤龙　响器
龚　彦　沉浸
李大成　翠羽凌风
薛俊华　家园
吴晓申　中国天使2
张黎星　海之憩
邵仄炯　云山图
沈秀华　祈愿的人们
钱叶青　老城厢系列之三
李　钢　酒狂
吕　靖　锐化
刘文琦　规律系列
张　斌　天唱
陈　炯　翔
王心旭　人与自然系列——春、夏、秋、冬
胡　坚　梦醒时分
王煜宏　悠然午后
李　鹏　意外
施晓颉　信仰
韩子健　古典风景
赵爱华　我要去哪里

油画（68件）

金卫忠　戎戎和我
裘　莹　门（二）
孙　尧　浴室
陶　然　花儿未眠
吴晓申　喜宴
李诗文　绿色食品
王伊楚　静物
詹　恒　状态·错位
消　非　纪念日1
贺子鉴　金色的梦
何珏颖　轻吟浅唱
徐国强　若水
张　磊　冬祭
李驭时　荷
李驭时　妆
赵志岐　zh3. jpg
尹　明　你真的快乐吗?
徐国强　游
李海峰　克隆与禅花
芮志诚　力士与舞伎
王米儿　路
徐乔健　上海的六月
许旭东　浮
王远翔　云中之叶
钱叶青　老城厢系列之九
胡伟达　记忆消失
马红彦　雾海
崔生国　老屋之恋
江　浩　无题
张　皓　在城市的缅想中漂浮
朱　颖　夜曲
钱　伟　夏风
潘　海　窗No.3
宋克西　十全十美
孔冷文　祝福
宋云龙　房间
戴刚峰　静物
周佳艺　青年
李海滨　交河故城
吕　亮　去年在上海
余　骅　早餐
段　滨　冬雨
江岳平　静物(四)
陈　颖　唤醒
赵　平　少年莫漫轻吟味
董辛冈　餐具的心情
刘州江　回娘家
胡　捷　“我”系列1
祁劲松　数字·我·维纳斯
郑　艺　装载系列之五、六
陆　怡　夏日的回忆
吕　嵘　集
朱韵青　古塔和太湖石
张志岐　山水·2001
邹朝阳　《大地》系列之一
张　民　纪念——二十岁的年少
奕　安　画室中的记忆
刘彦赤　情感负荷
王宏卫　梦之色
杜　湘　丽人行
滕　发　褪色的回忆（一）
孙玉宏　营销Ⅶ
丁文辉　人·自然
张　涌　甲壳虫
孙卫林　女儿温泉
燕飞翔　银鱼

征稿通知

春天的畅想

2001 上海青年美术大展

（2001年4月28日——5月20日）

城市象春天的丛林，激越地生长。

我们，和涂满阳光的城市在一起，用色彩传达斑斓的希望；用线条表达创造的欲望；用图象播散我们青春的力量。

起风了。这是新世纪的风。新世纪的风吹拂着我们的城市。我们扯起饱满的生命风帆，启航，驶向海的远方——

我们问自己，年轻的水手，你将怎样创造？你将留下什么？未来，人们将从你的作品中，读到世纪之初怎样的青春目光？

一、 主办单位：

上海市文化广播影视管理局
共青团上海市委员会
上海市美术家协会
刘海粟美术馆
青年报社

二、 协办单位：

东方电视台
上海市青年文学艺术联合会
上海大学美术学院
上海师范大学艺术学院
华东师范大学艺术系
~~上海人民美术出版社~~
~~上海画报社~~
~~《艺术世界》~~
~~上海东方书报刊服务有限公司~~

三、 时间、地点：

1. 时间：2001年4月28日（星期六）——5月20日（星期日）
2. 地点：刘海粟美术馆（上海市虹桥路1660号）

四、 组织机构：

1. 组织委员会：

名誉主任： 方全林、郭开荣、叶志康、薛潮
主　　任： 马博敏
副 主 任： 宗明、方增先、任仲伦、胡劲军、李智平

料制作的作品

3. 征集及展出地点：
刘海粟美术馆（虹桥路1660号，邮编200335）
4. 征集时间：
（1）学校选送：2001年3月2日（周五）
（2）个人选送：2001年3月3、4日（周六、周日）
5. 征稿要求：
（1）每位作者选送作品不得超过二件
（2）每件选送作品须交纳50元报名费，无论入选与否，报名费将一律不再退还。
（3）选送作品时须填写报名表及作品登记表

注：鉴于上届大展的情况，组委会将委托刘海粟美术馆办理参选作品现场托裱、配框业务，如有需要，参选作者可于2001年2月1日至10日申请办理，并可直接办理征稿选送手续。

六、退　　稿

1. 未入选作品须于4月29日—5月9日到刘海粟美术馆办理退稿手续。
2. 入选作品须于5月21日—6月9日到刘海粟美术馆办理退稿手续。
3. 逾期还未办理退稿手续的，组委会将不再承担其作品保管责任，自行酌情处理。

七、评选和奖励：

1. 评选
在广泛征集作品的基础上，由艺术委员会评选出入选作品200件左右。再从其中评出大奖一件、一等奖二件、二等奖三件、三等奖5件，特别奖若干件。
2. 设奖情况
大奖及一、二、三等奖为政府奖。

特别奖为以赞助单位命名的专项奖。

八、 组委会办公室：

1. 办公室成员：
办公室主任： 张培成
办公室副主任： 唐华峰、沈竹楠、徐俊亮
2. 办公地点：
刘海粟美术馆（虹桥路1660号，邮编200335）
电　话：62701018（总机）　62701017（直线）

鸣　　谢

孟光美术教育特别奖由陈逸飞先生提议设立并提供赞助

2001“上海青年美术大展”征稿通知

金　毅　我远去的场景2
韩家泉　谁没参与跳舞之四

中国画（42件）

尤天华　秋韵
万　芾　家园
陆仁杰　夏有凉风
钱　伟　季风
周玲玲　山居秋暝
潘　怡　游梦
吴耕耘　叙说红栈
洪　健　晓竹
曹　铃　风巷寒云暮雪晴
徐程璐　花样年华
穆昉澜　走入圣殿·心语
夏　景　凝眸处
鲍　莹　长凝·二
胡　炜　寒香
周古天　峡谷幽神
刘德媛　状态(1)
成生虎　大地稀音
朱忠民　花香依屏绝纤尘
张　静　纵
韩子仲　远方
岳建仁　丝竹遗韵
丁蓓莉　清洌
沈　骅　"新"东方思辨之一
李明晓　山水
孙珏清　晨钟
薛　强　遥望
贝逸蕴　刘　佳　韵
石　禅　古锦红绡
翁颖涛　浮生·二月
肖素红　都市女孩
李大成　夏阴
丁蓓莉　有风
高　茜　若尔盖的晴空
朱　伟　秋红时节
白　璎　牵引
李戈晔　摘果果
翁颖涛　秋歌
刘　慧　大湘西
郑　文　山居图
李明晓　山水
吴　葵　草木皆兵
王东辉　秋雨后

版画雕塑（32件）

陈　鸣　小屋风情
王　玉　灯光下的女孩
陈晓云　青衣
忻　欢　海的表情
石至莹　天使庇护下的鱼
张德群　脸
邱　凝　无题
刘异峰　玩偶之五
沈雪江　追赶时间的人
刘　元　胚胎
孔繁强　无字碑之一、二
章　怡　嘴脸
忻佳琳　心灵地图
杨彦懿　红色情结
宦新毅　玩偶
肖　敏　眩晕
朱国权　心源
陈建生　文明之痕
邱　加　无标题
向　阳　浴女
蒋铁骊　天高云淡
贺棣秋　隔•大手套
周　华　隔
左　敏　苹果的异化
孙立强　飘
黄良良　云
刘　璐　颐No.1
倪　巍　门神
余昌冰　我们—现代人
逄　峰　到底是什么腐蚀了我的身体
李乾煜　大鹏赋
刘国柱　烛台

水彩、水粉、综合类（26件）

吴　放　融
陆文俊　位置
李林祥　余音
郑志明　小羊倌
戴　刚　青白菜
张凌云　衡山路之夜
梁　纲　玫瑰年华
熊　伟　古韵
陈嘉敏　窥
曹传华　瓶中琴
孔泠文　旧梦
方梦婕　NEW WORLD
陈　萍　Enter↵
金　剑　我的第三天
沈若昭　构成
陆　惠　黑甜=白日梦
孙振伟　网络
陈　亮　石头纪（系列之一）
王　欣　溃
金　燕　熟了，熟了
章晴方　书缘
岑沫石　无题
陆煜玮　肖像II
张溢丹　人之初
吴　放　迷惘
吴艳青　树下的说法

系列展（71件）

大珠小珠落玉盘—雕塑装置作品展
甜蜜的幻觉—当代艺术六人作品展
杨宏伟木口木刻版画展
蔡小华抽象油画展
非常/寻常—Aura艺术家巡展
网上三维动画画展
第一次约会—上海大学美术学院学生版画作品展
走向未来—纸本作品联展
开放的空间—上海高校青年艺术家邀请展
动作油画—任杰油画作品展
我们·他们—姚俊忠、廖邦铭、刘立业油画艺术展
窗棂—上海青年美展女性艺术展

1
2
3
4
5
6
7

8

11

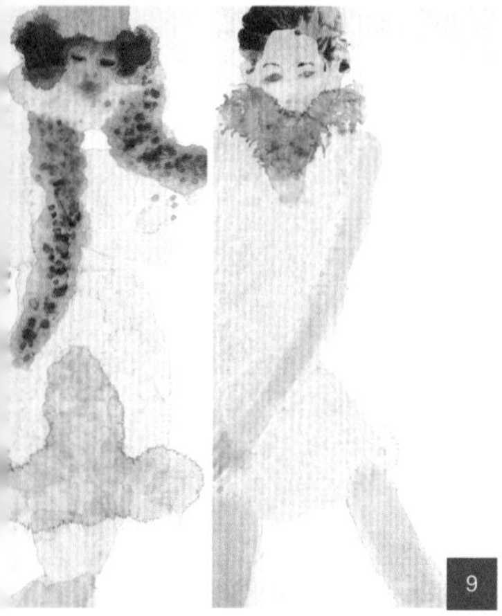

9

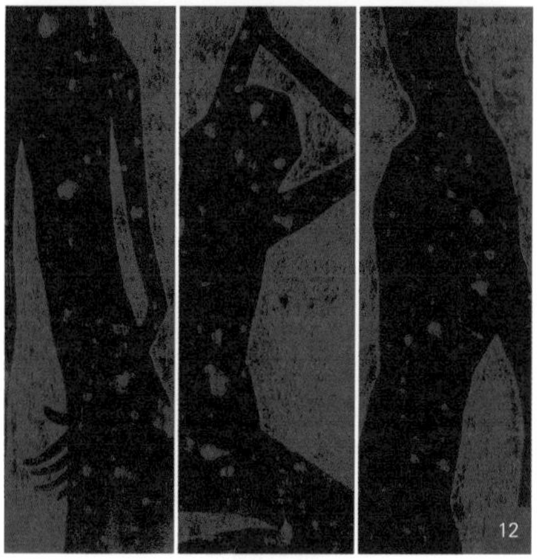

12

10

13

2001年部分参展作品

1. 吴晓申 **中国天使** 版画
2. 陈海强 **网络之舟引领我们趋向虚拟** 油画
3. 陈 炯 **翔** 水彩
4. 张 见 **悬浮的记忆** 国画
5. 王心旭 **人与自然系列—春、夏、秋、冬** 水粉
6. 夏 阳 **事迹** 雕塑
7. 韩子健 **古典风景** 雕塑
8. 钱叶青 **老城厢系列之三** 油画
9. 陶黎佳 **水墨人物·2001 No.1** 国画
10. 武毅恒 **梦** 雕塑
11. 王煜宏 **悠然午后** 油画
12. 吕 靖 **锐化** 版画
13. 滕 发 **褪色的回忆（二）** 油画

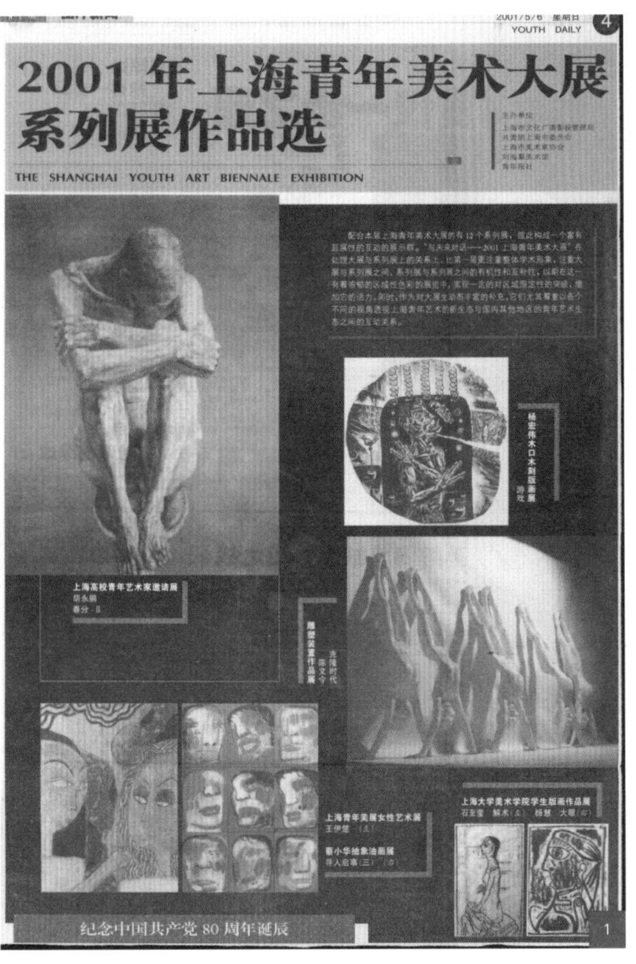

2001/5/6 星期日 YOUTH DAILY 4

2001年上海青年美术大展系列展作品选

THE SHANGHAI YOUTH ART BIENNALE EXHIBITION

配合本届上海青年美术大展的有12个系列展，藉此构成一个富有延展性的互动的展示群。"与未来对话——2001上海青年美术大展"在处理大展与系列展上的关系上，比第一届更注重整体学术形象，注重大展与系列展之间、系列展与系列展之间的有机性和互补性，以期在这一有着浓郁的区域性色彩的展览中，实现一定的对区域限定性的突破，增加它的活力。同时，作为对大展生动而丰富的补充，它们尤其着重以各个不同的视角透视上海青年艺术的新生态与国内其他地区的青年艺术生态之间的互动关系。

杨宏伟木口木刻版画展 游戏

上海高校青年艺术家邀请展 胡永鹏 春分 II

雕塑装置作品展 陈文令 克隆时代

上海青年美展女性艺术展 王伊楚（左）

蔡小华抽象油画展 寻人启事（三）（右）

上海大学美术学院学生版画作品展 石至莹 解术（左） 杨慧 大眼（右）

纪念中国共产党80周年诞辰

1

2001上海青年美术大展即将举行

与未来对话

本报讯 蔡亮琳 报道 4月28日—5月20日，"与未来对话——2001上海青年美术大展"将在刘海粟美术馆举行。

"上海青年美术大展"旨在梳理和展示上海青年艺术的独特生态景观，力图将艺术评选委员会和美术评论家对上海青年美术较为宏观的定位充分体现在画展中。

与"上海双年展"相比，大展在学术性和前卫性上，更注重体现区域性艺术的整体特色，更注重展示青年艺术家的探索性成果和潜在走势。考虑到艺术规律和画展的可操作性两个方面，大展在学术梳理和作品展示中都将从风格的角度而非画种或年龄层的角度入手进行分类，将展品分为抽象（其中包括油画、国画、版画等种类）、具象（其中也包括油画、国画、版画等画种）等几类。

大展通过记名投票产生入围作品200件，其中油画75件，国画52件，雕塑22件，版画16件，水彩水粉12件，综合材料10件，其他13件。获奖作品32件，大奖空缺，一等奖3件，二等奖3件，三等奖5件，优秀奖16件，沈柔坚奖5件。

大展继续第一届"上海青年美术大展"启用的大展与系列展相结合的展览活动形式。这种形式使得大展如同一个小小的艺术节，比单个大展更具社会辐射力度。

在处理大展与系列展的关系上，大展比第一届更注重整体学术形象，注重大展与系列展之间、系列展与系列展之间的有机性和互补性，以期在这一有着浓郁的区域性色彩的展览中，实现一定的对区域限定性的突破，增加它的活力。尤其着重以各个不同的视角透视上海青年的艺术生态与国内其他地区的青年艺术生态之间的互动关系。系列展在策展机制上和大展也有所区别，除画廊主办的画展以外，基本上都是策划人机制，参展艺术家都由策划人提名，参展艺术家也也不完全局限在上海地区。此次大展的主要系列展有：

1. 海上经典展（展场：上海油雕院）——提名的参展艺术家为在上海地区颇具声名的青年艺术家，年龄段在30岁—40岁之间，以架上作品为主。

2. 雕塑和装置展（展场：上海师大无形画廊）——上海地区参展艺术家展示实物，国内其他地区艺术家展示图片文献资料。

3. 影像与三维动画（展场：上海美术馆）——展览以网络传达和策划人作讲座相结合的方式举行，参展艺术家来自全国各地，其中三维动画大都为中央美院毕业生的实验作品。

4. 影像与观念摄影（展场：上海美术馆。）——提名的参展艺术家来自全国各地。

5. 纸上实验（展场：艺术世界书吧）——提名的参展艺术家以上海地区为主，兼及南京和杭州等周边地区，年龄段在25岁—35岁之间。

6. 华东师范大学画展（展地：华东师大）——展出华东师大师生的作品。

7. 抽象与具象的对话（展场：交通大学浩然大厦）——展出上海地区画家的油画、国画作品。

8. 女性艺术展（展场：尚美画廊）

9. 任杰画展、北京三人联展（展场：史丹尼画廊）

作为一个既旨在为上海青年艺术家提供艺术交流和切磋的精神家园，又旨在为艺术研究者和广大观众展现一个有关当代艺术史的活的片段的展览。览期间还将于4月28日下午在刘海粟美术馆会议厅举行研讨会，会议的题目为"透视新生态"

题图为：孙立强 飘 陶瓷雕塑 82×32×16cm

2

与未来对话

——2001上海青年美术大赛

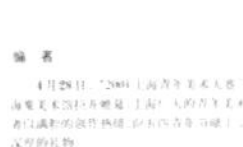

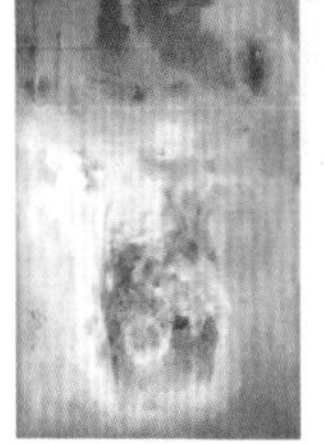

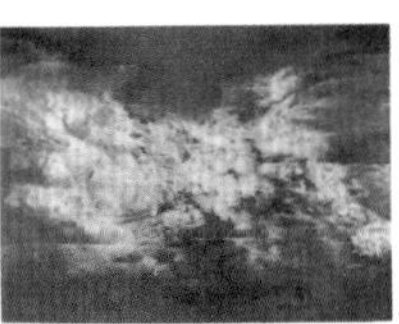

3

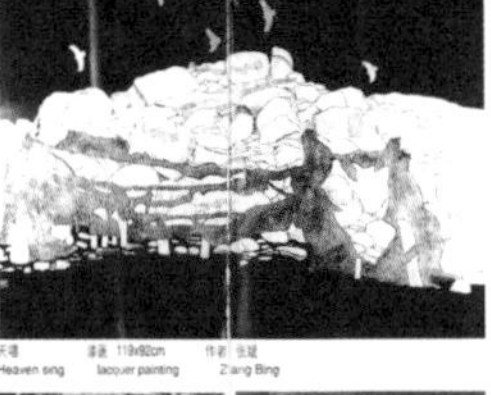

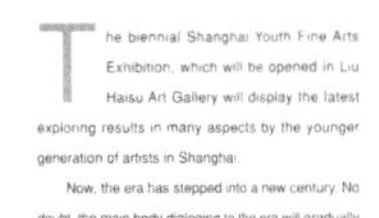

意外 油画 180x113cm 作者 李鹏

Unexpected oil painting Li Peng

Shanghai Youth Fine Arts Exhibition

The biennial Shanghai Youth Fine Arts Exhibition, which will be opened in Liu Haisu Art Gallery will display the latest exploring results in many aspects by the younger generation of artists in Shanghai.

Now, the era has stepped into a new century. No doubt, the main body dialoging to the era will gradually shift to the younger generation. From the quantity of the works submitted(650 pieces), people could feel the unusual enthusiasm of the youngsters. Though their works have some childishness, they are full of vigor and vitality, most precious to art.

The era today has provided young people with the best ecological environment for art creation. Young people are the hopes of fine arts of Shanghai, also the hopes of our nations.

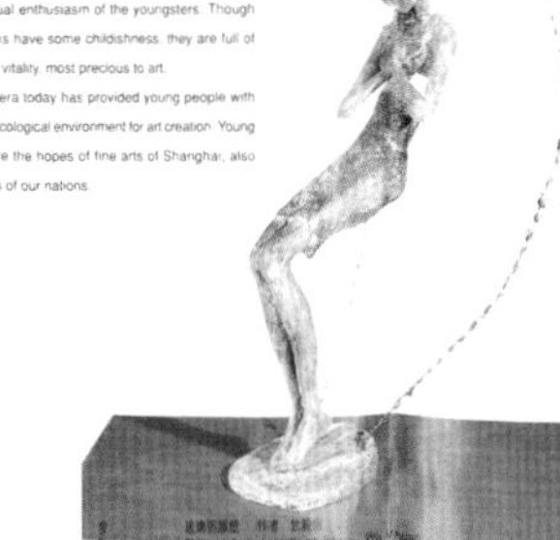

4

上海青年美术大展：

与时代对话

地理之便、经济之利、人才之盛，无论文学、美术、戏曲、话剧抑或相关的事业、产业，近百年的上海文化对整个中国的同时期文化都曾产生过重要而持续影响，其中尤以美术为著。清末民初以虚谷、任伯年、吴昌硕等为代表的海上画派扭转了了无生气的四王画风余绪为主的画坛颓风，继起的黄宾虹、徐悲鸿、贺天健、吴湖帆、张大千、潘天寿、林风眠等又各以其在传统中出新以及合理吸收西画元素的个人画风各领风骚，有力地开创了中国画继往开来的传承局面。20年代初叶上海美专的模特风波与决澜社的宣言更是在中国近代美术史上留下了浓墨重彩的一页。繁荣的经济产生繁荣的文化，经济高速发展的世纪上海，必然产生与其世界大都市形象相匹配的令人自豪的先进文化成果。

即将在刘海粟美术馆开幕的二年一届的上海青年美术大展向我们展示的正是年轻一代艺术家们在这方面多方位的最新探索成果。时代已经跨入了新世纪，与时代对话的主体无疑正由他们接替。单从送展的作品数量来看，650件作品就已经让人感觉到年轻人那种人的热情。他们的作品尽管还带着稚气，却充溢着生气，而生气正是艺术最为可贵的。他们的观念如天马行空，驰骋自在，令人感受到时代的进步。这不禁让人们回忆起自己的青年时期，那种挖空心思地去想题材、编故事，想得更多的是画什么？而不是怎么画？艺术的本体极少得以关注。而今我羡慕他们的幸运，更为他们感到高兴，今天的时代为青年的艺术创造提供了最佳的生态环境。

青年时代对个人艺术的发展而言是一个生长期和成熟期，纵观古今中外的文化史，绝大部分的大师名家，在四十岁上下已经确立了研究方向和学术地位。青年人精力充沛，对新事物反应敏捷，但青年人也容易浮躁，盲目追逐时尚，尤其面对当今社会各种各式利益和诱惑的包围，要想静心研究学问，那确是要有点精神的。好在从参展的作品中可以看到在我们周围确实不乏这样的青年，他们是上海美术的希望，更是我们民族的希望。

文/张培成

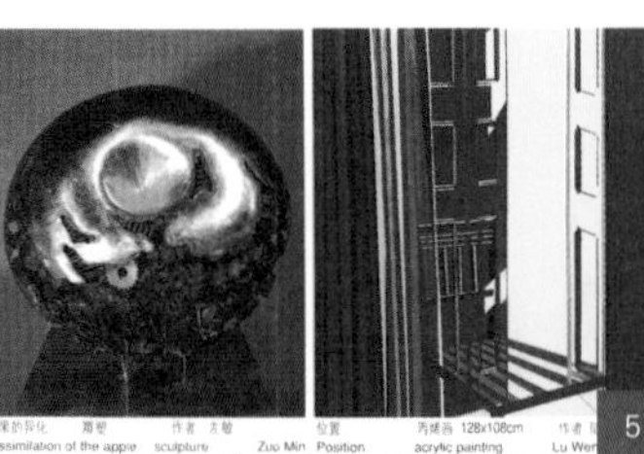

5

1.《青年报》2001年5月6日 第4版　　2.《美术报》2001年4月14日 第1版　　3、4、5 其他刊物

（此为 2001"上海青年美术大展"媒体宣传）

《新民晚报》2001年5月5日　第十二版　“十日谈”

回忆的突破　滕发

从小就看到家中留下的各种破旧、但又不舍得扔掉的小玩意儿。有点褪了色的铁皮罐子、小小的蜡烛台、银咖啡壶、小烟盒等等。也从来没有想过要去画它。一个偶然的机会，它们搬迁到了我的画室中，并且已经习惯了静静地呆在哪个不起眼的角落。很久，也没有走入我的创作中。

原因很简单，以往我的绘画都以恬静的鲜花和甜美的少女等一些讨人喜欢的题材为主。毕竟我已与画廊有了较长时间的合作，所以，在多数情况下，我也不想对题材和表现形式做太大的改动。但，随着时间的推移，自己对以往的绘画，没有太大的冲动。所以作品的选题一直是一个令我感到困扰的问题。比如说：有一次我画了一组以《蔬菜》为主题的静物系列，画作得到了同行的肯定，但在画廊中却少人问津。关键还在于：表现的题材不符合观众的口味。因为现在的购买群体中，将一幅《蔬菜》挂在客厅中的，毕竟是少数。这可能也是小小的市场法则吧！这类事例很多，然而，对我来说却无形中使我的绘画范围变得越来越狭窄。虽然，画廊方面对作品并没有什么约束。但我还是碍于市场的影响，未曾轻易改动。因为，不管怎么说稳定的签约收入还是很吸引人的。然而，手头不宽裕并不能取代心底的追求。

在苦恼中，它们跃入了我的视线，这些小小的、破旧的、精致的、被尘封了很久的小玩意儿使我有所感悟到“久违”了的激动和那种既遥远又现实的感觉，即历史的变迁与现实同步并存的价值……之后，我便打算以组画的形式来展示这一永恒的轨迹。

在以后的几个月中，我在搜集道具的同时，勾勒了大量的草图，力求在构图上也有所突破，又画了部分素描稿。现有8幅已定稿并投入创作，取名为《褪色的回忆》。其中画得较早的两幅有幸入选“2001 上海青年艺术大展”，一幅还侥幸得奖。

这次参赛令我感受到，虽说“变”仅仅是迈出了很小的一步，但真正意义上的一小步却需要很大的勇气，而只有这样，才能得到更多的“收获”。

《新民晚报》2001年5月6日　第十二版　“十日谈”

思维通过画布展现　陈海强

傍晚，漫步在家门前的大街上，灯光的映射令人有些目眩。脑中思索着青年美展画稿的题材，不觉来到一所美容院门前，隔着玻璃门，灯光那么刺眼；里面人头攒动，个个都那么光鲜，他们又期望把自己变成什么样呢？隔街望去，对面的网吧不下三五个，可以想见里面一定是高朋满座、或冲浪或游戏不亦乐乎的场面。这里的人们在电子交流中得到快感，连线的那一端采取什么摄魂大法，令人如此痴迷忘返呢。网络的确绚烂多姿，有其便捷的一面，但它编织着更多的幻觉。瞬间，我似乎悟到了一种关联：人们总是希望不断改变自己，但在现实生活中却阻力重重；可是推行到网络上则全然不同，把这种改变演绎到了极至，任何人都可以随心所欲，但同时代价是丧失真实，甚至会把一只猫当成美女。

我喜欢古典写实的表现手法，但又不是对现实的直接描摹，有一点象征和超现实主义的味道。常常想表现真实可信但又不完全存在的画面。

形式要视内容而定。故而找来几个同学帮忙，把表现对象确定在年轻女孩身上，以此代表新新人类。她们脸部施着彩妆，色彩浓烈，造型独特，形象看来有些荒诞、怪异。这些是为主题服务的，因为网络上从来都是假面具，似乎只有这样大家才更从容、更大胆。但是要通过什么样的载体表现我对网络的困惑呢？苦思冥想几日都不得要领。一天在出版社门市看书，翻到一本《圣经故事》，读到诺亚方舟的故事，不禁茅塞顿开。方舟的象征寓意挺好，它带领人们走出困境，憧憬美好的新世纪，这和网络的有利一面有相似之处。但我又觉得自己不完全是这种态度，我认为网络让人沉迷于假象之中。那好吧，就让人把这新的方舟一块块的线路板组成，把它的存在空间错置，不让其顺理成章地在水中行进，而使它融在一片浅滩中。用具象的手法表现一个虚拟的、不真实的环境，画面中的风景显得阴郁，都罩染上一层神秘的色彩，于是我自己不知身处何方。

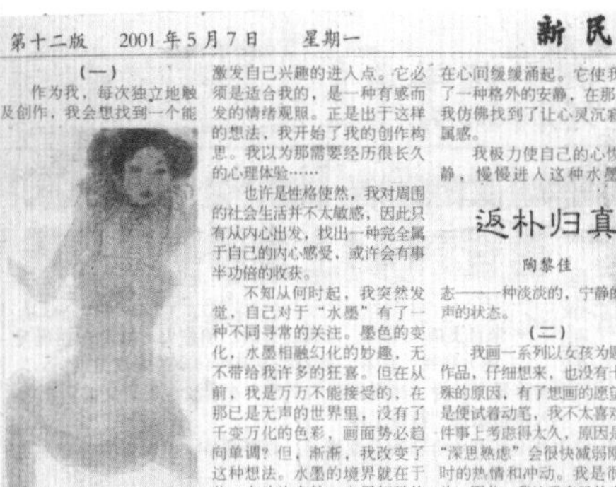

《新民晚报》2001年5月7日　第十二版　“十日谈”

返朴归真　陶黎佳

（一）

作为我，每次独立地触及创作，我会想找到一个能激发自己兴趣的进入点。它必须是适合我的，是一种有感而发的情绪观照。正是出于这样的想法，我开始了我的创作构思。我以为那需要经历很长久的心理体验……

也许是性格使然，我对周围的社会生活并不太敏感，因此只有从内心出发，找出一种完全属于自己内心的感受，或许会有事半功倍的收获。

不知从何时起，我突然发觉，自己对于“水墨”有一种不同寻常的关注。墨色的变化，水墨相融幻化的妙趣，无不带给我许多的狂喜。但在从前，我是万万不能接受的，在那已是无声的世界里，没有了千变万化的色彩，画面势必趋向单调？但，渐渐，我改变了这种想法。水墨的境界就在于此，在浓淡交替，水墨相融的瞬间，我体会到了一种心情，一种天真淳朴的和风般的情絮在心间缓缓涌起。它使我感到了一种格外的安静，在那一刻，我仿佛找到了让心灵沉寂的归属感。

我极力使自己的心恢复平静，慢慢进入这种水墨的状态——一种淡淡的，宁静的，无声的状态。

（二）

我画一系列以女孩为题材的作品，仔细想来，也没有十分特殊的原因，有了想画的愿望，于是便试着动笔，我不太喜欢在一件事上考虑得太久，原因是害怕“深思熟虑”会很快减弱刚开始的热情和冲动。我是很随性的，因此，我注重自己的个人感受，由此生发开内心世界的许多联想。

说不上是何时，何种情景之下，这些女孩的形象闯入我的头脑。我作品中的女孩，你们莫非是从我的梦中走来……

一旦与她们照面，却又仿佛有一种似曾相识之感。

她们是活跃的，快乐的，在看似安静的外表下，隐藏着一颗永不平静的心；

她们是洒脱奔放的，时常以自己认可的方式享受着生活的乐趣，安抚着自己的心灵；

……

说实话，我喜欢她们，个性女性构筑的世界，似一道多彩的风景，似一支曼妙的舞曲，每一次的邂逅，我便多了一份对她们的认知。

现在，我将再一次回到我的画桌前，静候着她们的到来。

第二十版　2001年5月8日　星期二　新民晚报

尝试日本颜料

李大成

十日谈　参展絮语　明日请看《用心灵感悟世界》。

第二十版　2001年5月9日　星期三　新民晚报

用心灵感悟世界

王心旭

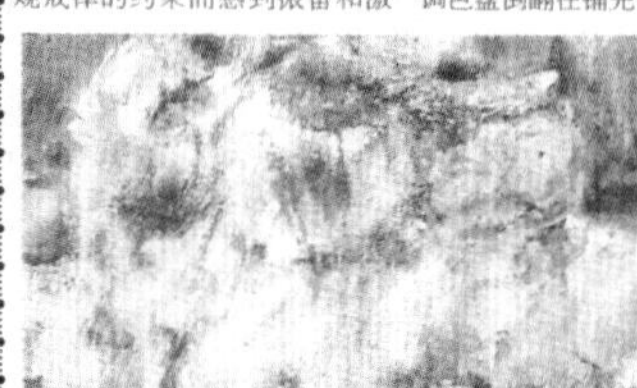

十日谈　参展絮语　明日请看《一段小插曲》。

《新民晚报》2001年5月8日　第十二版　"十日谈"

尝试日本颜料　李大成

在参加本次青年美展的作品《翠羽凌风》的创作过程中，我第一次尝试着使用日本颜料。

早在90年代初，因公创作需要，让我专程去日本购买日本颜料，当时我没有使用过日本颜料，不知其特性。但从那时起，脑子里就有了日本颜料这个概念。

20世纪90年代末，我的作品在全国工笔画人展获金奖。赴京领奖期间，从北京一位颜料商那里带回了一些日本颜料，开始尝试着用日本颜料在中国传统的宣纸上画中国工笔花鸟画。其实这种做法已有人尝试过，不是什么新鲜事了，而我是第一次。

日本颜料品种很多，有粉质颜料和透明颜料、无机颜料和有机颜料、动物颜料和植物颜料，从种类上看与中国画颜料没多大区别。于是我开始按传统的着色方法，大胆地在一幅二米见方的大画上使用日本颜料。画着画着，发现没有中国画颜料好用，有些颜色无法染开，而有些颜色干后，手一摸就掉了，而且画完后很艳，感觉有些火气和俗气，有时刚上好的颜色又不得不用清水洗掉，然后重新再上，反反复复折腾，将整个画面弄得一塌糊涂。第一次尝试失败了，这么大一幅白描画稿，好不容易勾好，这一来前功尽弃了，一气之下，笔也扔了，调色碟也被我砸了。

过了几天，情绪好转，我决定再试试，这次为慎重起见，我先在其他宣纸上分别做了各种不同的实验，对每种颜色，进行分析，与中国传统颜料作了比较，发现日本颜料以矿物颜料和化学颜料居多，其特点是厚重，覆盖力强，色泽鲜艳，有些火气，较适合平涂和画工笔重彩画，而相比之下传统中国画颜料稳定性强，透明色多，色泽古雅沉着，以透明色为主，追求朦胧仿古效果的工笔淡彩的作品上，不仅是观念上需要更新，技法上也要动一番脑筋。矿物色一般是不能渲染的，我就试着将颜料加足胶后，再多加水，调成很稀，淡淡的一遍一遍上，使其达到透明色的效果，日本颜料加胶也非常讲究，胶加少了，颜料粘不住，加多了，石色表面会形成亮光，也会影响色泽的美感，纸质也会发硬变脆……

通过一系列的实验，初步摸索出一点规律，找出日本颜料的优缺点和特性后，我又重新勾线上色，边摸索边画，花了近三个月时间，才把这幅两米见方的巨幅工笔画《翠羽凌风》完成，这一次基本上还算成功。当然，仍然存在许多遗憾，与传统中国画颜料相比，还是有些偏艳，以致夫人戏称这幅画为"俗孔雀"。

《新民晚报》2001年5月9日　第十二版　"十日谈"

用心感悟世界　王心旭

绘画除了需要技巧，更重要的是用心去感悟对象。

我儿时就喜欢涂鸦，考美院前开始了素描、色彩、写生的基本训练，当我把石膏画得越来越逼真结实时，却觉得这种画法离自己内心的需求越来越远了。进美院后，接触了印象派、野兽派、纳比派、表现主义等西方绘画流派和中国各地的民间艺术，被凡·高、米罗、高更、蒙克、维雅尔、马蒂斯等艺术大师以及民间艺人的作品所感动，为他们作品的坦诚、纯真、朴实，没有清规戒律的约束而感到振奋和激动。大师们漂亮的色彩勾起我内心深处的情绪，此时，就好像有一股力量在我全身流动，把我潜意识里的东西，把我的想象和创造力激发了起来。但在当时，我还是找不到一个表达的突破口，没有找到适合自己的绘画语言，一度很痛苦，产生了自卑。

一次，我不小心把装满颜色的调色盆倒翻在铺完了色彩调子的画布上，顿时各种颜色在画布上流动、渗化、融合。我无可奈何，打算用刀把颜色刮掉。当时正好有一个朋友来访，见后惊叹："画面的处理气韵生动，自由活泼，就像万物在大自然中随心所欲地生长。"等朋友走后，我站在画布前静思，心驰神骛。

色的纯度，光的亮丽，还有各种色团，似乎都在撩拨和挑逗我那曾经凝结的思绪，它们是一群活泼而难以把握的生命，欲与我对话。那灰紫色仿佛是一个少女在田野小憩，那金黄色的田野闪闪发光，嫩绿的树丛中点缀着红色的小屋，还有太阳、山脉云霓，五光十色的流水，以及说不明，道不白的其他东西——它们就像盛开的鲜花拥满了整个画面，引导我把不同的时空，甚至无时空和负时空广泛连结在一起，万物交叠，人畜鬼神风景戏串，无机而化，不类而类，精神回到了人的本源，我仿佛觉醒了。

从此我绘画常借助类似的梦觉和幻觉，它们和那虚拟的画面竟能左右我的创作，让我既爱且怕。但我仍然沉湎其中，因为那是我自己的心灵在说话。

黑线的仪式 石至莹

有一条黑线/总想追赶自己的实现/有一天，它追到了/于是，就开始孕育了……

我想，绘画就好比是一种仪式，一种特别虔诚的私人的仪式。

在思想最为活跃、骚动的年纪，无论是客观外界的涌入，还是主观的内心思考，在自我的无意识中已经渐渐地完成了一个又一个自我的“成人仪式”：黑白构图的仪式、色彩融合的仪式，以及创作的仪式……而我，仅仅是安排了这场仪式，并用自己的理解来完成了这场仪式。

在我的记忆中，仪式似乎是一种很东方化的程式，而在绘画语言中，线又是一种特殊的表现手法，它的指代含义可以是线以外的任何一切，也可以是它本身。而同时作为符号的线则又具有强烈的象征意义，所以它也就自然而然地成了仪式中不可缺少的道具。

油画的故乡是在西方，而现代绘画都并不太注重这种地域性，绘画的意义逐渐变得更为随意，更为抽象，这和我们中国画中的“写意”和“神化”不谋而合。

庄子曰“道无所不在”，我想自然中的任何一样事物也都应当拥有它自己的“道”吧！我个人特别偏爱线条，在对于线条的长期感受下，开始找到了在虚线变成直线这一过程中我所要表达的画面的九个形式。比如镜中的虚幻世界和镜外的现实世界。胎儿的诞生，白昼和黑夜……由于线条本身又是一种符号性语言，是一种极简主义的概括，所以，我也由此想到了用线来贯穿整个画面。这既是一种连接，又是一种概括，同时，更是一种仪式。经过了这场仪式（也就是这幅画的创作过程），自己确实也随之长大了不少。行业的长辈们告诫我们要在作业的同时搞一些创作，身边的环境也引诱着我进行创作，创作的过程是美好的，我深深感到画出自己内心想要表达的东西是一种幸福，但这种幸福并不是一蹴而就的，是经过长期的积累和汲取才能拥有的。

一个天使的诞生 吴晓申

对于版画创作，我是去年才开始的。记得那天，王劼音老师对我说：“过两天上海有个版画汇展，你可以试试。”吉星高照，我的作品入选了。

一天，与朋友张民去鲁迅纪念馆看这个版画展，我给他拍了一张照片，以示纪念。过了数日，张民拿出那张冲洗好的照片给我看，看样子他很满意，我自然也很得意。我一时兴起，顺口就说：“这可以搞成一张很好的版画。”他立即把照片转给我，并嘱咐：“版画做好后一定送一张给我。”

天呀！我只是随便一说，他怎么就当真了！现在我真骑虎难下了。对于我这样一个懒散的人，平生最大的恐惧就是被别人寄予希望，我喜欢做梦，可就怕背负着梦想跋涉，我怕周围的空气被压挤，那样会使我窒息。

算了，开始工作吧。

画画对于我来说并不痛苦，而且我会在作画过程中，时常冒出很多奇怪的想法随即融入作品中。不大考虑如何满足某些鉴赏者“美好”的审美期待。自己一直安于清贫的充满乐趣的艺术创作生活。

说实话，原本我是想以此题材创作成一副油画。可是一想到画好后又要送给他人，就好像有种杨白劳嫁闺女的感觉。幸好世上有这么一种版画艺术，其好处本人可以略举三点：其一，成本低廉，尤其是木刻版画；其二，可以有限印制，不必为失去一张而让自己耿耿于怀；其三，最关键的它是艺术家原创之作品，具有一定的收藏价值。至于用刀的快感，作品中出人意料的看似无理的东西显得有情感、有意味、有灵气。这种偶然性的肌理效果是最吸引我的。

从早到晚忙了一天，终于刻完了。想看到最终效果的冲动，使我一晚上没有睡好觉。第二天，赶了个大早我就开始拓印。这过程没有什么特别的，王劼音老师把这过程叫做“磨洋工”，一点不错。最后，作为艺术家的自豪感的时刻到了，小心地揭下纸，犹如婴儿的诞生。当看到那诱人而陌生的作品时，我感到无比的满足。

我给它取了个名字叫做《天使NO.2》，并在自己的电脑中记录下“2001年1月9日完”。

一个星期后，张民拿走了应该是他的那一张。一桩心事放下去，好似从来没有存在过，我就是这样一个记性很好却忘性更大的人。

多一些宽容 张见

偶然的机会听说了“上海青年美展”，当时并没有在意。隔不久又有朋友劝我“作为一个初到上海的年轻画家，应该参加一下”。被端正了思想态度后，便决定为此画一张新画：按照以往对此类画展的认识，需要一张尺寸在200×200cm之内尽可能大的画。来过寒舍的朋友，都知道我那租来的单室套房子里满是房东20世纪80年代初购买的家具，那些解决了我初到上海时燃眉之急的旧家具，此时却让我再也腾不出一点空间来画这样一张大尺寸的画。放眼望去只有平时出入的那扇门尚无阻碍，于是花了点钱请邻居家的装修工人裁了一张200×80cm的木工板，利用足了这个仅有的空间。这就是后来有人问我这张画为何如此细长的缘由。

画稿花了两周时间才决定下来。卧室临窗而放的那张两尺见方的小折叠桌是我和妻子平时作画的唯一空间，只要她需要作画，我总是把画桌让出来。和以往一样我把那细长的工作板横铺在床沿。坐着小竹凳猫着腰不厌其烦地在绢素上一遍遍匀染。这个作画状态直到后来中央电视台来采访，我都羞于让他们拍摄，我笑骂他们想在全国人民面前“毁”我。

学校是今年一月十日放寒假的，我往无锡家里挂了个电话，说不想把这张画画到蛇年，晚两天再回去。父母叫我安心做自己的事。

年后，去刘海粟美术馆交画的那天，坐在925路公交车上，突然想起尚未给画起名，斟酌再三，在临下车五分钟决定画名为《悬浮的记忆》。以后陆续有人问我如何把这种时间和空间的凝固状态表现得恰到好处时，我开玩笑说，他只要先开枪再画靶，一般都能百发百中。

3月29日，我在人民广场地铁站被电话告知得奖。这是较出乎意料的。因为我一向对自己在官方展览上的表现缺乏信心，决定参展的初衷仅为了“露一小脸”而已。如今来上海前的那些好意的劝戒、警告被反证了。应该说上海对地域文化的接受还是较为开放的，或许以后还会更好，我期待着。相反，倒是其他地域应该对上海再多一些宽容。

近几天来，春风暖洋洋的，万物重新滋生出活力。大概没有像春季更能让人感触到时序的流转了，十年前孜孜求学的记忆还恍如隔昨，而今却已近而立之年。刚买的房子很快就会开始装修，或许暑假，就可以搬进那个向往已久的新家。不久就可以在宽敞而明亮的画室、毫不受限制地作画。

一段小插曲 武毅恒

作为一名上海大学的学生，能够参加这次上海青年美术展览，并有幸获得奖项，我感到非常高兴，应该说，自己之所以能在青年美展获得殊荣，是和平时在雕塑学习中与美院雕塑老师们的交流和沟通分不开的，自己此次参加展览的雕塑作品《梦》其实也是这样一个很典型的例子，在作品的整个创作过程中，就有这么一段小插曲，也恰恰是这段小插曲，帮助我顺利地完成了这件充分展现自己艺术风格的作品。

记得当时在构思这件雕塑作品的时候，我构画了很多画稿，并捏了些泥稿，但是总感到这些稿子，还不能完全表现出作品名字《梦》的那中朦胧虚幻的感觉，正当自己陷入考虑如何能使作品达到效果的困境中的时候，系里老师的建议启发了我的思维，激发了我的创作灵感，正是在这种与老师交流过程中，我找到了适合我自己的艺术感觉和创作思想。作为一个学生，除了雕塑学习创作之外，自己的另一大兴趣爱好就是爱看卡通，和许许多多的同龄人一样，动画片似乎是生活中的一种时尚，是一样不可缺少的娱乐，可能听起来，会觉得很不可思议，雕塑是一种艺术形式，而卡通更像是给儿童看的东西，从它们的存在形式来说，看起来好像也是两回事：一个是以静止形态存在的艺术形式，而另一个则是充满动感、夸张的娱乐形式，自己在当时也没有把它们联系在一起，也觉得它们似乎是两个矛盾的东西。但是系里的老师了解了我的这一个兴趣爱好之后，让我没想到的是，他们竟然鼓励我去运用卡通思维大胆地尝试一下雕塑创作，发挥动画片中的想象力，不但要从动态的感受中提取静止的雕塑语言静态的美和力度，还要大胆地对艺术作品进行夸张，抛开一切受拘束的东西，去追求自己想要表达的艺术感受。《梦》也就是在老师这样的鼓励和指引下，完成了构思及创作，作品人物的夸张造型和在两条辫子上所作的大胆尝试，使我在创作上找到了一种新的感觉。让我认识到了属于我自己的艺术研究，也让我知道了该如何去不断开拓自己的创作空间，去探索自己的创作天地。

得奖之后的压力往往要大于得奖之前，最难逾越的常常是逾越自己，但是我相信，有交流，有沟通，艺术创作就有新意，在艺术创作的道路上，只有不断的交流，才会不断产生新的作品，才会在艺术上取得新的成功和突破。

收集作品

开幕式现场

开幕式现场

开幕式现场

“与未来对话”上海青年艺术家座谈会

展出现场

六、退稿

1. 未入选作品须于2003年3月5日到刘海粟美术馆办理退稿手续。
2. 入选作品须于2003年5月19日、20日到刘海粟美术馆办理退稿手续。
3. 逾期还未办理退稿手续的，组委会将不再承担其作品保管责任，自行酌情处理。

七、评选和奖励

1. 评选
在广泛征集作品的基础上，由艺术委员会评选出入选作品200件左右，再从其中评出大奖1件，一等奖2件，二等奖3件，三等奖5件，优秀奖15件，特别奖若干件。
2. 设奖情况
大奖及一、二、三等奖为政府奖。
特别奖为以赞助单位命名的专项奖。

征稿通知

2003上海青年美术大展

2003.4.15-5.18

http://www.lhs-arts.org
E-mail:lam@lhs-arts.org

“2003年上海青年美术大展”是前两届青年美展的延续，并在前者的基础上有所拓展，是一次聚集近两年来青年美术家作品的盛会。上海青年美展作为刘海粟美术馆的常设性美展，每两年举办一届。我们关注青年，关注发展，不仅希望本地区的青年美术工作者和爱好者能一如既往地积极投入给予支持，同时也欢迎其他地区的青年人踊跃参加，在这个为年轻人搭建的艺术舞台上尽情展现。通过展览的展示和研讨会的交流，立体的呈现两年来上海青年美术活动的发展态势，并通过吸纳其他地区青年的美术作品，使上海青年能在异地作品中反观自身，取长补短，从而使上海青年美术这道独特的风景线更加亮丽丰富。

一、主办单位

上海市文化广播影视管理局
共青团上海市委员会
上海市美术家协会
刘海粟美术馆

二、协办单位

新民晚报
文广新闻传媒集团
青年报社
上海市青年文学艺术联合会
上海大学美术学院
上海师范大学美术学院
华东师范大学艺术系

三、时间、地点

1. 时间：2003年4月25日（星期五）—5月18日（星期日）
2. 地点：刘海粟美术馆（上海市虹桥路1660号）

四、组织机构

1. 组织委员会：

名誉主任：郭开荣、穆端正
主　　任：马博敏
副 主 任：毛时安、马春雷、方增先、朱大建、任仲伦、胡劲军、王祖光
委　　员：（以姓氏笔画为序）
毛时安、邓明、王祖光、卢辅圣、朱国荣、吕晓明、李向阳、李磊、张梓铭、张培成、张雷平、陈保平、陈逸飞、邱瑞敏、施大畏、徐芒耀、唐静铠、康年
秘 书 长：张培成
办公室主任：陈犁
办公室副主任：沈竹楠、沈虎、唐宇峰

2. 艺术委员会：

主　　任：方增先
副 主 任：朱国荣、施大畏
学术秘书：龚蓝
委　　员：（以姓氏笔画为序）
王劼音、朱小明、刘亚平、汪大伟

3. 评选委员会：

主任：张培成
委员：（以姓氏笔画为序）
王生荣、朱国荣、李旭、肖谷、沈虎、余根男、周长江、俞晓夫、姜同兴、萧海春、韩硕

五、作品征集

1. 作者：凡年龄在45周岁以下的青年均可参加。
2. 作品：
（1）近年来创作的，未参加过市级以上美术展览的作品，题材内容、表现形式不限；
（2）展现上海改革开放、两个文明建设新形象，反映当代青年的艺术追求及他们的生活、情感、向往的作品尤为欢迎；
（3）艺术种类有中国画、油画、版画、水彩（水粉）画、综合材料、雕塑，不收美术设计作品、习作和装置；
（4）尺寸：
平面作品（连框）不大于200cm×200cm，
不小于80 cm×50 cm，
雕塑不大于150 cm×150 cm；
（5）平面作品均需自行装裱或配框，雕塑不收石膏、玻璃等易碎材料制作的作品；
3. 征集及展出地点：
刘海粟美术馆
（上海市虹桥路1660号，邮政编码200336）
4. 征集时间：
（1）学校选送：2003年2月28日（星期五）
（2）个人选送：2003年3月1日（星期六）
5. 征稿要求：
（1）每位作者选送作品不得超过二件；
（2）每件选送作品须交纳50元报名费，不论入选与否，报名费将一律不再退还；
（3）选送作品时须填写报名表及作品登记表。

注：组委会将委托刘海粟美术馆办理参选作品现场托裱、配框业务，如有需要，参选作者可于2003年2月1日至10日申请办理，并可直接办理征稿选送手续。

2003“上海青年美术大展” 征稿通知

刘海粟美术馆 编
2003上海青年美术大展作品集
COLLECTION OF 2003 SHANGHAI YOUTH BIENNALE
我们的视野
上海画报出版社

《2003上海青年美术大展作品集》封面

2003上海青年美术大展 THE SHANGHAI YOUTH ARTBIENNALE EXHIBITION
开幕式：刘海粟美术馆4月25日上午10:00（请柬开幕当天有效）
主办单位：上海市文化广播影视管理局 共青团上海市委员会 上海市美术家协会 刘海粟美术馆

2003“上海青年美术大展” 请柬

2003年"上海青年美术大展"

主办单位

上海市文化广播影视管理局
共青团上海市委员会
上海市美术家协会
刘海粟美术馆

协办单位

新民晚报
文广新闻传媒集团
青年报社
上海市青年文学艺术联合会
上海大学美术学院
华东师范大学艺术系

组织机构

1. 组织委员会：
名誉主任：郭开荣　穆端正
主　　任：马博敏
副 主 任：毛时安　马春雷　方增先　朱大建　任仲伦　胡劲军　黎宏伟
委　　员：（以姓氏笔画为序）
王慕兰　毛时安　邓　明　卢辅圣　朱国顺　吕晓明　苏国庆
李向阳　李　磊　张桂铭　张培成　张雷平　陈保平　陈逸飞
邱瑞敏　施大畏　徐芒耀　高春明　唐静恺　康　年　黎宏伟
秘 书 长：张培成
办公室主任：陈　梁
办公室副主任：徐俊亮　肖烨璎　沈竹楠　沈　虎　唐华峰
2. 艺术委员会：
主　　任：方增先
副 主 任：朱国荣　施大畏
学术秘书：惠　蓝
委　　员：（以姓氏笔画为序）
王劼音　朱小明　刘亚平　汪大伟

3. 评选委员会：
主　　任：张培成
委　　员：（以姓氏笔画为序）
王兆荣　朱国荣　李　旭　肖　谷　沈　虎　余积勇
周长江　俞晓夫　奚阿兴　萧海春　韩　硕

获奖作品42件

张晨初　大志和他的姐们
李储会　还睡，还睡，解道醒来无味
丁蓓莉　风景
何汶玦　阳光绿水
李　鹏　西饼店战役
肖　敏　青花
韩　松　文成公主
高　茜　闺阁
王煜宏　人民画报之三——塑刀之歌
王　祺　上海制造
陈彧君　守望系列
李淑芬　荷叶的游泳池
俞　瑶　云上的日子
徐贤佩　风吟
徐忠民　忆江南
赵　蕾　幻城
陈　霆　岁月
王伊楚　静物
陆文俊　位置（续）
邱　加　刹那
曹　跃　意义：一个正确定义所表示的
李戈晔　快乐旅程
邵仄炯　浅间山
马海峰　幽谷芙蓉
董进进　即将消失的市场
徐亮亮　作品·1号
戴刚峰　作品·3号
李　军　阈
魏　纯　静物
任　音　记忆的两端
石至莹　凤凰于飞
杨贤龙　夏日的歌谣
范可科　我
陈华新　状态（二）
王　欣　门神
沈雪江　小镇
Biljana 齐有靓　LANDSCAPE
陈　颖　2003年2月14日
周佳艺　上海·家·我
卞　樑　焊
赵一恒　无题
姬　鹏　界——痕

中国画（58件）

夏　景　天使的翅膀
韩　松　沸点
姚　婷　轨迹
忻　欢　鱼系列·化生
王牧春　蝶花图
倪　巍　尘世风景
肖素红　五月的小雨
王雁玲　弟切草
韩以晰　眠
尹雅瑾　书系列·生命启示录
翁颖涛　夜百合
范奕彬　听一听时间的声音
朱　红　邻里之间
余　欣　山水
韩长荣　山水
陈　翔　山水
沈向然　山水
宋　华　昨夜——晚霜
苏　梅　幻
曹　铃　寒云·雪晴
陶黎佳　凝
沈剑霖　荷塘
曾　刚　网
黄　晖　山野
张黎星　秋语
胡　炜　无欲
纪福喆　闽南风
薛振兴　新放
成生虎　秋深
林志铭　寂静的山谷
周古天　太行幽居
王　恬　水墨女人
季明佳　狗尾巴
陆仁杰　花开季节
夏蕙瑛　古文明
薛俊华　浮云
鲍　莺　下午茶
万　芾　翱翔
毛冬华　我爱动物

《2003 上海青年美术大展》计划书

2003 年 4 月 25 日——5 月 18 日

展览主旨：

"2003 年上海青年美术大展"是前两届青年美展的延续，并在前者的基础上有所拓展，是一次聚集近两年来青年美术作品的盛会。我们关注青年，关注发展，不仅希望本地区的青年美术工作者和爱好者能一如既往地积极投入给予支持，同时也欢迎其他地区的青年人踊跃参加，在这个为年轻人搭建的艺术舞台上尽情展现。通过展览的展示和研讨会的交流，立体的呈现两年来上海青年美术活动的发展动态，并通过吸纳其他地区青年的美术作品，使上海青年能在异地作品中反观自身，取长补短，从而使上海青年美术这道独特的风景线更加亮丽丰富。

工作进程表：

征稿通知发布时间：

征稿时间：
学校选送：2003 年 2 月 28 日（星期五）
个人选送：2003 年 3 月 1 日（星期六）

评选时间：2003 年 3 月 3 日、3 月 4 日

新闻发布时间：

展览时间：
2003 年 4 月 25 日（星期五）——5 月 18 日（星期日）
开幕式：　2003 年 4 月 25 日（星期五）上午
研讨会：　2003 年 4 月 25 日（星期五）下午

2003"上海青年美术大展"　计划书

评委须知

1．入选作品总数为 200 件，各个画种不定比例数，但适当考虑各个画种均有作品入选，并注意对有些画种的扶植。

2．入选以得票的多少为基准，如若最后统计结果超出 200 件，即在最低得票段内的作品中重新投票选定。

3．评出大奖 1 名，一等奖 2 名，二等奖 3 名，三等奖 5 名，优秀奖 15 名，共 26 名。

沈柔坚美术基金奖　　10 名

孟光美术教育基金奖　　若干名

（获优秀奖以上的学生，为当然孟光奖获得者。）

以投票方式选出各项奖入围名单，得票多少作为获奖名次参考，经反复协商后定出等次，如协商不一致，再投票决定。

4．时间紧迫，请各评委上午 9 时准时到场，中途勿请假，勿早退；评选时一律不会客。

上海青年美术大展评委会

2003"上海青年美术大展"　评委须知

征稿通知

一、主办单位：

二、协办单位

三、时间、地点：

1、时间：2003 年 4 月 26 日（星期六）——5 月 18 日（星期日）
2、地点：刘海粟美术馆（上海市虹桥路 1660 号）

四、组织机构：

1、组织委员会：
名誉主任：
主任：
副主任：
委员：（以姓氏笔画为序）

秘书长：
办公室主任：
办公室副主任：

2、艺术（评选）委员会：
名誉主任：
主任：
副主任：
委员：（以姓氏笔画为序）

五、作品征集：
1、作者：凡年龄在 40 周岁以下的青年均可参加。
2、作品：
（1）近年来创作的、未参加过市级以上美术展览的作品，题材内容、表现形式不限；
（2）展现上海改革开放、两个文明建设新形象的作品尤为欢迎；
（3）艺术种类有中国画、油画、版画、水彩（水粉）画、综合材料、雕塑，不收美术设计作品、习作和装置；
（4）尺寸：平面作品（连框）不大于 200cm×200cm、不小于 80 cm×50 cm，雕塑不大于 150 cm×150 cm；
（5）平面作品均需自行装裱或配框、雕塑不收石膏、玻璃等易碎材料制作的作品；
3、征集及展出地点：：刘海粟美术馆（上海市虹桥路 1660 号，邮政编码 200336）
4、征集时间：
（1）学校选送：2003 年 2 月 28 日（星期五）
（2）个人选送：2003 年 3 月 1、2 日（星期六、星期日）
5、征稿要求：
（1）每位作者选送作品不得超过二件
（2）每件选送作品须交纳 50 元报名费，不论入选与否，报名费将一律不再退还。
（3）选送作品时须填写报名表及作品登记表

注：组委会将委托刘海粟美术馆办理参选作品现场托裱、配框业务，如有需要，参选作者可于 2003 年 2 月 1 日至 10 日申请办理，并可直接办理征稿选送手续。

六、退稿
1、未入选作品须于 4 月 27 日——5 月 7 日到刘海粟美术馆办理退稿手续。
2、入选作品须于 5 月 19 日——6 月 7 日到刘海粟美术馆办理退稿手续。
3、逾期还未办理退稿手续的、组委会将不再承担其作品保管责任，自行酌情处理。
七、评选和奖励：
1、评选　　在广泛征集作品的基础上，由艺术委员会评选出入选作品 200 件左右。再从其中评出大奖 1 件，一等奖 2 件、二等奖 3 件、三等奖 5 件，特别奖若干件。
2、设奖情况　　大奖及一、二、三等奖为政府奖。
特别奖为以赞助单位命名的专项奖。

八、组委会办公室
1、办公室成员：
办公室主任：
办公室副主：
2、办公地点：　刘海粟美术馆（上海市虹桥路 1660 号，邮政编码 200336）
电话：62701018（总机）、62701017（直线）

附录：
论坛策划：惠蓝
特邀美术理论家和批评家（以姓氏笔画为序）：
了庐、马钦忠、王邦雄、卢辅圣、卢永毅、江梅、邢晓舟、孙瑜、吴亮、李旭、李维琨、李晓峰、张晴、汗涂、汤哲民、尚辉、张长虹、顾晓鸣、黄剑、彭莱、徐建融、舒士俊、谭根雄、潘耀昌、
刘海粟美术馆联系人：陈霆　电话：62701018—34
各大院校主要联系人：
复旦大学——顾晓鸣
同济大学——卢永毅
上海大学美术学院——李晓峰
上海师范大学——瞿广慈
杨文虎
华东师范大学——汪涤
交通大学——孔繁强

"'2003 上海青年美术大展"学术委员会
2003-年 2 月 25 日

回折

"'2003 上海青年美术大展""理论与批评论坛"：

我将________（参加或不参加）这次论坛活动。
我的论文选题将是________。
我论文的递交时间是________。

作者签名：

回折请寄：上海虹桥路 1660 号刘海粟美术馆研究部陈霆小姐收。
邮编：200336
电话：62701018—34

2003"上海青年美术大展"　征稿通知

徐咏松	无题
周　菁	高原景晖
洪　健	有植物的角落
庞　飞	洪谷风云
夏　霓	山水清音
陈　岚	入
诸朱炯	夏
穆昉昀	唐装NO.1

油画（83件）

耿　牧	疏影横斜之月黄昏
卢　赟	原装进口
沈　力	城市的阳光
沈　钢	威尼斯
路　宏	同行行
廖志豪	交响
增　国	白昼
雷振华	天象系列（之四）
陆　强	冥物
芮志诚	被困的海螺
王大志	游春图
曹　刚	我心飞翔
张天航	尤光
李煜明	生活——健身的人
丁　设	空25号
李诗文	无邪之浴
李林祥	角·鼎·斝
徐本方	Blowin in the wind
王　毅	莲蒲公寓
孔泠文	10梦之三——炊烟
胡亚强	百草园系列之五——秋鸣
林伟斌	自画像
来　源	夏日·无语
鲁　丹	01级油画班
邵　益	动漫人生——cosplay
徐闻彦	轮回
夏　弢	噪
裴咏梅	1999·冬
邹朝阳	美丽家园
包　建	红果系列
张志岐	山水·2003
张成懿	板·源
滕　发	静·之组合
奕　安	庭院
董辛冈	追鱼
石　隆	威尼斯畅想——NO.2
刘海蛟	宴——II
王昌建	延续的冲撞
赵志文	zh9·jpg
徐君华	内与外的结构NO.2
张　黎	H对比
金国明	空间的意想
周胤辰	十字路口
曹壹霖	意象花卉
吴晓申	幸福生活之云中漫步
刘彦赤	生命仓室与情感樊篱
展迎庆	菜市场
裘　莹	门（五）
李驭时	大风景
张　展	八音盒
韩绍光	曾经辉煌
张复利　王允旗	2000年·夏
朱　宏	光线跟踪的阴影
曹　炜	校园的冬天
胡　捷	空间性格——II
金宇粱	我们到哪里去?
冯真敏	无语
吕　嵘	童迹——脸
陶　然	偶人记——当我遇见你
许　宁	飘逝
王慧敏	期盼
何珏颖	暮色渐起
唐天衣	风月谭
王　轫	油灯·碗·麻布
吕　亮	上海潮湿·客厅
陆煜玮	有云的人景

雕塑（29件）

周　蕙	风景·淡
慎乃纯	望
慎乃纯	温柔——I
黄良良	小暑
徐亦白	作品一号——支点
林　苑	仲
章汇威	泛铬
沈轶嘉	这是一个简单的气氛
韩李李	轻轻
林　苑	嫫
戴小敏	庸
袁　侃	巴尔扎克
燕丕杰	清晨
李储会	始发站
方金武	美好的一天从这里开始
陆　金	平衡移动
李进学	春的畅想
刘秀兰	伴奏者
刘国柱	梦游人
逄　峰	悟空的委屈
李本海	三月八日
刘祖一	赤膊兄弟
陈剑生	形态

版画、水彩、水粉、综合类（30件）

蒋继华	盼归
卞莉蓉	动
王　轫	渔
韩子仲	无助徜徉2号
沈哲迅	觉
张德群	多面格拉斯
王心旭	有风的日子
刘永涛	理想风景系列（之二）
杨彦懿	知之也
董辛冈	网友
杨　巍	家园之歌（之一）
赵峥嵘	裸女系列
王凌云　施　健	眠·1
王昌建	岁月
刘　月	左手
方曙光	瓶·空间
刘　敏	记忆
梁　钢	起板——II
周　豪	No.144A 21/26
韩露茜	栋梁
徐　慧	小餐馆里的聚会
吴文星	人物系列

1
2
4
5
6
8
9

11

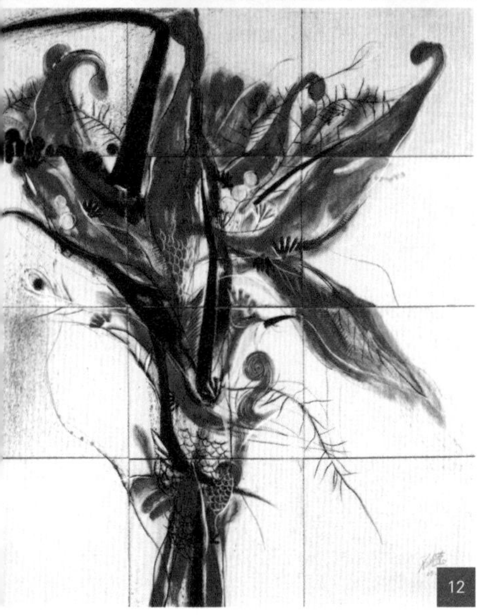

12

2003年部分参展作品

1. 李储会 **还睡，还睡，解道醒来无味** 雕塑
2. 戴刚峰 **作品·3号** 油画
3. 俞　瑶 **云上的日子** 国画
4. 卞　樑 **焊** 雕塑
5. 韩　松 **文成公主** 国画
6. 张晨初 **大志和他的姐们** 油画
7. 李戈晔 **快乐旅程** 国画
8. 邱　加 **刹那** 雕塑
9. 何汶玦 **阳光绿水** 油画
10. 邵仄炯 **浅间山** 国画
11. 朱忠民 **忆江南** 国画
12. 石至莹 **凤凰于飞** 油画

13

14

16

15

17

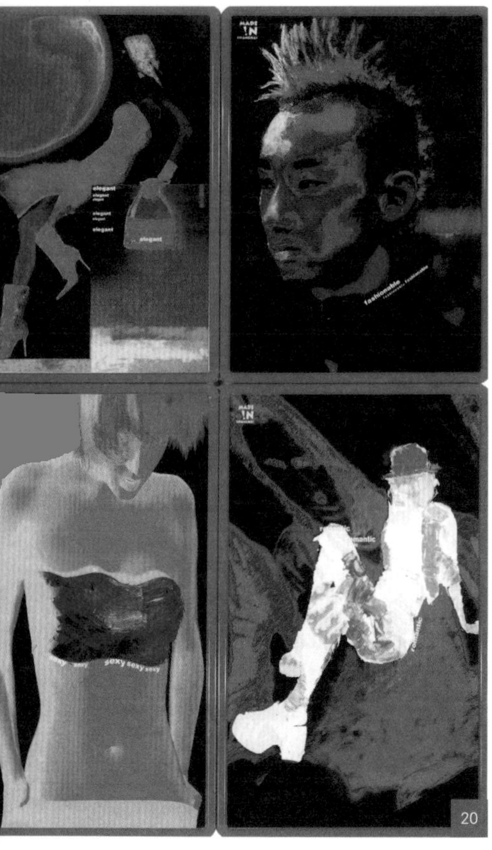

'03

2003年部分参展作品

13. 李　鹏　**西饼店的战役**　油画
14. 范可科　**我**　雕塑
15. 马海峰　**幽谷芙蓉**　国画
16. 姬　鹏　**界—痕**　综合材料
17. 魏　纯　**静物**　油画
18. 陈　颖　**2003年2月14日**　油画
19. 陈彧君　**守望系列**　综合材料
20. 王　祺　**上海制造**　综合材料

我们的视野

上海将举办2003青年美术大展

本报上海讯 蔡袁琳报道　由上海市文化广播影视管理局、共青团上海市委员会、上海市美术家协会、刘海粟美术馆主办，新民晚报、文广新闻传媒集团、青年报社、上海市青年文学艺术联合会、上海大学美术学院、上海师范大学美术学院、华东师范大学艺术系协办的"我们的视野——2003上海青年美术大展"自去年8月在刘海粟美术馆召开青年美术创作座谈会，同时举办了"2001年上海青年美术大展获奖作者邀请展"之后，大展就进入了启动阶段。近期，大展组委会秘书长、刘海粟美术馆执行馆长张培成，大展组委会办公室主任、刘海粟美术馆副馆长陈燊与上海油画雕塑院执行副院长李磊、共青团上海市委宣传部长康年，部长助理徐俊亮等人就大展的发动、宣传、协作等方面的问题进行了洽谈。在大展开幕时将同时推出《2003上海青年美术大展作品集》和《青年美术家丛书》。此次作品集的规格将高出以往历届，以大16开200多页面市，丛书由18位青年美术家的作品集组成，已经进入最后编辑阶段。《上海艺术家》杂志准备出版此次大展的相关专辑，版面已经商定为50页，现已进入组稿阶段。与此同时，"我们的视野——2003上海青年美术大展"的其他各种准备工作也都在积极的进行之中。

"我们的视野——2003上海青年美术大展"的作品征集工作现已结束。在广泛征集作品的基础上，由"2003上海青年美术大展艺术委员会"评选出入围作品200件左右参加2003年4月25日至5月18日的展览。

"我们的视野——2003上海青年美术大展"是前两届青年美展的延续，并在前者的基础上有所拓展，是一次聚集近两年来青年美术家作品的盛会。上海青年美展作为刘海粟美术馆的常设性美展，每两年举办一届。

1

"五四"青年节。

两年一度的上海青年美术大展已经是第三届了。由于它的开放性，如今已经在上海具有了相当的影响力，每届递增的参展作品数量就是一个明证。本届更有来自北京、杭州、天津、福建等地的作品，可见青年人还是很需要这么一个舞台的。而上海作为一个正在努力向国际化大都市迈进的大城市，也需要有这么一块让青年人得以施展身手的空间。

近来媒体都在讨论关于上海城市精神的话题。要塑造一个城市精神，现代文化的建构是必不可少的，一个现代城市人，没有文化，没有基本的审美素养，那是不可思议的。而这个青年美术大展正在成为塑造城市精神的一个组成部分。

本期选编一组作品，并配以作者自述。我们从中不难感受到一种奋发的精神，一种创造的活力，一种青春的美丽。

美术 A21
2003年5月10日 星期六

视野的视野的视野

◀青花（雕塑） □肖敏

毫无疑问，我们正处在一个变更的时代，今天的标准转瞬即被新的潮流所覆盖，艺术潮流的更迭同样使我们眼花缭乱。这是个人人都急于发出自己声音的年代，喧哗而嘈杂。但我更愿意相信，内心静谧处，有一些声音依然清晰可鉴，但这需要用心聆听，细细品味。

▶夏日的歌谣（雕塑） □杨贤龙

做雕塑和绘画的人，往往容易陷入某种伤春悲秋的情怀里，在年少的不能忘却的碎片中，多愁而优柔的心态，修长而羸弱的身躯，决定了少年人在某些时候是中性，甚至有时难以分清男女的情状。

油画

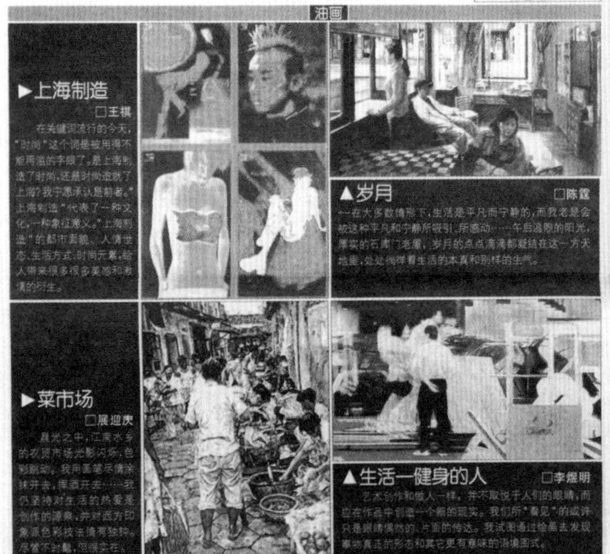

▶上海制造 □王棋

在关键词流行的今天，"时尚"这个词是被用得不能再滥的字眼了。是上海制造了时尚，还是时尚造就了上海？我宁愿承认是前者。"上海制造"代表了一种文化，一种象征意义。"上海制造"的都市面貌、人情世态、生活方式、时尚元素，给人带来很多很多美感和激情的衍生。

▲岁月 □陈霆

在大多数情形下，生活是平凡而宁静的，而我老是会被这种平凡和宁静所吸引、所感动……午后温煦的阳光，厚实的石库门老屋，岁月的点点滴滴都凝结在这一方天地里，处处徜徉着生活的本真和别样的生气。

▶菜市场 □展迎庆

晨光之中，江南水乡的农贸市场光影闪烁，色彩斑斓。我用画笔尽情涂抹开去，挥洒开去……我仍坚持对生活的热爱是创作的源泉，并对西方印象派色彩技法情有独钟。尽管不时髦，但很实在。

▲生活—健身的人 □李煜明

艺术创作和做人一样，并不取悦于人们的眼睛，而应在作品中创造一个新的现实。我们所"看见"的或许只是眼睛偶然的、片面的传达。我试图通过绘画去发现事物真正的形态和其它更有意味的语境图式。

争论　玩"花招"者入选的困惑

本届上海青年美术大展已经开幕，但争论却方兴未艾。上大美院教授唐锐鹤对记者说，许多美院的学生都应征创作了作品，但是，有的认认真真学习、基础知识较好的学生的作品落选了，而有的基础较差却会玩点"花招"的反倒入选了。今后真不知该怎么教学生了！

上大美院副院长张培楚对此颇有同感。他说，这样的情况已不止一次发生了。曾有基础较好并且根据老师的指导进行参展创作却落选的学生，委屈得找他来谈心。

"首先我不是很保守的，我对学生画得好并追求时代气息也是支持的。"张培楚说，"但是现在展览的评选趋势会使学生的心态浮躁起来，基本功不要了，现代感好像就是搞点吓唬人的、刺激眼睛的东西。长此以往，对学校的教育会有影响。"

青年美展主办单位之一刘海粟美术馆的馆长、青年美展评委会主任张培成是张培楚的弟弟，但与其兄长的观点却不尽相同。他反驳道："你班里最好的学生肯定不会落选。落选的作品大多是既没特色，基本功又不是很出色的那种。"

他认为展览评选标准与学校教学之间的这种矛盾始终存在。我们学校设置课程的目的是让学生掌握今后走向社会所必备的基本能力，但是，往往因此疏忽了创造性思维能力的培养。而青年美展的特色就是注重青年艺术家创造性活力的体现。"看一张老气横秋、毫无新意的作品，不如去看一件幼稚却有新意的作品。当然，我也反对仅仅追求表面的时尚，或者仅仅玩弄点噱头、花招的倾向。仅靠'花招'或许偶尔会成功一次，但不会是持久的。"

发生在兄弟俩之间的争论也引起了许多"旁人"的参与。上海美术馆学术部主任李旭认为，青年美展不是美院的教学成果展，它是为了推动青年美术创作、创新，面向全国青年美术创作群体的综合性美术大展。上海美协副主席朱国荣也认为画展不是看基础知识的，而是看艺术家如何对周边世界、对自己的情感、思想去进行原创性的艺术创作。或许展览评选机制尚有可更加完善之处，但现在美术院校的教育理念本身存在的欠缺也是不可否认的。一个成功艺术家所需具备的"基本功"究竟是什么还值得探讨。在入选作品中极个别或许是靠"花招"，而更多的是有创新意识的。

同时也有人对评委组成结构表示了意见，譬如评委中国画家只有2位，更多的是油画和雕塑的，他们未必对国画有很深切的理解，往往更容易被表面的形式所吸引，一起投票，真正内行的评委意见有可能反映不出来。这或许也是造成"阴差阳错"的原因之一。

青年美展照样办，美院老师照样教，争论也在照样进行。

2

动静

上海青年美术大展征稿

"上海青年美术大展"作为上海刘海粟美术馆的常设重头美展，旨在为青年美术家和美术作者搭建实现个人艺术价值的平台，立体地呈现不断在变化中的上海青年美术活动的发展态势。

大展每两年举办一届，1999年和2001年已成功举办了两届，在社会上造成了广泛影响，在推出新人这一点上，可以说是卓有成效的。2003年大展将继续发展下去，在延用评委制、策展人制、大展和系列展结合的方式等基础上，还将作出三点调整：为兼顾各画种和各种艺术风格，将增加年轻评委；参展画家年龄放宽到45岁以下；在参展画家的地区限制上，逐步转向外省市开放。此外，2003年大展还将扩大展后效应，推出"青年画家丛书"系列。"2003年青年美术大展"现已向社会公开征集作品。

征集地点：刘海粟美术馆（虹桥路1660号）

征集时间：2003年2月28日（学校选送）；2003年3月1日（个人选送 4

上海青年美展呈开放姿态

本报讯（记者林明杰）2003上海青年美术大展今天在刘海粟美术馆开幕。海纳百川的开放姿态在本届青年美展得到进一步体现。

本届青年美展的规模和涵盖面均超过前两届。地域限制早在征稿时即已取消。上海本地画家虽仍占多数，但来自北京、山东、安徽、浙江、福建以及香港特区乃至海外的报名参展作品也颇为可观。随着地域色彩的淡化，学院气息却转浓了。

半数以上的入选作品和几乎所有获奖作品都是学院气息浓郁的具像作品，并且呈现三大类型。一、学有渊源而个性鲜明。如一等奖作品《大志和他的姐们》，作者张晨初是现为上师大美院教师。他一直沉浸于研究物体在闪烁不定的光斑下那种扑朔迷离的光影效果，在巨幅画布上一张张有光斑的特写面孔如今成了他的标志性风格。二、基础扎实而风格平实。上师大油画专业硕士陈霆的毕业创作《岁月》的特色恰恰在于没有强烈的风格意识，显得朴素大方。三、构思新颖出奇制胜。此类作品作者善于扬长避短，画面俏皮聪颖，精致可人。

本届青年美展据评说其平均水平略逊于上届，但获奖作品和雕塑这两个部分却略胜一筹。本届获奖作品和未获奖作品之间距离较大，比之上届，它们显得更有获奖的理由……塑历来是上海青年美展的弱项，这次却异军突起，……乏关注。尤其那位以雕塑获得一等奖的李储会还……师范大学的……级学生。

也有……为，以创……为特色的……展，对青……艺术家在……艺术领域……未能给予……重视和反……避免过于……气"而磨……贵的闯劲……为《岁月》

陈……

第314期
摄影美术部
责任编辑 李之久
文汇画刊

3

新民晚报 2003年5月4日 星期日 Pictorial 画刊

上海青年美术大展 2003 优秀作品选登

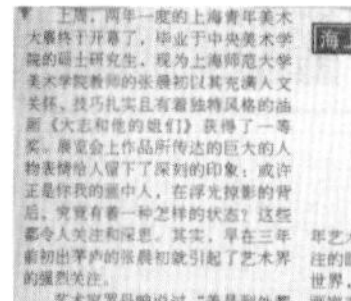

6

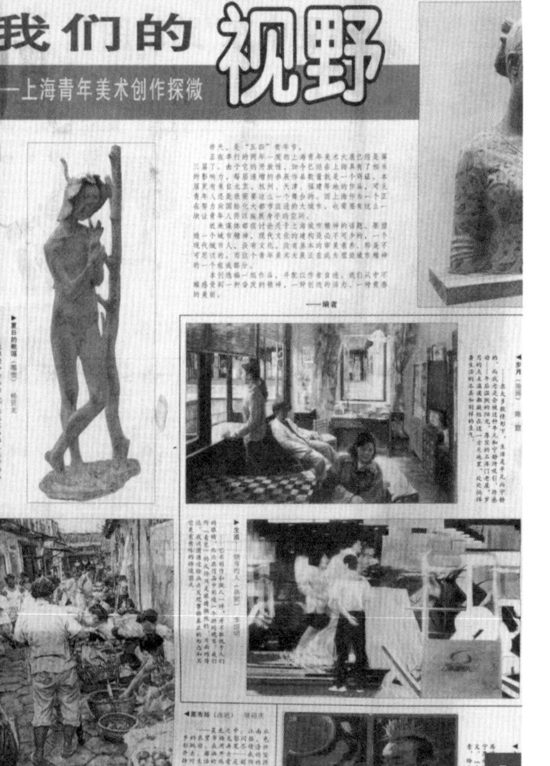

我们的视野

——上海青年美术创作探微

7

海上艺林

虚化幻想的诗意创造

——读张晨初的油画

■ 张祖英

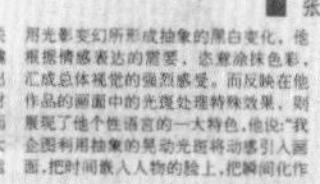

8

1.《美术报》2003年 3 月 8 日
3.《文汇报》
4.《生活周刊》2002年 9 月 5 日
5.《新民晚报》2003年 4 月25日第8版
6.《新民晚报》2003年5月4日第24版
7.《文汇报》
2、8 其他报道
（此为 2003“上海青年美术大展”媒体宣传）

4 月 25 日，2003 上海青年美术大展将在上海刘海粟美术馆拉开序幕。在获得刘海粟美术馆的同意后，本报取得了部分获奖作品的照片，特此刊出让读者先睹为快。

让眼睛去冲浪

——2003 上海青年美展获奖作品先睹为快

何汶玦
阳光绿水　油画　三等奖

外滩记者
宋元/报道

张晨初
大志和他的姐们　油画　一等奖

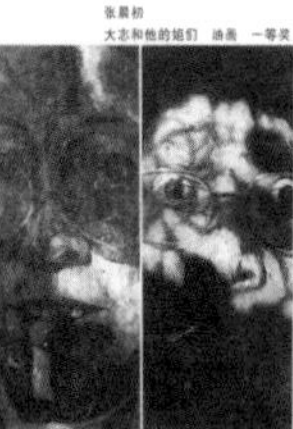

一等奖作品《大志和他的姐们》，作者张晨初现为上海师大美术学院教师。多年来，他一直沉迷于研究物体在闪烁不定的光斑下，那种扑朔迷离的光影效果，那些凸现在巨幅画布上的一张张有光斑的特写面孔，如今成了他的标志性风格。其技法依稀可见乃师郭润文先生情有独钟的笔触风格，但造型坚实刚健、非常自然。这件两联作品调子一暖一冷，在眼鼻部位，暖者为大面积的阴影，冷者为大面积的光斑，由于每一块的色度和明度都极其接近，要像赫写实的造型和复杂的表情颇有难度，画家正是在这些地方表现出过人之处。

陆文俊
位置　油画
沈柔坚奖

陈霞
岁月　油画　沈柔坚奖

《岁月》风格平实，它是上海师大油画专业新毕业的硕士陈霞的毕业创作。画面笔触大方，调子柔和，造型朴素，注重气氛的营造，这类作品的风格特色恰恰在于没有强烈的风格意识。

讲平稳　缺创意

美术大展大奖再度空缺

本报实习记者　杨力佳

本报讯　昨天，“我们的视野——2003 上海青年美术大展”于刘海粟美术馆开幕。细心的观众发现，本次大展的大奖依然空缺。

据悉，早在 3 月份，评委会就从 645 件应征作品中选出了 220 件展品，并评出一、二、三等奖、优秀奖、沈柔坚奖及面向学生的孟光奖，而大奖是再度空缺。

据主办方介绍，继去年之后，大奖的再度空缺是因为评委会非常看中大奖的示范、导向作用。年轻人对生活的热爱、对艺术的追求是最为朴实原始的，由于这个特质，评委们更加注重青年艺术家们是否有丰富的想像力和鲜活的创造力，“艺术创作，尤其是作为上海美术界后备力量的青年艺术家，他们的创作更需要冲动与激情”。有评委透露，今年应征作品中有件雕塑各方面都比较“整齐”，但最终仍没有入选，理由很简单——太四平八稳，没有足够的创意。

虽然主办方很谦虚地自评“本届大展的总体水准不如往届”，但观众们也发现了一些令人欣喜的现象：参展者地域性色彩淡化，学院气息转浓；整体灰而局部亮——就平均水准而言，本届作品略逊于上届，但某些领域的水准却有较大提高，如雕塑；还有许多作品表现了走出上海的开放姿态；尽管个体差异还较大，但绝大多数青年美术家在对真、善、美的理解和表达它们的“度”上，都有了进一步的提

▲阳光绿水（油画）　何汶玦

许健　有植物的角落　布面油画　90cm × 70cm

魏纯　景物　布面油画　130cm × 90cm

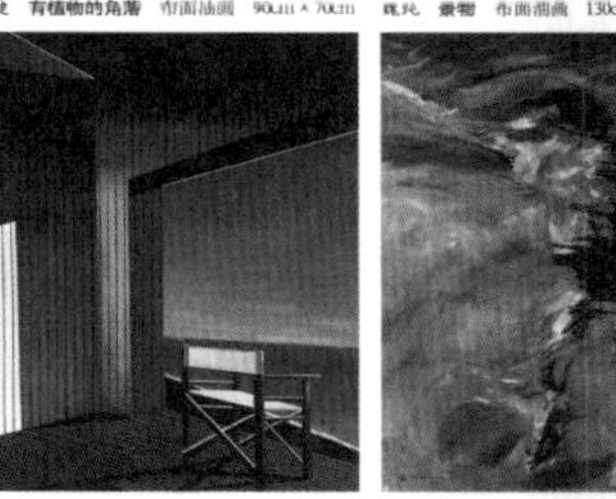

陆文俊　位置（续）　布面油画　185cm × 128cm　　何汶玦　阳光绿水　布面油画　200cm × 150cm

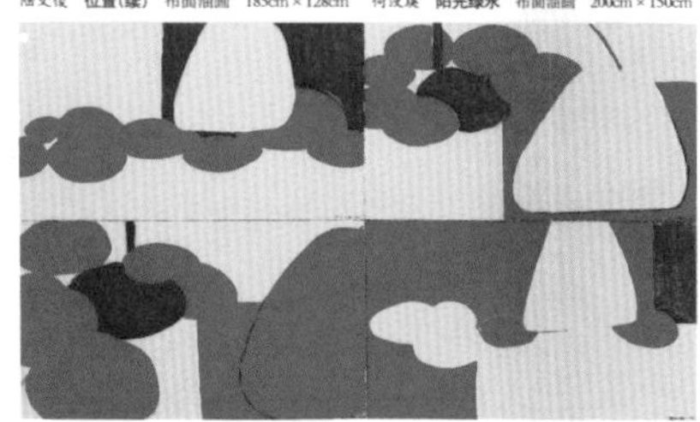

包建　红果系列　布面油画　120cm × 160cm

片断。如此次获一等奖的上师大学生李储会的作品《还睡　还睡　解道醒来无味》就是典型的这种风格。作品呈现了一个百无聊赖的青年瘫坐在椅子上带着耳脉来聆听鱼缸中金鱼的声息。作者运用了娴熟的写实手法来塑造人物，更是将生活中的实物引入作品（如鱼缸和鱼缸中游动的金鱼），把整个作品推入了一个现实的场景，消解了艺术与生活的界限，同时又以近似荒诞的手法演绎了一种熟悉的陌生感和零距离的疏离。而上大美院的作品则沿袭了一贯的唯美风格和凝练手法，这在前几届的展览中已充分展现。

随着上海城市的不断开放，上海青年美术大展也正在成为这种开放态势的受益者。展览不仅在规模上不断扩容，更重要的是吸引了越来越多非本地画家加入进来，这些画家近至上海周边的江浙两省，远至来自欧洲的留学生。由于他们各自的文化生活环境和受教育的背景不同，为这个展览带来了多元的文化讯息和人文气息。使展览规模在平面铺开的同时，内容上也有了立体的纵伸，在其不断成熟的过程中始终保持着兴奋点和新鲜感。上海青年也可以通过这个机会进行交流学习，通过异地作品反观自身。同时本届上海青年美术大展还增设了一个理论平台，将青年理论家集结起来，给予大展以补给与支持，届时论坛将和展览双轨并行，共同促成海上青年美术的繁荣景象。

正如刘海粟美术馆张培成馆长所说的“这是一个流动的舞台”，每两年一届的青年美展，新老更迭的频率越来越快。他在越来越成为上海美术院校学生和刚刚踏入上海的艺术青年亮相和进入主流艺术圈的舞台的同时，也成为了一批从中脱颖而出的优秀青年艺术家振翅飞往更高处的基石。在上海美术大展、海平线等展览中你们会看到这些熟悉的青春面庞。

春天是一个生机无限的季节，在这里播下种子在这里守望丰收。上海青年美术大展愿成为肥沃的耕土孕育秋天的收获。

美术天地
2003.2

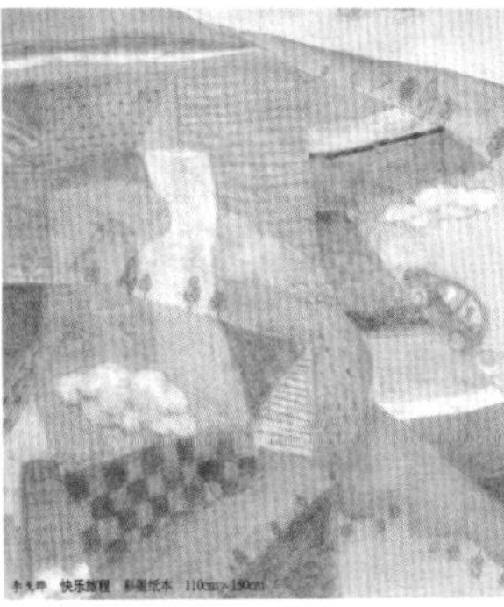

春天的守望

写在“2003上海青年美术大展”开幕之前

文/王欣

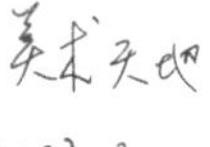

我们总是在暖阳中期待相逢。四月又一次海上艺术青年的盛会——“2003上海青年美术大展”即将在刘海粟美术馆拉开帷幕。此次大展是上海青年美术大展自1999年恢复举办以来的第三届。

从1999年恢复至今，上海青年美术大展已经走过了五个年头。在这五年里，它犹如一只雏鹰在美术馆、青年艺术家和社会各界的关心和扶植下，一天天羽翼丰满，茁壮成长起来，渐渐地成为了上海艺术青年目光聚焦的舞台。他们在此相互交流，尽情展示。同时美术馆也借助了这个舞台来挖掘新人，培养新人，推出新人，为上海美术界乃至中国美术界输送新鲜血液。

“2003上海青年美术大展”的主题是“我们的视野”，因为青年的眼睛是纯净而敏感的，他们急切而无所顾忌地张望和感受着生活的周遭，然后吐露出青涩的味道。也许这种解读不够全面，但却包含着青春的冲动与坦率，毫无扭捏之态。

与往届一样，今年的展览划分为国画、油画、版画、雕塑、综合材料五大类，共有六百余幅作品送展，二百幅作品入选。但无论在作品的数量上还是质量上，这五大类作品的比重有了较为明显的变化。其中雕塑作品的长足进步一改往日数量少质量不高的相对弱势地位，成为今年美展的一个亮点。这些作品主要集中来自于上海的两所高等院校，上海大学美术学院和上海师范大学美术学院。这两所学校的送展作品无论是风格还是趣味上都有着迥然的差异。特别上师大的雕塑作品首次集中亮相，为展览吹来了一股新风。这些作品主要倾向于一种近距离的窥视，用沉静的、旁观者的眼光来目击生活的细小

青年美展 打造青年画家的平台

——浅谈第三届上海青年美术大展

“好的”落选了 “差的”入选了

——上海青年美展引起的争论

本届上海青术大展开幕，获奖和入品均已确但争论却由生。上大美授唐锐鹤对说，许多美学生都应征了作品，但是，有的认认真习、基础知识较好的学生的落选了，而有的基础较差却点“花招”的反倒入选了。今不知该怎么教学生了！

上大美院副院长张培楚对有同感。他说，这样的情况止一次发生了。曾有基础较且根据老师的指导进行参作却落选的学生，委屈得找谈心。

“首先我不是很保守的，我生画得好并追代气息也是支。”张培楚说，是现在展览的趋势会使学生态浮躁起来，功不要了，现好像就是搞点人的、刺激眼东西。长此以对学校的教育影响。”

青年美展主办之一刘海粟美的馆长、青年评委会主任张是张培楚的弟但与其兄长的却不尽相同。驳道：“你班里的学生肯定不会落选。落选的作品大多是既没特色，基本功又不是很出色的那种。”

他认为展览评选标准与学校教学之间的这种矛盾始终存在。我们学校设置课程的目的是让学生掌握今后走向社会所必备的基本能力，但是，往往因此疏忽了创造性思维能力的培养。而青年美展的特色就是注重青年艺术家创造性活力的体现。“看一张老气横秋、毫无新意的作品，不如去看一件幼稚却有新意的作品。当然，我也反对仅仅追求表面的时尚，或者仅仅玩弄点噱头、花招的倾向。仅靠‘花招’或许偶尔会成功一次，但不会是持久的。”

文化现象

发生在兄弟俩之间的争论也引起了许多“旁人”的参与。上海美术馆学术部主任李旭认为，青年美展不是美院的教学成果展，它是为了推动青年美术创作、创新，面向全国青年美术创作群体的综合性美术大展。上海美协副主席朱国荣也认为画展不是看基础知识的，而是看艺术家如何对周边世界、对自己的情感、思想去进行原创性的艺术创作。或许展览评选机制尚有可更加完善之处，但现在美术院校的教育理念本身存在的欠缺也是不可否认的。一个成功艺术家所需具备的“基本功”究竟是什么还值得探讨。在入选作品中极个别或许是靠“花招”，而更多的是有创新意识的。

同时也有人对评委组成结构表示了意见，譬如评委中国画家只有2位，更多的是油画和雕塑的，他们未必对国画有很深切的理解，往往更容易被表面的形式所吸引，一起投票，真正内行的评委意见有可能反映不出来。这或许也是造成“阴差阳错”的原因之一。

青年美展照样办，美院老师照样教，争论也在照样进行。

本报记者 林明杰

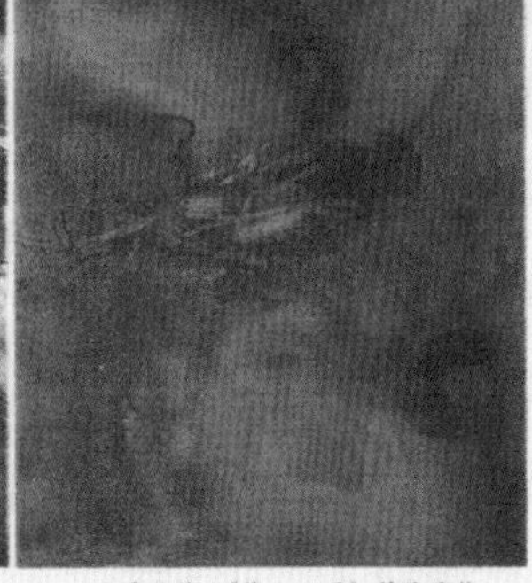

一等奖作品《大志和他的姐们》张晨初作　　优秀奖作品《作品·1号》徐亮亮作

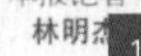

15

上海青年美术大展放出消息：

欲大开城门选俊才

本报讯（特记者沈士君）由海市文广局、团委、上海市美协刘海粟美术馆联举办的双年展上海青年美术大”，继去年4月举行之后，明年上半年又将登场。么，那些曾经在前届展览中蟾宫折桂的新秀们，今艺术水平如何，创作状态怎样，是否能于2003上海青年美展中继续耀眼，很为沪上画坛所关。

为此，上海市青年美展的主办单位于8月17日30日在刘海粟美术馆联合举办了“上海青年美获奖作者邀请展”，展出了前届获奖作者的最新作，以飨观众。

这次展出的60余件作品，包括中国画、油画、雕塑等。从这些作品中不难发现，画家们大多保持了参加前届展览时的艺术风格，并且艺术手法更加成熟，艺术个性正在形成。

据悉，举办此次邀请展是为2003年上海青年美展放出的一枚信号，旨在巩固成果。并且，为了发现和推出更多的美术优秀人才，大展规定，明年参展的画家在年龄上由以往的40岁放宽到45岁，参展画家也不再只限于本市，而是打开城门，诚邀全国各地的青年画家参展，评选出更多更优秀的人才，繁荣祖国的美术事业。

16

9.《外滩画报》

10.《新闻午报》2003年4月26日

11. 其他报道

12、13.《美术天地》2003年2月

14. 其他报道

15.《新民晚报》2003年4月22日 第8版

16.《中国书画报》2002年9月9日 第1版

（此为 2003“上海青年美术大展”媒体宣传）

《新民晚报》2003年4月25日 “十日谈”

不要忘记我们 俞晓夫

假如不是刘海粟美术馆请我出山，做本次青年美展的评委，我差不多就是个局外人了。

友人约我出一篇短文回忆一下以往参加青年美展的事，并且同时告诉我，他还准备请陈佩秋先生等一起来回忆回忆。挂下电话，我不由感慨起来，陈先生已是耄耋，如果不是友人无意的这一说，我还真是忘了陈先生也是有年轻的时候，再转而想想自己，不也已五十出头了吗，于是感到这光阴过得太快，快得有点吓人，看看自己，许多动作和说话语气明明还很活络，但事实是毋庸置疑的，到了抚今追昔的份上了。

沪上青年美展，可分为两个阶段来说：第一阶段是1986年到1992年，两年一届共四届；第二阶段是1992年至今。我所经历的是第一阶段，我是这个阶段的元老级人物。当时团市委下面有个青年美术会，我是会长，团市委要求办一个“文革”以后的第一个青年美展，并派青年报的周刚和沈浩鹏来协助我，（周刚现已移居海外，沈浩鹏则已是海上有名的设计家）。当时的元老级人物还有周长江、刘亚平、张健君、黄阿忠，还有不幸早逝的胡志荣等等。当时大家年纪都在30岁上下，精力充沛、意气很酷，也不知道策划这二字，好像是稍稍开了两个会，就分头去工作。拿了团市委的一点点拨款，全部用在刀口上，到时一捏拢，把事情办得倒也十分流畅，妥帖。1986年“首届上海青年美术大展”就这样脚高脚低但像模像样地开了出来。记得当时大家既激动又很庆幸，原来这天下的事就是这么做出来的，不过如此。但值得回味一下的是当时的评奖。由于“文革”刚过，有事没事都处在千头万绪之中，也没有人提醒评奖不能评自己，结果是评委纷纷得了奖，就像是《水浒传》里英雄排座次，虽说评委的作品确实可以评上所有奖项，但味道总是有点坏，从法理的角度来讲，似乎是留下了遗憾。也许这是特殊年代的一个特殊例子吧，评委们也是年轻人，他们渴望成功，他们本应该被评，但做了评委，我只能说这不尽如人意是在特殊的历史条件下的一种扭曲现象，只能让历史来理解我们了。此外，要说明一点，首届青年美展是设奖而没有奖金的。我以为，在1986年至1992年(应为1993年)的这整个四届美展中，当时的沈浩鹏和黄阿忠是起了十分重要的作用，他们在组织工作中想方设法去拉赞助，协调各方面的人际关系，很有想象力，作为会长，我是有点坐享其成的，现在想起来我还是内心由衷感激他们。我还以为，经由我们举办的这四届青年美展，发现了不少有天赋的青年美术家，像现在在沪上已很有名气的杨剑平、殷雄、姜建忠、沈勇、王天德等等，都是在青年美展中获大奖而起飞的。我还觉得，1992年(应为1993年)的青年美展的开幕式是最为隆重也最搞笑，作为奖品的凤凰牌自行车系着红领巾放在主席台旁，加上铜管乐队、放飞的鸽子，还有黄阿忠笔挺的西装和笔挺的发言，我呢，为了有头有脸，也是第一次涂脂抹粉，用了“永芳”化妆品，由于使用不当，面孔被涂得白惨惨的，让许多看惯了我黑皮肤的朋友们担心，是不是我因为激动而有点虚脱啦！

1992年(应为1993年)以后，由于人事更迭，我们这班人马，除了少数一二个人还在参与青年美展，其余的都已淡出，我们有时会在一起偶尔说到点当年青年美展的一些往事，说的淡淡的。不过尽管说的淡，但热心公益的心情是一点没变，所以，我要顺便说一句：不要忘记我们。

《新民晚报》2003年4月26日 “十日谈”

记取陈年旧事 黄阿忠

1980年代中叶，国外的许多文化、观念，以及思想等影响到国内。这时期画坛上有多种艺术形式，传统的、观念的、现代装置的，也有各类的创新等等，在绘画界呈现了一个多元状态。那时，我有好些同学、朋友都在搞装置艺术，我常跟他们在一起，只是我不太懂得前卫的艺术语言，一时无法入门。尽管我是在大家还在规规矩矩写生时，就已经开始用黑线勾轮廓、填颜色，甚至用方笔触排列在天空，大搞形式了。

这一时期，无论是在搞国画、油画或者雕塑的，大家好像都在寻找自己的绘画语言。我手上有几本当年青年美展的资料，这些资料中分别刊有俞晓夫、周长江、施大畏、张培成、刘亚平等人的作品，也有我的。从那里可以清楚地看到我们这批现在五十开外的画家的作品从青年开始发展变化至今的轨迹。晓夫在他的那幅《轻轻的敲门》后，又创作了《孩子们和毕加索在一起》，此画在“国际青年美术作品展”中展出，从画面的构图和笔触来看，较之于前那幅创新意识要强烈得多。长江在那个画展上展出的是题名为《窗口》的油画，已渐趋形成他后来的《互补系列》。大畏是善于大型创作的，在那个时期，也探索了不少笔墨的趣味。培成有与生俱来的笔性，使他的作品充满了灵气，但是，那时他的画还没有现在的那些富有民间意味的色彩。亚平那时的涉及面很广，又搞油画，又搞版画，风格好像也未定。我一直追求画面的形式，在那时的一些青年美展上，也有了构成的雏形。

后来，我们这批人在一起组织、策划和举办了好几届青年美术大展。除了晓夫、长江、大畏、亚平和我以外、还有沈浩鹏、肖谷，包括过早离开我们的胡志荣，以及现在美国的张健君等，他们都是积极的组织者和策划者，并拿出自己的作品来直接参与青年美展。那时的青年画展都是团市委牵头的，当时组织画展的团市委领导，现都在市里或者区里的领导岗位上。当年美协的领导徐昌酩、朱国荣等也都非常支持青年美展，他们每年都要来参加评选。想想那些年送展品时的场景，真是感人至极，在长长的排队人群中，有踏黄鱼车的；一人骑车，另一人坐在上面扶着的；有把画支架在自行车上推了好几里路的；有手提肩扛步行的……那时是很少有人动用汽车的。大家一边卸下车上的或者肩上的画，一边手绕着绳子在交流着创作的体会，相互的目光中闪现出急切的希望。清点一下每次的征稿，总有一二千幅之多。为了鼓励大家的积极性，每次都动用了美术馆的两层楼面，为的是入选作品可以多一些。青年画展让大家有更多的机会展示自己的才能，现在回想起来，我们的青年画展还培养和造就了不少画家，有好些现在知名的画家，当年都在青年美术大展上得过大奖，比如杨剑平、姜建忠等等。那时也存在经费问题，记得好几次，我骑着自行车冒着大雨，或者顶着酷暑去新沪钢铁厂、凤凰牌自行车厂等地去向他们要赞助。故而，得奖没有奖金，只是荣誉，有一次是物质的，大奖的奖品是一辆最新型号的凤凰牌自行车，当然也是厂方提供的，宣布得奖名单后，获奖者立马骑走……记取那些流年旧事，总觉得和青年画展有说不完的旧时情谊，分割不开。

几天前，刘海粟美术馆的周卫平要我为此次在“上海青年美术大展”上得奖的朱忠民写一篇画评，作为一个老青年画展的组织、策划和参与者，写这篇短文是义不容辞的。想这几年上海的青年画展接连不断，展览的作品路子宽了，风格形式也是多种多样的，许多本地的和外省市的画家参与，一下子又涌现出好多相识的和不相识的人来，于是我们这些对青年美术大展有许多旧事可以回望的人来说，那是最为高兴的。

老话老调
贺友直

十日谈 青年美展之忆

失败是成功的基石，落选也能催化奋进。

青年美展的未来
李旭

十日谈 青年美展之忆

明日请读一篇《当年我们二十几岁》。

《新民晚报》2003年4月27日 “十日谈”

老话老调 贺友直

1957年第一届全国青年美展，我画的连环画《火车上的战斗》被评为一等奖。参加工作才五年，画连环画也不过七年，就获此殊荣，心理当然高兴。市里假科学会堂发奖，还让我在会上发言。会后，顾炳鑫先生提醒我：能有这成就，应该感谢党的培养，社会提供的条件，我一直记住他的教导，至于我在会上说了些什么，现在毫无踪影了。今天说说对于得这个奖的认识。能在全国性的评奖中得头奖，当然是不容易的事，凭什么？那个时代，不凭关系，也无需炒作，全凭作品水平，说句不谦虚的话：凭本事。如果事实求是地想想，也不全是评奖这种事，也存在着偶然性，若凭投票，多一票就上去，少一票，就没戏了；若评议，在争论不下时，哪位头面人物说一句话，就能定终身。还有一点很值得思考的问题，当时得奖的，拿到今天来说，实在不值得骄傲，如以当时一等奖的货色，拿到今天来评，恐怕三等奖也挨不上。这是因为不同时代，水平、标准不一样。

我那年35岁，正好顶到上限年龄，还算在青年这一档里，有幸能参加这类展览。然而回过头去看看，论当时的普遍水平，只要具备一定的创作能力，肯用心思下苦工夫，要冒出来，比起现在要容易些，这犹如田径比赛中跑百米，过去，跑十秒出头，就有可能得冠军，现在，超过十秒，恐怕连参赛资格都没有。在上个世纪六七十年代，在连环画这个行当里，我是跑在前的一个，是得奖“专业户”，可是到了八十年代全国五届美展时，我拿不出东西了，那时，油、国、版里不少青年强手加入到连环画领域，我的水平在经验方面或许还可吹吹，但要论手里功夫，早被高云、尤劲东等一帮小伙子刷到后面远远的了。就在这展览开幕前，我在中国美术馆前遇到一位熟人，他问：“贺先生，你有作品参加吗？”我答：“没有。”他又说：“你很聪明。”我明白他这后面的潜台词是：“你有自知之明。”

任何行当，总是后来者居上，否则，历史不会前进了，我年轻时，也有赶过老人的事实，这凭什么？仅只是技巧能力方面取胜而已，并非文化修养，观念意识上的超越。青年人精力旺盛、敏感，接受新事物的反应快，当时我们模仿苏联的插图技法，拿过来就用，我后来学明清木版插图及陈老莲的样式，也只是得其毛皮，并未领悟过精髓而从中化出来，尤其是只满足于实用，而没有意识到真正的创造必须发自于深厚的文化底气。所以，像烧茅草一样，旺火一阵之后就熄灭。我现在虽还在画，却是已经到了想不出画不好的地步了。我有个第三代正在学校学绘画，我告诫他：趁年轻及在校的时候，多读点书，多学点东西，一定要把文化基础打结实，要吃好画画这碗饭，不打好基础是不可能有大出息的。现在的竞争多么剧烈，哪像我冒出来的那个时代，跑道上没有几个人，现在是跑马拉松，一声枪响，几百上千的一大群人挤在一条道上争先，这就看你的底气和能力了。

《新民晚报》2003年4月29日 “十日谈”

青年美展的未来 李旭

作为最年轻评委，我曾荣幸地亲历了四年以来的三届青年美展。从1999年春天的筹备期开始，上海美术圈里的年轻人就已经在为这个两年一度的节日而暗中“较劲”了。时至今日，上海青年美展的舞台上已经出现过许许多多优秀的个体：曲丰国、邬一名、张见、杨福东、王煜宏、裴晶、丁蓓莉、邱加、邵仄炯、燕飞翔、张展……他们很快就开始在众多方面有所建树，有的入选“上海双年展”等大型国际艺术活动，有的在学术界崭露头角，有的作品被美术馆收藏，也有的在商业运作中初获成功。每一届青年美展都无一例外地要给我带来一些惊喜，也总是有一批新作让我有所感触。

从2003年起，我看到上海青年美展又有了一个全新的举措：开始吸收外省市作者参展。由于刘海粟美术馆有限的展览空间只能展出二百余件作品，意味着送选的六百多件作品中有三分之二必须落选，这种局面着实让评委们在每一件作品的评判方面都感到很难下手。虽然颇为热烈的评奖氛围刚刚过去，我还是感到有些遗憾，也有些建议，在此权当抛砖引玉吧。

首先，上海青年美展应该是一个以上海为平台的全国性青年艺术展示活动，今年这一届已经建立了很好的开端。今后应该及早与各省市的美术院校建立沟通，并在专业传媒上发布广告，只有这样，才能吸引更多、更优秀的作品参展，利用全国各地更为充分的人才资源，中央美术学院、鲁迅美术学院、广州美术学院、西安美术学院……放眼全国，那将是一个极为广阔的视野。

其次，在条件允许的情况下，青年美展的展览场地应该进一步扩展，比如说，可以参照首届青年美展的部分经验，启用许多艺术院校、画廊以及上海油画雕塑院的展厅作系列活动的空间，连锁售票，广泛宣传，使各项系列活动遍布上海，进而营造出节日般的艺术氛围。

另外，在艺术品种的选择上，未来的青年美展可以让年轻人更加喜爱的当代艺术表达方式登堂入室。装置、摄影、录像、FLASH动画等表达方式，是许多网络时代的年轻人最为热衷的，他们的成长与现代科技媒介的成长是同步的，以此为艺术创作的表达方式也是自然而然的。在坚持院校基础教育和弘扬国粹的同时，在较为传统的国画、油画、版画和雕塑之外，理应给年轻人更多元、更宽广的选择。

青年美展，是新兴视觉艺术形式的基地，是当代文化基础建设中的重要项目，也是中国本土艺术大师的摇篮。在“第三届上海青年美术大展”开幕之际，我衷心祝愿所有的艺术青年在他们的创作旅途上一帆风顺。

此为展览及评选现

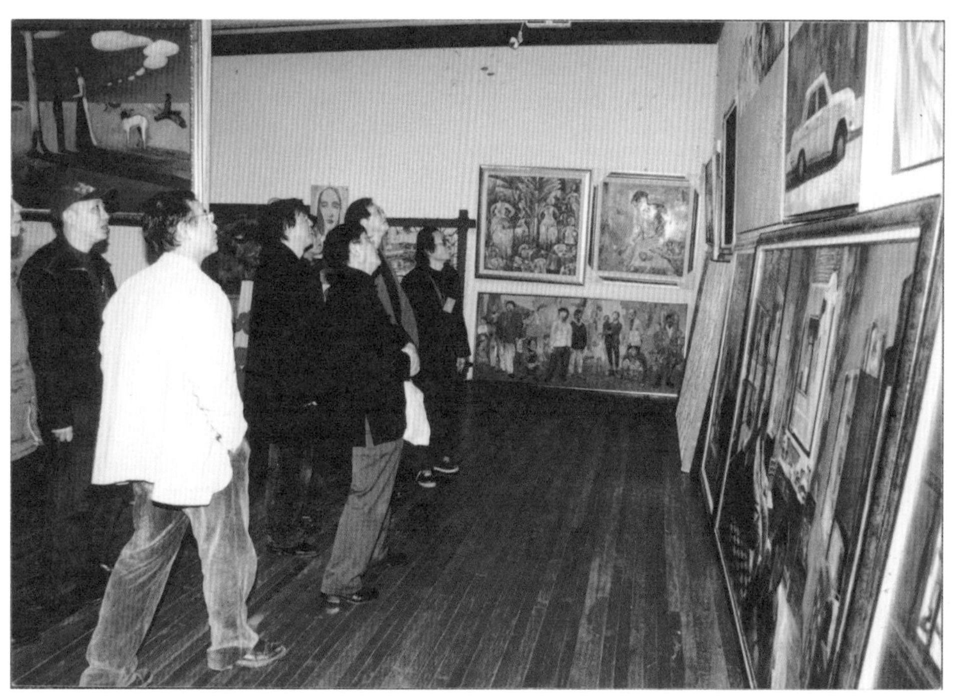

此为展览及评选现场照片

《2005上海青年美术大展作品集》封面

指导单位

上海市文化广播影视管理局
共青团上海市委员会

主办单位

刘海粟美术馆
上海市美术家协会
明园集团有限公司
上海青年文学艺术联合会

协办单位

明圆文化艺术中心
青年报

组织机构

1. 组织委员会：
名誉主任：陈燮君　穆端正　陈　靖　方增先
主　　任：马博敏
执行主任：张培成
副 主 任：毛时安　郦国义　李跃旗　李松坚
委　　员：（以姓氏笔画为序）
王慕兰　邓　明　卢辅圣　吕晓明　李向阳　李　磊　陈逸飞
邵大箴　张雷平　张桂铭　邱瑞敏　范迪安　郎绍君　施大畏
凌菲菲　徐俊亮　徐芒耀
秘 书 长：马楚华
副秘书长：肖　谷　凌菲菲
办公室主任：陈　梁
办公室副主任：沈竹楠　沈　虎　唐华峰 侯　萍
展　　务：杨忠明　钟建逸
宣　　传：蔡夷琳

2. 艺术委员会：
主　　任：施大畏
副 主 任：朱国荣　尹吉男
委　　员：（以姓氏笔画为序）
皮　力　田黎明　刘文洁　向　京　朱　其　朱小明　孙振华　纪连彬
李晓峰　李　旭　张　见　张正民　张正刚　肖　谷　沈　虎　忻东旺
余积勇　何赛邦　何　曦　周京新　施　勇　夏俊娜　殷　雄　黄　笃
程俊杰　黎　明

获奖作品（40件）

花　俊　　同一首歌
李储会　　寓言
赵晓东　　希望
孙　翊　　透明体
泰旺才　　梦幻田园
阿斯卡　　五谷丰登
韩子健　　博物志——床
洪　尔　　远方的回信•三联
杨　波　　壹玖捌零
卞　梁　　晚餐

潘　怡	片段的记忆·九联
郝孝飞	003·表情
张　平	化妆·二联
董进进	老城隍庙里小吃多——新上海百多图之一
郑　焕	现实与模仿
卞文杰	如果能够
孙　骥	记忆之城NO.2
郭子鹏	大汗民
施晓颉	风的系列
穆昉澜	传统故事·四联
何汶玦	水　31　#
吴定隆	灰色日记——当我临近这个城市
倪　佶	大昆虫系列
陶亚青	省
刘　磊	北方胡同
许章伟	蒙加广场の悠闲午后
汤　延	宝贝·宝贝
陈鸿志	魔方
赵　玟	风景一系列、风景二系列
蔡鸿硕	W的思考
贺戈箫	虔诚　组画之一
范治斌	老伴儿
宋肖霏	秋高
甘永川	秋闲
倪有鱼	呐喊·还是打个哈欠
路　宏	同行者·三联
袁一渟	流淌的瓶
南　方	麻将系列——天听·I
郑　强	界限
徐甫生	蒙古长云　NO.1

入选作品（339件）

何振华	豆蔻·花繁
黄　晕	山谷鸣应
侯晓云	东渡阁
胡　炜	秋实飞禽图
贺戈箫	虔诚组画之二
韩　松	歌兮
窦建勇	青春舞曲
毛冬华	同学
陆砚青	像素·变焦·二联
胡潇宏	灰色的希望二·三联
张　翰	不语者·四联
陆小泥	街舞
何灿波	无闪烁的图像
肖　蓝	幻像
林志铭	山中的云
李　言	苍山归云
郝雪山	窗外雨潺潺
潘汶汛	云林私语
曲　鸥	生存日志·大枣
张立翔	北国雪霁图
程文娟	秋馨
王红瑛	淡春
花　俊	羽
赵爱华	窗外
张　越	思之一
张黎星	月色
潘珉祎	心大陆
朱忠民	闲云拂过
卜　雯	迷
杨佳黎	文明的见证
李晶彬	水浒组图——燕青打擂
薛俊华	闲适·三联
桑　蕾	春梦无忧
林启泉	红尘
陆仁杰	徽州游记卷五
韩以晰	夏秋的玄想之二
冷　莹	青春·放飞
孔晓峰	干花系列——生之韵
高登舟	梦
张　卫	笑傲江湖——流云
姚晓冬	秋晖
丁蓓莉	西南偏南
王　慧	新天地——黄绿·二联
王　慧	新天地——蓝红·二联
张二虎	幻听
曹　刚	状态之二
曹　刚	状态系列之八
芮志诚	朋友系列之二·二联
沈　娅	异像
吴爱政	荷田日记系列·吹来的第一阵秋风
谢白珺	如此快乐
李　俊	上海滩
金燕燕	触须南站
谢白珺	稻草人
刘晓明	一个盘子和三块饼干
黄　欣	无限
李驭时	婷婷的假日·语荷
姜　超	雨后荷塘
董进进	旧城改造拆建多——新上海百多图之一
宋智容	健身房
魏新文	祭孔
王婷婷	神的孩子都在跳舞
叶亢宁	悟花
钟　鸣	遥远的凤凰山
姜天雨	佛罗伦萨咖啡馆的女人
佘　松	Happy Lady
倪淑颖	无香
叶文嘉	老式家具与现代
庄　毅	妆饰
李驭时	婷婷的假日·百变
赵峥嵘	襄阳路·二联
唐天衣	夏的滋味
孙　瑜	我
张忆周	夜火
范佩俊	蓝调
崔　炜	恰同学少年——师大风景线
孟　强	儿子的航天梦
王奇峰	家乡风景
邢永海	古陶
吴　彬	灰色
余　江	上等兵——花雷
冯真敏	当下之我
来　源	夏日·无语二
李诗文	远望
王　轶	日出
周　红	上海日记系列之二
徐招兵	冲动
李　鹏	双
赵　蕾	故城
翟海月	热恋·四联
倪　嘉	百日梦之二
陆文俊	空间
张　平	化妆·二联

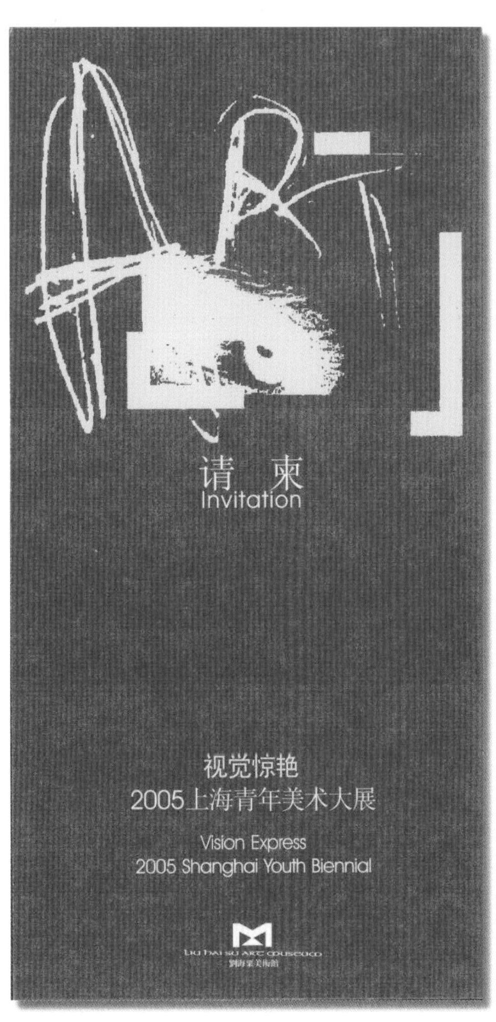

先生/女士：

"视觉惊艳——2005上海青年美术大展"开幕式将于2005年4月28日（星期四）下午3时在刘海粟美术馆（虹桥路1660号）举行。

敬请光临

上海青年美术大展组委会

指导单位
上海市文化广播影视管理局
共青团上海市委员会
主办单位
刘海粟美术馆
上海市美术家协会
明园集团有限公司
上海青年文学艺术联合会
协办单位
明圆文化艺术中心
青年报
展出地点
刘海粟美术馆（上海市虹桥路1660号，200336）
明圆文化艺术中心（上海市复兴中路1199号，200031）

公交线路：48 57 69 911 925 936 938 945 748 757……
电　　话：(86-21) 62701018/传真：(86-21) 62701015

《2005上海青年美术大展作品集》 请柬

化　子	人殇
王海东	轰鸣时代
余　威	设色风景之二
于娟娟	水，随爱情一起消失了
卢　赟	破天荒·四联
赵爱华	初冬的某日
周丹燕	三个女人
陶琳娜	拳击比赛、精神病人、暴雨降至、
	Ernest and Richard、断头谷、
	雷夫·波维瑞之传奇、两个男人之舞、
	2001太空漫游、魔戒、
	伊莎贝拉·罗西里尼和大卫·林奇、
	格伦、落水狗、潜行者、第七封印、
	瑞奇尔·罗申歇尔、沉没的羔羊、闪灵、
	Tom and Jerry、捆着我，困着我、
	黄飞鸿、布莱尔女巫、汉尼拜尔、秋菊
孟　渊	春暮
金　焰	暖流
一　舟	生·灵
魏　艺	人道兽行
宋　巍	假寐
吴爱政	荷田日记系列·逝去的季节·二联
庄　毅	残荷
邹朝阳	自然风
王大志	卧游图之五
潘文艳	烟火的季节之一
田学森	两代
李增国	瞑·二联
丁　喆	象园之二
陈艺方	诗经·变奏的文化记忆·五联
王　荟	公园
徐轶美	镜中之三
张志纯	大花瓶系列·瓶之追忆
陆　亮	上海往事
陆　亮	社树
侯　庆	暖·四联
侯　庆	润·四联
徐　刚	玩偶之一
孙　亮	朋友的肖像
范安翔	2004·缥缈境
范安翔	2004·缥缈境
万莎莎	新城1/6
张　帆	19·DLARY·04·11
齐俊生	友善的屠夫
齐俊生	非常选择
傅莹莹	原来如此
高长宝	对话系列——塞尚之浴女
李志宏	本来无一物
楼天弟	CS时代之狙击·NO2
赵晓东	绿化树
李大海	都市拾荒梦
孙　轶	期待
孙　轶	红色展示
江永亭	银色年华·如花
夏　捷	你好！这里有爱吗？

李　亮	书生
张洪涛	困惑的青年
陈学柱	燕山行
秦旺才	晚归
宁平平	透视
程治国	续·十二联
方亦秀	吾思故吾在
朱根达	0
涂　曦	占据
张郁葱	春之玫瑰
刘　磊	有冰球帽的静物
刘　磊	惊蛰
郃浩然	十月·霜降
贾永志	无题
张贯宇	家园之二——守望
张　巍	小鱼
段远文	三月
毛晓光	三个朋友
王晓林	最后的马邦
张贯宇	雪夜
李向磊	一家山
庞智卿	武汉·粮道街
董晓丽	红色晚妆
张　健	午夜的初醒
刘　峰	夜行者系列——密林
边小强	月溯他乡
朱翔宇	老杨
陈　欣	疯狂的理性
孔繁文	百合花
管朴学	白丁香
范本勤	山水之三
张文惠	海岸线Ⅰ
周海峰	大晴天
杨金宇	无题
吴　敏　张　敏	遨游太空之二
李　华	秩序印象A
朱建刚　孙　青	曾经的记忆
李向磊	连年有余
张丽娜	生长·NO1、NO2
刘　磊	有房子的风景
高思桦	鱼
郑迎春	花园II号
黄　萧	初雪点点之二
夏　捷	我的山
张俊明	城市·方向
孟新宇	八月日记
罗晓冬	000000000
黄怡争	杯之六
刘兆武	逝者如斯
冉国洪	画室　之五
卢大虎	墙·商标
田恒刚	逝去的声音
吴　穹	此山
孙景明	冬日
于明雷	空间系列之天窗II号

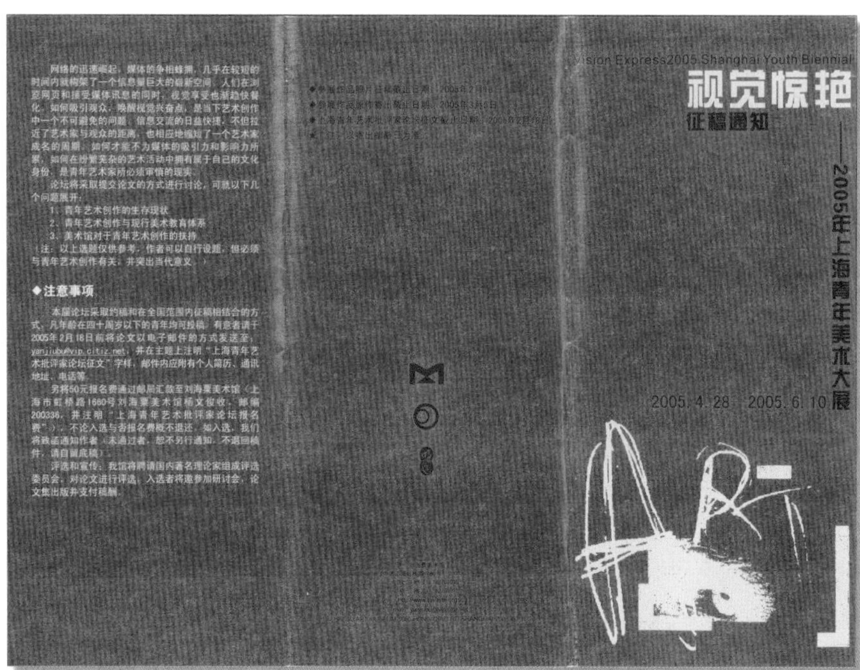

网络的迅速崛起，媒体的争相蜂拥，几乎在较短的时间内就构架了一个信息量巨大的崭新空间。人们在浏览网页和接受媒体讯息的同时，视觉享受也渐趋快餐化，如何吸引观众，唤醒视觉兴奋点，是当下艺术创作中一个不可避免的问题。信息交流的日益快捷，不但拉近了艺术家与观众的距离，也相应地缩短了一个艺术家成名的周期。如何才能不为媒体的吸引力和影响力所累，如何在纷繁芜杂的艺术活动中拥有属于自己的文化身份，是青年艺术家所必须审慎的现实。

论坛将采取提交论文的方式进行讨论，可就以下几个问题展开：

1、青年艺术创作的生存现状

2、青年艺术创作与现行美术教育体系

3、美术馆对于青年艺术创作的扶持

（注：以上选题仅供参考，作者可以自行设题，但必须与青年艺术创作有关，并突出当代意义。）

◆注意事项

本届论坛采取约稿和在全国范围内征稿相结合的方式，凡年龄在四十周岁以下的青年均可投稿。有意者请于2005年2月18日前将论文以电子邮件的方式发送至：yanjiubu@vip.citiz.net，并在主题上注明“上海青年艺术批评家论坛征文”字样，邮件内应附有个人简历、通讯地址、电话等。

另将50元报名费通过邮局汇款至刘海粟美术馆（上海市虹桥路1660号刘海粟美术馆杨文俊收，邮编200336，并注明“上海青年艺术批评家论坛报名费”），不论入选与否报名费概不退还。如入选，我们将致函通知作者（未通过者，恕不另行通知，不退回稿件，请自留底稿）。

评选和宣传：我馆将聘请国内著名理论家组成评选委员会，对论文进行评选，入选者将邀参加研讨会，论文集出版并支付稿酬。

2005年上海青年美术大展将以“视觉”为主题，旨在通过对当代青年艺术家作品的展示来改变人们习以为常的视觉经验，从而消除这个读图时代给人们带来的视觉麻痹。

青年总是对新事物有着特有的敏感，而我们这次展览所针对的青年艺术家，他们的成长环境正是中国改革开放，视觉享受不断丰富的二十年，可以说青年艺术家是对这种变化最有感触也是最为尖锐的见证者和诉说者。本届展览就是想以这种私密化的个人体验为契机，来促动青年艺术家对于当下生活的深入思考，并以视觉形象的方式来展现当代青年的睿智与活力。

本届展览将分为两部分，第一部分以征稿的方式进行，第二部分将邀请国内外著名的策展人举办邀请展，从而使2005年的上海青年美术大展成为国际性的青年展览。

在展览的同时本届还将为青年理论工作者及学生开辟一个平台“上海青年艺术批评家论坛”，论坛的主题为“视觉想象与文化生存”，旨在通过一系列问题的讨论，为青年艺术家创造一个更为理想的成长环境。

◆指导单位

上海市文化广播影视管理局
共青团上海市委员会

◆主办单位

刘海粟美术馆
明圆集团有限公司
上海市美术家协会
上海青年文学艺术联合会

◆协办单位

明圆文化艺术中心
青年报

◆时间、地点

展　　期：
2005年4月28日—6月10日
征集展展期：
2005年4月28日—5月22日
邀请展展期：
2005年5月25日—6月10日
展出地点：
刘海粟美术馆（上海市虹桥路1660号，200336）
明圆文化艺术中心（上海市复兴中路1199号，200031）

◆组织机构

1、组织委员会：
名誉主任：陈燮君　穆端正　陈　靖　方增先
主　　任：马博敏
执行主任：张坅成
副 主 任：毛时安　郦国义　李跃旗　李松坚
委　　员（以姓氏笔画为序）：
王慕兰　邓　明　卢辅圣　吕晓明　李向阳
李　磊　陈逸飞　邵大箴　张雷平　张桂铭
邱瑞敏　范迪安　郎绍君　施大畏　凌菲菲
徐俊亮　徐芒耀
秘 书 长：马楚华
副秘书长：肖　谷　凌菲菲
办公室主任：陈　梁
办公室副主任：沈竹楠　沈　虎　庾华峰　侯　萍
展　　务：杨忠明　钟建逸
宣　　传：蔡爽琳

2、艺术委员会：
主　　任：施大畏
副 主 任：朱国荣　尹吉男
委　　员：（以姓氏笔画为序）：
皮　力　田黎明　刘文洁　向　京　朱　其
朱小明　孙振华　纪连彬　李晓峰　李　旭
张　见　张正民　张正刚　尚　谷　沈　虎
忻东旺　余积勇　何赛邦　何　曦　周京新
施　勇　夏俊娜　殷　雄　黄　笃　程俊杰
黎　明

3、策　展　人：
郎绍君　南条史生　朱　其　邹　佳

◆作品征集

作者范围：
凡年龄在40周岁以下的青年均可参加。
作品范围：
1、两年以内创作的、未参加过市级以上美术展览的作品。中国画、油画、版画、水彩（水粉）、综合材料、雕塑、装置、Video、摄影以及其它适合在展览场地展出的艺术作品。
2、平面作品（连框）不大于200cmX200cm，不小于80cmX50cm，雕塑作品不大于150cmX150cm，装置及Video作品另议。
3、平面作品均自行装裱或配框，雕塑作品不收石膏、玻璃等易碎材料制作的作品，装置作品的体量要适合在展览场地展出。

◆参评方式

请有意参展者于2005年2月18日之前将作品照片（8寸，照片背面注明题目、尺寸、材质、作者姓名、通讯地址、电话，恕不收光盘）、Video和装置作品的实施方案或光盘（需附200字的说明）寄至刘海粟美术馆（以寄出邮戳日为准），由评选委员会进行初选。每位作者选送作品不得超过两件。

每件作品需交50元报名费，通过邮局汇款到刘海粟美术馆（上海市虹桥路1660号刘海粟美术馆杨文俊收，邮编200336，并注明“青年美展报名费”）。不论入选与否报名费概不退还。如通过初选，我们将致函通知作者（未通过初评者，恕不另行通知，不退回稿件，请自留底稿）。

请通过初选的作者于2005年3月5日之前将原作寄至刘海粟美术馆（以寄出邮戳日为准），由评选委员会进行第二次评选，入选作品将在本馆展出。未入选者将于2005年3月18日、19日两天退回。对于入选的装置、Video作品，我们将就展出的可行性和实施细节与作者进行具体磋商。

◆评选和奖励

1、评　选
在广泛征集作品的基础上，由艺术委员会评选出入选作品200件左右，再从其中评出大奖1件，一等奖3件，二等奖5件，三等奖8件，优秀奖15件，特别奖若干件。
2、设奖情况
大奖及一、二、三等奖为政府奖，另设特别奖：明圆艺术奖、沈柔坚艺术奖、孟光艺术教育奖（限在校全日制学生）。
3、奖　金
大奖1.5万元，一等奖1万元，二等奖8千元，三等奖5千元，特别奖以赞助单位命名的专项奖。大奖、一等奖、二等奖和三等奖的获奖作品由刘海粟美术馆及明圆文化艺术中心收藏，不再另行支付收藏经费。

◆上海青年艺术批评家论坛征文

论坛主题：视觉想象与文化生存

本届论坛是上一届的延续和发展，与上一届相比主题更为突出，形式更为多样，使之真正成为一个培养青年理论家的平台。本届论坛的主题为“视觉想象与文化生存”，在视觉享受已经极其丰富的今天，青年艺术家所面临的不仅是艺术创作上的不断更替，还有文化身份上的思考。

2005“上海青年美术大展” 征稿通知印刷品

马　文	迷路二
刘晓楠	自我
隋慧文	城市空间
张立群	婚誓
雷琛铭	沉浮
马丽丽	粉黛
徐志广	大周末
王　新	这里的黎明静悄悄
徐甫生	红山
肖　博	像之脚
肖　波	无题
张　帆	18·DIARY·04·11
曹玉玺	生命·风景
闫　峰	男·左·五联
胡　海	甲申5号
周海峰	山水6号
薛　勇	若即若离，桌上的酒瓶
齐文清	手型扑克·四联
高传民	狗市（事）儿
黄　彦	阳光诗雨
沈为峰	本命年
张宏伟	堕落2
王雷鸣	模样儿
商应丽	瞬间
徐志广	龙山
关金国	守望者之二
孟新宇	七月日记
宋建国	生命·传播·四联
王克海	2004
何　杰	望
曾　朴	芦荟系列1号
周　松	现场
尹小斌	浮光掠影之四·寂寞烟者
李　晓	霜重色愈浓
于海波	蚀
金华祥	玄花——序
缪远洋	无题
尹　戈	H——006
金　海	Shiva（梵文，意为印度教湿婆的名字）
沈　悦	好胆固醇
王　侃	麦当劳叔叔的好孩子
吴　丞	伪·装
吴琨皓	扮鬼脸
王妮娜	心事
李立宏	麦当劳——CHINA
徐苏丹	儒艮
徐亦白	作品2号——支点
张伟鹏	起早的老头儿
洪　峰	足疗
孟翠茂	逝去的云
卫岚滔	点线面
林振福	0
崔　齐	蚀
吴　闻	圆·缺·二联
黄金谷	仲夏
夏少华	大漠
夏少华	一帘幽梦
丁浩飞	不退色的裙子
王文栋	炎热的六月
王仁亮	蓝灰色的年代
袁　侃	网球
于　猛	源
逄　峰	丢了
刘元捷	循视
谢艾格	天使的眼泪三
谢远清	粉红
燕丕杰	胎记·四联
袁　津	头像
黄良良	云开
高胜寒	联·连·莲
戴　耘	一盘没有下完的棋
贺棣秋	新样板戏系列之白毛女
卢佳炜	一二·一二 非理性的醒与不醒
韩　旭	进行式？
庞　勇	物是人非
杜昊忻	朴
丁硕赜	黑水硬派系列
汤华丽	坐着的囚犯
许润辉	状态·生活的构成
高俊荣	私人空间
任济东	秋阳初洒
宋建国	将要逝去的风景
秦　佳	古风今韵·南山清影
李　林	废料？
白凯丽	大风景
高　磊	薄冰
于建成	第一场雪
温舒清	尼尔尼诺
王　欢	六逸
程丽华	几朵花
江永亭	迷色幻影
朱　亮	台上的罐子们
朱　亮	熟睡人体
梁　钢	奏鸣
魏志成	夏天的湖景
林　清	假山——2
邢雪刚	小巷——喧哗
喻　涛	城市风景之九·申时
高志强	天使最后的留影
邱　凝	迷幻的墙之一向平克弗洛伊德致敬
何松君	岁月
陈畅环	建设者之三
金石生	渔猎者
陆　红	童趣
陈　秦	大风景
王　帅	寻找童年的记忆
吴晓申	一朵祥云
喻　涛	城市风景之七·午时
黄　勇	大时代片断之一
韦　萍	美丽新世界NO.3
方曙光　刘　玮	K·Q·J
傅　豫	骑射
解　芳	童年
吴艾艺伟	空间景观·8号
范少辉	状态——我与砖的合影
王兰君	穿透风景的红线
杨　莹	线的联想
董树裔	夜雨无声
曹壹霖	对话·二联
石至莹	催眠
陆煜玮	透明人景·三联
顾文辉	心迹011
夏云超	我和奶奶·二联
赵一楠	交响曲
陈东杰	微妙——表情·三联
韩　锋	墙系列·三联
赵　蕾	www.dreamshanghai·sh·cn·八联
隋长江　李储会　古川万里	知足者说
王　九	我永远属于你
吴文星	男人·女人
孙　平	灵与肉
陆　珺	透视——从表面看本质，……
杨　莹	看见？
张　欣	行者
张海芹	梦游
汤霏佳	二号线
孙　平	五色令人目盲，艺术女神令人心发狂
董幸冈	办公室的故事
周愚杰	一条鱼
刘逸鸿	城市心经
王大伟	展
邓中云	城市记忆
邢延峰	水
许广彤	抢座

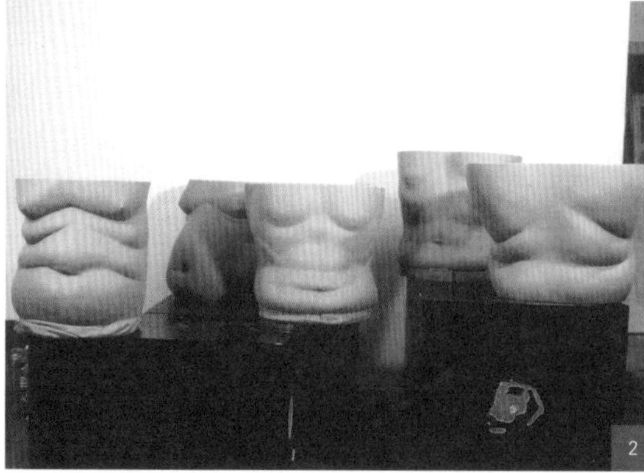

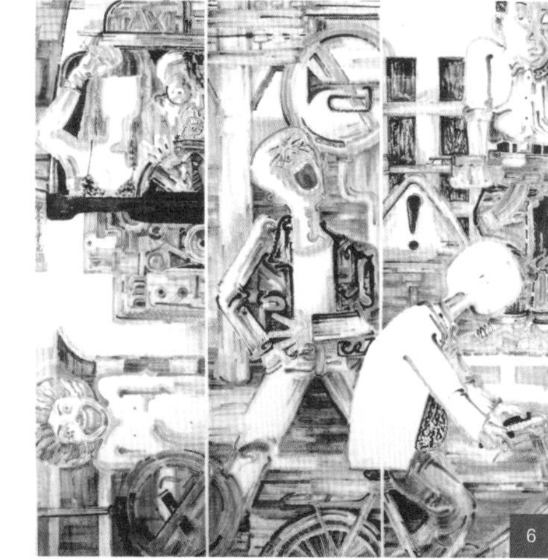

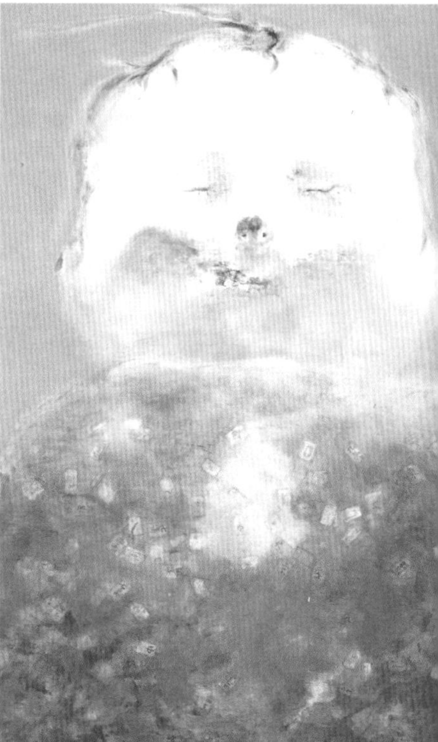

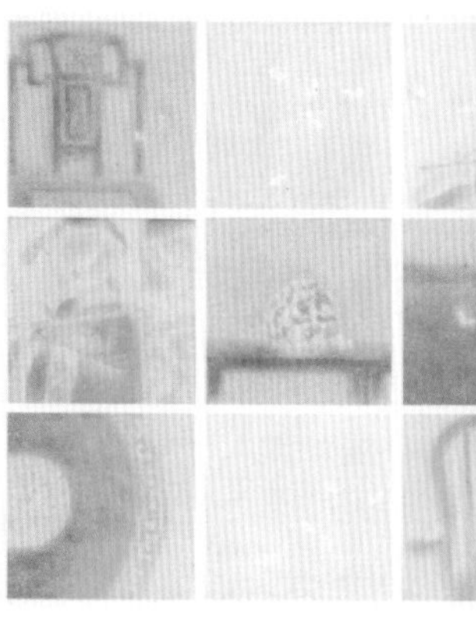

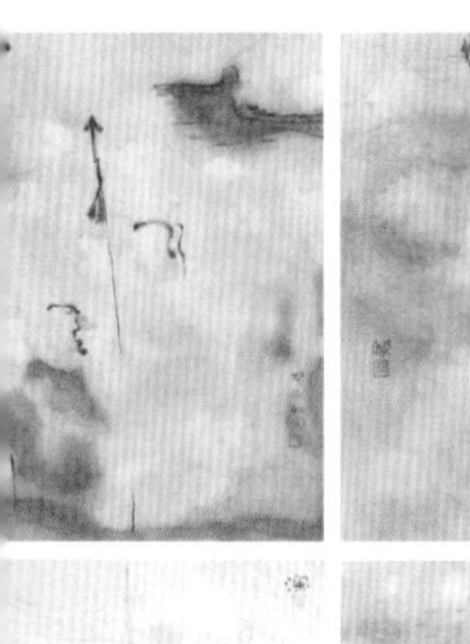

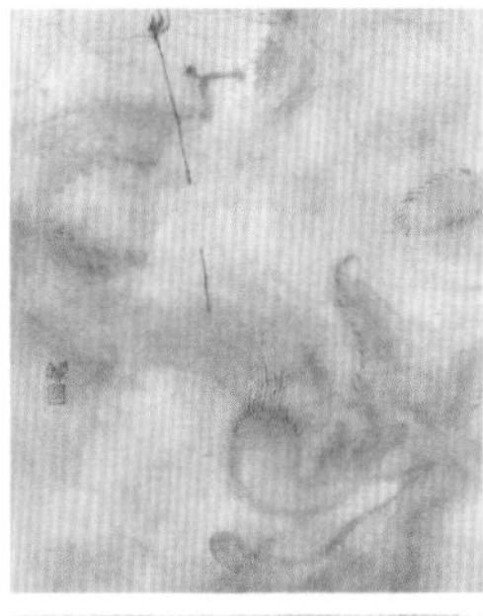

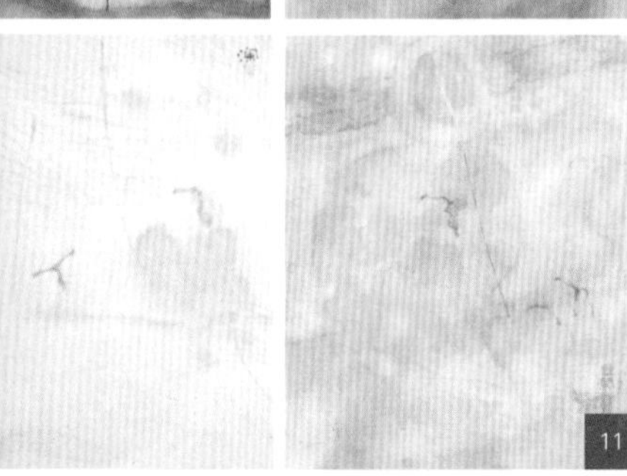

11

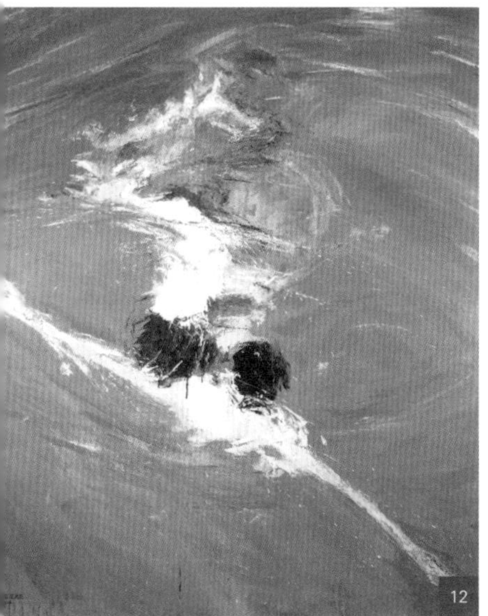

12

13

2005年部分参展作品

1. 陈鸿志 **魔方** 装置
2. 阿斯卡 **五谷丰登** 雕塑
3. 倪 佶 **大昆虫系列** 国画
4. 韩子健 **博物志——床** 雕塑
5. 孙 翊 **透明体** 油画
6. 倪有鱼 **呐喊，还是打个哈欠** 国画
7. 南 方 **麻将系列—天听 · 1** 油画
8. 汤 延 **宝贝 · 宝贝** 雕塑
9. 蔡鸿硕 **W的思考** 摄影
10. 潘 怡 **片断的记忆 · 九联** 国画
11. 穆昉澜 **传统故事 · 四联** 国画
12. 何汶玦 **水31#** 油画
13. 郑 焕 **现实与模仿** 雕塑

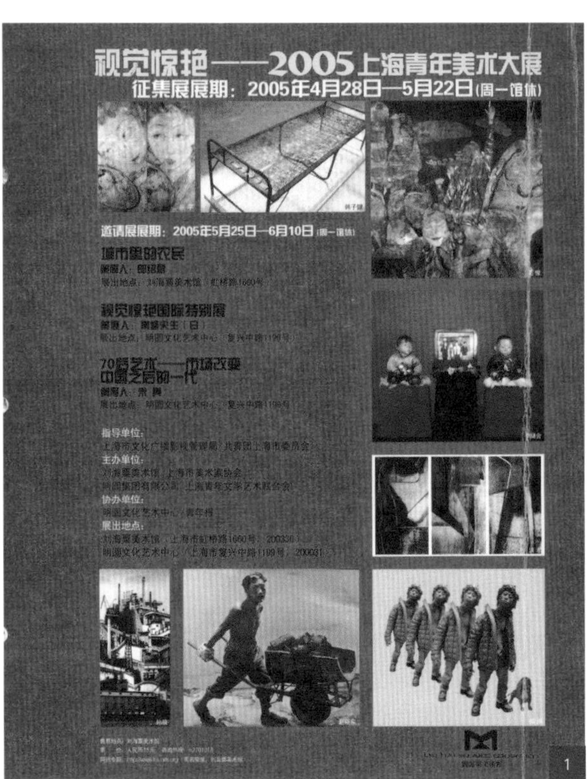

视觉惊艳——2005上海青年美术大展
征集展展期：2005年4月28日—5月22日（周一馆休）
邀请展展期：2005年5月25日—6月10日（周一馆休）
城市里的农民
策展人：郎绍君
展出地点：刘海粟美术馆（虹桥路1660号）
视觉惊艳国际特别展
策展人：南条史生（日）
展出地点：明圆文化艺术中心（复兴中路1199号）
70后艺术——市场改变中国之后的一代
策展人：朱其
展出地点：明圆文化艺术中心（复兴中路1199号）
指导单位：
上海市文化广播影视管理局、共青团上海市委员会
主办单位：
刘海粟美术馆、上海市美术家协会
明圆集团有限公司、上海青年文学艺术联合会
协办单位：
明圆文化艺术中心、青年报
展出地点：
刘海粟美术馆（上海市虹桥路1660号，200336）
明圆文化艺术中心（上海市复兴中路1199号，200031）

1

青春扑面 视觉惊艳
——记 2005 年上海青年美术大展评选活动

2005 年上海青年美术大展的评选工作已经进入尾声。这届美术大展以"视觉惊艳"为主题，参展作品的范围突破原有的"国、油、版、雕"框架，增加装置和 video 作品的参展比重，以鼓励当代青年艺术家以他们独有的视角来展示具有时代风貌和原创精神的艺术作品。同时，通过对上海青年美术大展品牌的树立，更好地为青年艺术家搭建展示平台，鼓励艺术创新。

本次活动的评委、刘海粟美术馆的馆长张培成告诉记者："虽然美术的定义正在越来越宽泛，其边缘也越来越模糊，但是视觉依然是其不变的特征。我们也应该将现在所处的'读图时代'中丰富多姿的生活，体现在艺术作品中——包括艺术作品所表现的主题，以让视觉有令人眼前一亮的感觉。上海青年美术大展作为面向当代青年艺术家的活动，体现了当下的时代感觉。"

张培成说："所谓时代感应该能够最直接地让人感觉到这个时代的特征——几百年后，使后人一看就知道这是 21 世

在作品征集的范围上，本届美展的征稿范围扩大到全国，在收到的 1349 件应征作品中，来自上海以外地区的应征稿件占总数一半。这标志着上海青年美术大展已面向全国，已经成为全国青年艺术家向往的展示平台。鉴于本届青年美展范围的拓宽，组织委员会和艺术委员会的组成也相应作出了调整，增加了外地委员。来自江苏南京《画刊》的主任编辑张正民就是其中的一位，他在看过复选的作品后说："由于这次展览的范围扩大，所以整体的水准比较高。在一些作品中，虽然作者的年龄十分年轻，但是他们对环境的敏锐感受和良好的把握体现出他们作为艺术家的成熟。这是一种比较到位的直觉的参与。在艺术上，所谓的成熟或者不成熟只是相对的概念。也许在技法上，青年艺术家不如中老年艺术家成熟，但是青年人独有的锐气和无所顾忌的态度所体现出的真诚，反而是一种打动人心的吸引力。而这，恰恰是老艺术家们想努力保持却已经难免丧失的特质。"

参与复选工作的评委曾迦认为，在这

B 娱乐 体育

鲜血、手枪、暴力充斥青年美术大展
"70 后"艺术家玩弄残酷

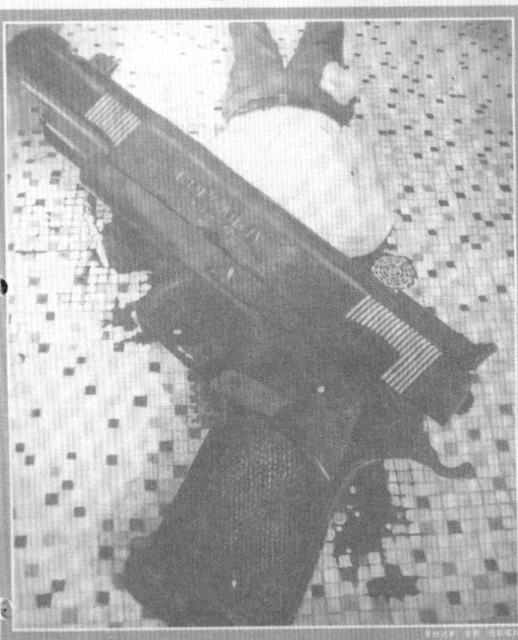

□秦琦《手枪》

The First Intellectu

□谢南星《令人讨厌的寓言图像》

□杨勇《青春残酷日记》

□杨福东《第一个知识分子》

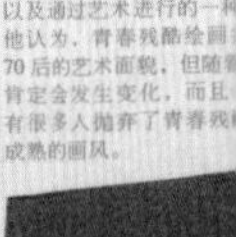

□晨报记者 徐颖

作为 2005 上海青年美术大展邀请展三大展的一部分，《70 后艺术——市场改变中国的一代》今日起在明圆文化艺术中心揭幕。记者昨天来到布展现场，惊异地发现，展览中至少有三分之一的作品弥漫着一股青春残酷的气息，记者为此专门采访了策展人朱其，他对此现象并不否认。朱其认为，在 70 后画家中，确实有相当一部分人把"青春残酷"作为自己的绘画标志。而策展人在选择展出作品时，通常比较注重作品的实验性和先锋性，但他否认这些作品的入选，是为了追求眼球效应。

以尹朝阳、谢南星、何森、赵能智等人为主的一批 70 后画家，是青春残酷绘画的主要代表人物。在他们的许多作品中，不光在画面上体现虚无、残酷、伤害、道德焦虑，甚至还表现在绘画的名称上，如杨勇的作品甚至干脆用《青春残酷日记》来命名。在一幅名为《玩笑》的作品中，记者看到，画面上一个人躺在地上，鲜血淋漓，还有一把手枪正对着他。而秦琦的油画《手枪》则干脆画了一把枪，下面压着一个人。如此暴力、血腥的画面和图像，多次出现在展览中。在彭禹和孙原的影像作品《三个人打拳击》中，出现了三个人在拳击台上一片混战的场景，而在刘瑾的一幅表演摄影中，画面上是一个人站在王府井大街上，拿着一把枪对准一个女孩。

为什么那么多的画家同时选择了枪和暴力？《玩笑》作者陈延辉告诉记者，虽然大家都用了这个绘画符号，但每个人要传达的意思不一样。枪不仅代表暴力，也代表游戏，还有权力。他说，《玩笑》这个作品是他两年前画的，试图表现青春期躁动中，自己对暴力无法抑制的向往。这样的作品，在他的青春期里曾经画过大约 20 多幅。但他提醒记者注意，画面中出现的只是一把玩具枪，他说这种暴力只是潜在的内心的东西，而玩具枪的出现，带有一丝调侃的味道。回首自己 20 多岁时的旧作，陈延辉说，重新审视自己的青春期，感觉当时挺无助的，甚至带有一种悲剧色彩的英雄主义。而且他再三表示，自己在创作中是极度认真的。70 年代后期出生的沈娜告诉记者，以前她也曾经画过许多以青春残酷为主要特征的画，但是，随着年龄的增长，人慢慢变得不那么激烈了。作品也是如此。但激烈、冲突肯定是青春期特定的符号。

策展人朱其认为，生于 70 年代的青年艺术家们，在上一代人的精神模式解体后，进入了一种繁华时代的生命之轻、意义无根基、心理失措的精神膨胀时期。70 年代人成长于社会出现大变革的 90 年代，他们的主要特征就是精神上找不到出路，但街头开始出现消费文化，资讯来源开始多元化和全球化，其自我受到社会迷乱和社会伦理取向的伤害。这使他们的视觉……绕着青春的自我感伤和……的自我寓言方式进行，……社会主义"背景下的自……以及通过艺术进行的一种……他认为，青春残酷绘画……70 后的艺术面貌，但随着……肯定会发生变化，而且……有很多人抛弃了青春残酷……成熟的画风。

"青年美展"展示精彩

本报讯 2005 上海青年美术大展邀请展今天起在上海明圆文化艺术中心、刘海粟美术馆同时举行，三位策展人向美展奉献了三大精彩的主题展。

艺术批评家朗绍君策展的《城市里的农民》主题展，邀请了一批当今中国画坛上最有影响力的水墨画家参与创作，对城市中不可分隔的群体进行人文关注，显现了艺术家的社会责任感。朱其策划的《70 后艺术——市场改变中国的一代》邀请展，呈现了青年艺术家们面临的青春躁动和陷于大都会中的困境。策展人认为，"新生代所关心的、热衷的，与前一代人的期望有巨大差异。或许正是这种差异，才成为今天的看点，成为这一代人的特殊之处。"日本策展人南条史生先生策划了来自十来个国家的青年艺术家的当代艺术展，以装置、VIDEO、多媒体艺术为主，使得 2005 上海青年美术大展以更开放、更包容的姿态展现青年人的生气与活力。

图为尹朝阳油画《青春远去》 □莫赫

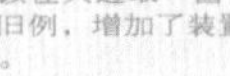

3

虽获雄厚资金支持并首次向全国征稿
上海青年美展大奖仍空缺

□记者张立行 报道

本报讯 "视觉惊艳——上海青年美术大展"获奖名单昨天公布。同上届一样，大奖还是空缺。这次国画在展览中几乎到了"不起眼"的地步。国画已经不知道该怎么画了，放弃了自己在文化和技术上的优势，而以自己弱势邯郸学步似地去模仿西画。有评论家认为，这一现状从某个角度反映了当前国画教学的弊端。

40 件获奖作品和 379 件入围作品分别在刘海粟美术馆和明园艺术中心展出，其中获奖作品和国画、版画、水粉画、水彩画在刘海粟美术馆展出，雕塑、油画、影像、装置作品在明园艺术中心展出。

本届上海青年美展虽然获得雄厚的民间资金支持，并且首次面向全国征集作品，但大奖依然空缺，这大大出乎评委的意料。据悉，本次大展规定获奖作品要被两家展览单位收藏，所以一些较有知名度且作品市场行情较好的作者缺席，导致大展缺少高质量的顶尖作品。上海青年美展自 1999 年以来已办三届，本届大展获得上海明圆艺术中心的支持，并承诺在今后 10 年内投资数百万元连续支持五届上海青年美展。这次美展以"视觉"为主题，分为征集展和邀请展两个部分。从 2004 年 10 月起大展组委会共收到参评作品照片 1349 件。参展范围也突破以往只选取"国、油、版、雕"的旧例，增加了装置和影像作品。

4

China art weekly

■ 2005 年 5 月 7 日 星期六 本期 32 版
■ 国内统一刊号:CN33-0071
■ 邮发代号:31-10
■ 国外发行代号:4773D
■ 网址:http://www.zjonline.com.cn

总第 598 期
中国美术学院 浙江日报报业集团主办

以青春的名义

2005 年上海青年美术大展在沪盛情开幕

报上海讯 记者 潘欣信 吕绪文 "视觉惊艳——2005 年上海青年美术大展"于 4 月 27 日在刘海粟美术馆举行新闻发布会，于 28 日拉开序幕，展览将延续至 6 月 10 日。评选出入围作品 400 件左右，……件、一等奖 3 件、二等奖 5 件、……8 件、优秀奖 15 件、特别奖若干。展览分两部分举行，其中中国画、水彩和版画作品在虹桥路刘海粟美术馆展出，油画、雕塑、综合材料、装置作品、VIDEO 以及其他类型在复兴中路明圆文化艺术中心……

本届大展以"视觉惊艳"为主题，以青年人的视觉享受为切入点，以此来关注当下生活瞬息万千的变化。本届大展面向全国征稿，在参展的艺术门类上也拓宽了范围，接纳了如摄影、装置、Video 等门类的作品，从而给予青年艺术创作者一个更为宽松的展示平台。因此，今年的参展作品不但在数量上有大幅度的增长，较往届更为多样化，全面展示出年轻一代对于都市生活的独特思考。

在本次大展的所有参赛作品中，相对来说，雕塑类的作品水平比较突出，相对而言中国画作品的整体水平较弱，油画作品的整体水平比较理想，无论从一等奖还是到入围奖获得者，对于当代生活的表现较为得心应手。在技法上更为轻松自如的是版画作品，摄影作品是今年首次参与青年美展的艺术门类。虽然参展数量并不多，但却也有两件作品获奖。令人遗憾的是，装置作品和 Video 作品的质量差强人意。

本届青年美展的第二部分邀请展将设三个展览，它们分别是由郎绍君策划的"城市里的农民"，由朱其策划的"70 后艺术——市场改变中国之后的一代"艺术展和由日本著名策展人南條史生策划的活跃在国际画坛上当代青年艺术家的作品展"视觉惊艳国际特别展"。在展览同时，还将推出"上海青年艺术批评家论坛"，论坛主题为"视觉想象与文化生存"。本届论坛是上一届的延续和发展。

现场目击

视觉惊艳 惊艳视觉

2005 上海青年美术大展四项特征

□吕莱昌 董绪文

"视觉惊艳——2005 年上海青年美术大展"于 4 月 28 日在上海刘海粟美术馆正式拉开序幕，这是一次"视觉惊艳"之旅，相比较而言，本次展览具有一系列新的特征和可看之处。

一、主题开放 规模空前

本届展览以"视觉"为主题，突出了时代感。一系列当代青年艺术家作品，可能会改变人们习以为常的视觉经验，从而消除这个读图时代给人们带来的视觉麻痹。

展览由两部分组成，第一部分向全国征稿作为征集展展出，1349 件参展作品中有 52%作品来自上海以外的省市，从气势上叫板上海艺术家，为上海青年美术大展带来了更加新鲜的学术空气和更为广阔的艺术视野。与以往不同的是，展览还邀请了国内外著名的策展人举办邀请展，有效提升了大展的学术质量。参展范围上突破了过去的"国、油、版、雕"的框架，增加装置和 Video 作品的展出比重，从而使新的思想有其相对应的新的表达方式，创造良好的艺术生态。

本次活动的评委，刘海粟美术馆馆长张培成告诉记者："虽然美术的定义正在越来越宽泛，其边缘也越来越模糊，但是视觉依然是其不变的特征。我们也应该将现在所处的'读图时代'中丰富多姿的生活，体现在艺术作品中——包括艺术作品所表现的主题，以让视觉有令人眼前一亮的感觉。上海青年美术大展作为面向当代青年艺术家的活动，体现了当下的时代感觉。"

二、青年人的美展 青年人当评委

鉴于本届青年美展范围的拓宽，组织委员会和艺术委员会的组成也相应作出了调整，增加了外地委员。本届展览的艺术委员会成员大多为 50 岁以下的中青年艺术工作者，组委会邀请来自北京、上海和深圳等地的十多位知名艺术家担任评委，其中夏俊娜、向京等青年艺术家的加入拉近了评委和参展艺术家之间的年龄差距，以求更加贴近和理解年轻人的情感方式。张培成说："评委的年龄和参展艺术家的年龄差距太大，会影响他们对艺术作品的客观评价。"

三、雕塑作品一枝独秀

本次大展一等奖分为油画、国画、雕塑三个奖项，除雕塑作品外分别为浙江、四川艺术家摘取。雕塑一等奖作品《寓言》为上海师范大学美术学院雕塑专业毕业班学生李储金获得，他也是上一届上海青年美展的一等奖获得者。

四、大奖空缺留遗憾

本届上海青年美展虽然获得民间资金支持，首次面向全国征集作品，但大奖依然空缺，没有产生令人激动的关注焦点。张培成说："大奖空缺和艺术市场的繁荣有一定关系，由于获奖作品要被刘海粟美术馆和明圆艺术中心收藏，一些艺术语言比较成熟的青年艺术家没有参加这次大展。大奖空缺并不代表中国青年艺术家的创作现状，只是评委对大奖作品的期望比较高，宁可虚席以待。"另一方面，评委们对大奖的要求过高，由于艺术作品没有一个固定的标准，所以评委们最后总是难以将大奖送出。据悉，大奖空缺的现象，不光在青年美展上，在许多艺术评选中都有类似现象发生。

上海美术家协会秘书长朱国荣说，大奖空缺不是苛求，而确实是没有一件使评委们"眼睛一亮"的上乘之作。今年作品质量总体好于上届，但没有特别出挑的，即使是被评为一等奖的两件作品，也或多或少存在着瑕疵。为了保证大赛的严肃性，评委们不愿降低大奖门槛。张培成馆长向记者透露，大奖长期空缺，其意义就不存在了，所以很有可能下一届……展会考虑取消大奖。

6

新闻晨报 2005年5月26日 星期四

……0 后艺术展"昨日开展就遇"红牌"

太出位，两画被撤！

□晨报记者 徐颖

……后的艺术作品引起了人们的关注

上海青年美术大展邀请展之一——《70 后艺术——市场改变中国的一代》昨天下午在明圆文化艺术中心开幕。以青春残酷为主要标志的 70 后艺术，一亮相就受到了众人的关注。15:00 开幕式后，展厅里就涌进了许多观众，不少还是专业人士。从进入展厅到离开展厅，记者发现有两幅画被悄悄地撤下，换上了新画。据记者了解，被撤下的两幅画分别是沈娜的《右手系列》和刘瑾的表演摄影，被撤原因是太过出位。策展人朱其表示，作品被撤的情况以前也发生过，有争议不是什么坏事，被撤只能说明在可争议的范围内，它们还是太过出位了。

……乏愉悦或严肃感

……关键词：刺激、讽刺、抨击

……术远未跟上理念

……关键词：青春、残酷、无奈、……

功没练已迫不及待

解读关键词：青春、功利

7

1. 2005年"上海青年美术大展"海报
2. 《新民晚报》2005年3月23日
3. 《劳动报》2005年5月25日 第10版
4. 《文汇报》2005年4月29日 第9版
5. 《新闻晨报》2005年5月25日
6. 《美术报》2005年5月7日 第1版
7. 《新闻晨报》2005年5月26日

（此为2005"上海青年美术大展"媒体宣传）

2005上海青年美术大展大奖空缺

“视觉惊艳”获奖名单今日公布

早报记者　李丹妮

今日下午，“视觉惊艳——上海青年美术大展”获奖名单正式公布，大奖空缺，花俊的《同一首歌》（纸本设色）、李储会的《寓言》（玻璃钢、木、电视机）、赵晓东的《希望》（布面油画）获得一等奖。40件获奖作品和379件入围作品将分别在刘海粟美术馆和明园艺术中心展出，其中获奖作品和国画、版画、水粉画、水彩画在刘海粟美术馆展出，雕塑、油画、影像、装置作品在明园艺术中心展出。

大奖空缺留遗憾

本届上海青年美展虽然获得民间资金支持，首次面向全国征集作品，但大奖依然空缺，没有产生令人激动的关注焦点。

上海刘海粟美术馆馆长张培成说：“大奖空缺和艺术市场的繁荣有一定关系，由于获奖作品要被刘海粟美术馆和明园艺术中心收藏，一些艺术语言比较成熟的青年艺术家没有参加这次大展。大奖空缺并不代表中国青年艺术家的创作现状，只是评委对大奖作品的期望比较高，宁可虚席以待。”

重金打造上海美术大展

上海青年美展自1999年以来已经举办三届，此前历届参展作品局限在上海地区，而本届大展获得上海明园艺术中心支持，并承诺在今后10年内投资数百万元连续支持五届上海青年美展，为筛选优秀艺术作品提供物质保证。明园艺术中心负责人凌菲菲说：“明园艺术中心将会和部分获奖艺术家签约，保证他们无后顾之忧从事艺术创作。”

2005上海青年美展以“视觉”为主题，分为征集展和邀请展两个部分，从2004年10月起大展组委会共收到参评作品照片1349件，除台湾、澳门、宁夏外全国各省均有艺术作品送展。参展范围也突破以往只选取“国、油、版、雕”旧例，增加了装置和影像作品比重。

组委会邀请来自北京、上海和等地的10多位知名艺术家担任评委，其中夏俊娜、向京等青年艺术家的加入拉近了评委和参展艺术家之间的年龄差距，以求更加贴近和理解年轻人的情感方式。张培成说：“评委的年龄和参展艺术家的年龄差距太大，会影响他们对艺术作品的客观评价。”

雕塑作品一枝独秀

本次大展一等奖分为油画、国画、雕塑三个奖项，除雕塑作品外分别为浙江、四川艺术家摘取。雕塑一等奖作品《寓言》为上海师范大学美术学院雕塑专业毕业班学生李储会获得，他也是上一届上海青年美展的一等奖获得者。评委殷雄说：“参展作品总体上没有达到我的期望值，但是雕塑的水平相对好一些。”三个等级的十余位获奖者中上海师范大学美术学院雕塑专业共有4位在校学生获奖。其指导教师、雕塑家瞿广慈认为：“上海青年美术大展的评选机制比较开放，评委的组成也十分专业和年轻。给学生提供了一个从学校步入社会的良好平台。一些获奖学生的作品现在已经引起收藏家的关注。”

据悉，本届上海青年美展将会在5月邀请郎绍君策展水墨画展、朱其策划“后革命”艺术展和日本著名策展人南条史生策划的以架上绘画为主的艺术展览，以丰厚本次大展的学术内容。

赵晓东的《希望》（布面油画）

李储会的《寓言》（玻璃钢、木、电视机）

获奖名单

一等奖：

浙江：花俊《同一首歌》纸本设色

上海：李储会《寓言》玻璃钢、木、电视机

四川：赵晓东《希望》布面油画

二等奖：

浙江：孙翊《透明体》布面油画

广西：秦旺才《梦幻田园》布面油画

新疆：阿斯卡《五谷丰登》玻璃钢上色

上海：韩子健《博物志·床》铁丝 钢丝床

上海：洪尔《远方的回信·三联》石版

江苏：杨波《壹玖捌零》铜版画

三等奖：

上海：卞梁《晚餐》废铁

上海：潘怡《片断的记忆·九联》纸本设色

湖北：郝孝飞《2003·表情》纸本水墨

上海：张平《化妆·二联》布面油画

上海：董进进《老城隍庙里小吃多·新上海百图之一》布面油画

上海：郑焕《现实与模仿》玻璃钢 丙烯

上海：卞文杰《如果能够》玻璃钢着色

上海：孙骥《记忆之城No.2》摄影

8

China art weekly 美术报 2005年5月14日

视点

视觉惊艳

2005上海青年美术大展获奖作品选刊

2005上海青年美术大展

（刘海粟美术馆展出）

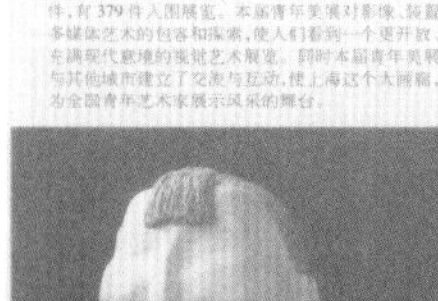

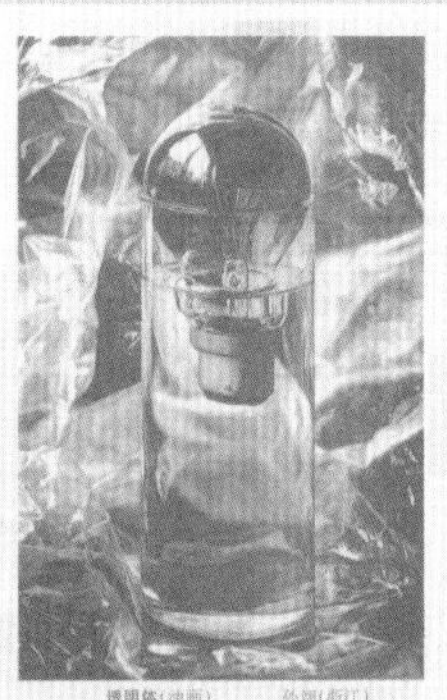

希望（油画）赵晓东（四川）

10

11

刘海粟美术馆馆长张培成访谈

为青年艺术家打造平台

12

此为展览及颁奖晚会现场

8. 《东方早报》2005年4月28日
9. 《美术报》2005年5月14日　第5版
10.《解放日报》2005年5月11日　第12版
11.《新民晚报》2005年5月4日
12.《美术报》2005年3月26日
（此为2005“上海青年美术大展”媒体宣传）

《2007年上海青年美术大展作品集》封面

2007年“上海青年美术大展” 请柬

2007年“上海青年美术大展” 征稿通知

指导单位

上海市文化广播影视管理局
共青团上海市委员会

主办单位

刘海粟美术馆
上海市美术家协会
明园集团有限公司
上海文化发展基金会

协办单位

明园文化艺术中心
青年报
上海港凯广告有限公司

组织机构

组织委员会

名誉主任：陈燮君、穆端正、马春雷、方增先
主　　任：刘文国
副 主 任：毛时安、施大畏、李跃旗
委　　员：王慕兰、邓　明、卢辅圣、朱国荣、朱于山、李向阳、李　磊、
汪　浩、吴烨宇、杨华良、张培成、张雷平、张桂铭、邱瑞敏、
凌菲菲、徐芒耀、谭　曙　（以姓氏笔画为序）
秘 书 长：张培成
副秘书长：张　坚、顾志强、凌菲菲
办公室主任：唐华峰、陈　琪、孟祥忠
办公室副主任：沈　虎、蔡夷琳、钟建逸
展　　务：杨忠明、殷　婕
宣　　传：徐怀玉、周　旺

艺术委员会

主　　任：施大畏
副 主 任：朱国荣、张培成
委　　员：田黎明、刘进安、向　京、胡伟达、张　见、张正民、
张正刚、顾志强、沈　虎、析东旺、余积勇、陈　琪、
何小薇、周京新、查国均、夏俊娜、殷　雄、程俊杰
（以姓氏笔画为序）

学术秘书：王　欣、季晓惠、丁玉华

获奖作品

杨金宇	收获的季节
高奕庭	镜像
罗　灵	老工业区
阎沙子安	生命影像NO.1/NO.2
利国杰	感悟系列二
戴刚峰	河边的风景之七
张　斌　陈德华	白蛇传

迟　晖	炫之五
张　健	小玩具之我的航母
陈文华	潜水
张道宏	青春之歌
吴琨皓	凝视
鲍建新	对具象与抽象的解释——五米与十米
逄　峰	已开始
李　岱	最后的手语NO.1
张　翰	逝者
刘　磊	船
周海峰	第一场雪
杨　萌	发现时，已经静止了
许　琰	心园
李婷婷	静物
丁　奕	我们缺少些什么
杨　波	生存空间
杨社伟	红人
刘　懿	寒塘野凫
胡　炜	正午
郝雪山	城市、圆弧状的远方
欧阳波	“神·望”山水组画
严　君	别斯兰的天空
赵　波	印象李家山之二
秦寿平	游园系列之《荡》、《旋》、《射》
邓先仙	敏儿
刘怀军	空落01
杨　宁	飞跃疯人院
陈　奕	生旦净丑

入围作品

国画（32件）

韩　松	畔
吴　燕	漫步云端
穆昉澜	中国神仙系列
毛冬华	移民上海1947
倪有鱼	fly fly
申元元	城市·百合
韩　锋	荧光=阳光
甘永川	荷塘·情韵
管　营	花样年华
张立翔	雪霁闹春祥云起
陈　晟	西寒岛印象之二
栾长征	春集
白苓飞	晌午
狄东占	青春日记—飞翔
翟　山　王　云	回家—魂归高原
张明弘	心象·遣怀
顾真真	孤恋花
黎小强	印象·黑衣壮
徐加存	苏吉尼玛
王金峰	藏戏
吴　斌	大工厂
桑　蕾	夏日心情
轩敏华	盛装
张新中	多彩的飘幻
陈贝西	果盘前的芭比娃娃
何国门	吐纳
张继华	暮色无言
王　钢	永固的精神
陈　亮	媛
杨怀武	甲申小雪
梁　健	风尘1
王　卉	舞者

油画（115件）

阮华超	等候—高楼下的老故事
俞　力	美味
解文金	绿色植物前的少女
解文金	红披肩女子
张　佐	消逝地平线
李康康	红背景的女孩
尹　伟	午后的寂静
陈秀煜	恩
张　伟	nothing
金晓昀	一个人的夏天
陈海强	苏州河之新寓言2007
方　元	左向
周子瑾	禁闭空间no.2
周　琢	鱼的静物
杨金宇	初春
张　一	异形
何珏颖	天窗下的少女
罗庆发	阴阳序曲
黄斌勇	对于你、对于我
刘永涛	能够感觉到的风景——邮政大楼1930
宋　巍	艺术桥上的精灵
张忆周	游移
任今今	都市夜
安瑞峰	尚友图
赵玉强	乡村音乐
许　畅	起点
李　伟	我的宝马
徐　岷	龙门石窟
徐　巍	瞌睡
徐本方	如是他相
曹　刚	蓝调
梅新武	青春期1
袁文君	生活
王煜宏	医斋系列之二
鲁　丹	台阶
鲁　丹	存在·感知·米勒
王永昌	风景
王永昌	窗
邹朝阳	高山。。。。
金　卿	城市记忆之阳光灿烂
陈　颖	春讯
李元莉	故土
牛富强	大地

从这里出发——2007上海青年美术大展 征稿通知

2007“上海青年美术大展” 征稿通知

《从这里出发——2007上海青年美术大展》晚会颁奖仪式·方案四

一等奖（2名）颁奖嘉宾：陈　东（市委宣传部副部长）
方增先（上海市美术家协会主席）

二等奖（3名）颁奖嘉宾：陈燮君（上海市文化广播影视管理局党委书记）
穆端正（上海市文化广播影视管理局局长）
马春雷（共青团上海市委书记）

三等奖（5名）颁奖嘉宾：毛时安（上海市文化广播影视管理局副巡视员）
施大畏（上海市文化广播影视管理局副巡视员）
朱国荣（上海市美术家协会副主席）
张培成（刘海粟美术馆馆长）
沈根林（上海文化发展基金会秘书长）

优秀奖（15名）颁奖嘉宾：俞晓夫（上海油画雕塑院副院长）
刘亚平（上海师范大学美术学院教授）
李　磊（上海美术馆执行馆长）
黄阿忠（著名画家）
肖　谷（上海市文化广播影视管理局艺术处副处长）

沈柔坚艺术奖（10名）　颁奖嘉宾：王慕兰（沈柔坚夫人）

明圆艺术教育奖（15名）颁奖嘉宾：凌菲菲（明园集团有限公司总裁）

2007“上海青年美术大展” 颁奖晚会方案

2007“上海青年美术大展” 公交线路宣传

李志宏　本命年·肖像7号
罗　奇　凝望
范学贤　五月阳光
程永君　短信空间
段絮飞　飞吧，小鸟
魏德君　果盘
朱雪海　111
程　璧　符号丨
王克海　下午六点之二
韩建宇　同志系列之一
金　俊　军旅静物
何永兴　秋到满都拉
杨　勃　花季
金　晖　都市五月（珠江之一）
沈　泓　人人有心思之搞什么名堂
李洪震　明灭晨昏
江炎冰　守望
张　宏　甜食
王　丹　秋千NO.1
刘　滨　火轮渡
徐　徐　伤
石荣强　叠屏
张籽蕾　阳光灿烂的下午
关金国　夏的回忆
何　杰　桥头
汪三林　祠系列之九
陈　勇　阳光
徐文军　红土地·暖冬
张晴雨　背媳妇儿
姜铁山　印象——大北方
高思桦　游戏之一
黄胜贤　寂静的云
杨伟孝　老盛
杨伟孝　小镇
张　超　肖像系列之二
阎　锋　流
高传民　履
孙　勇　铁歌们儿系列·秋
岳　阳　天路系列一
许章伟　家系列19
喻振海　夏末初秋系列·浸染
赵　福　毕加丽家的瑞雪
史怡然　天使爱美丽—建外SOHO
于洪春　方向之一
陈光龙　断层
陈　琰　无言
赵明芳　大麦茶
齐　新　风高的麦田
赵　玫　生之三部曲
洪　丹　山水·记忆之一
沈水明　落北街之三
董　敏　自画像
孙　翊　水·墨二
梅红霞　寂静
潘建科　交错II
卓亚辉　褪色
黄君辉　新园系列二
薛　勇　暮
聂正杰　在路上
鄂明哲　全自动开水器
朱学彬　都市寓言No.3——玩火自焚后的忏悔
李学峰　梦回故乡·残冬之一
冯　野　素为绚兮
傅经岩　物灵
范小鹏　遗迹之三
毛政良　异地·十三
孙　华　境No.3
梁　冰　夏日荷之猫头鹰
陈碧君　金色海滩
盛　沉　西藏甘孜居民（二）
夏海东　帕拉提和他的羊
任济东　晨光如水

雕塑（33件）

于　吉　小丫头
刘　磊　颈椎综合症患者的一天
王婷婷　逝去
王页丰　孙悟空系列1—1
陈熠超　两个刷墙的朋友
张　晶　沉默1
陆步清　飘
徐苏丹　克里克勒斯
卓泽斌　寻找那段往事
王春晓　肉的舞蹈
罗泸伟　姐姐
李发理　圣战甲
张业海　Sorry!您拨打的电话不在服务区……
陈敬忠　母子
杨　帅　寒山残月—文人雕塑系列
黄金楠　《新八戒》系列—沾花惹草
张伟鹏　就这样吧
胡庆平　邓小姐
卢礼南　此马非彼马
欧安佳　势·速
吕爱菊　梦之林
高奕庭　西西弗斯之手
张竞成　老街
罗　斯　幻影
王　帅　潜行
张　慧　三篇日记
李　政　水之梦
黄　海　虹
张　翔　汉堡的童话
吴劲慷　无题
白小亮　鸟
薛　永　拍胸舞
石洪岭　本我

水彩、粉画、版画（57件）

叶范成　闲人闲趣
庾武锋　夏日
吴予人　童年
吴予人　影
张如怡　微微的希望
王　欢　们2号
张立宇　我有一朵花
韦　萍　万花筒——电脑游戏
杨守春　禁锢之品
赵志勇　画室
秦　佳　重叠——错位的季节
何振浩　小谢
嵇晓桦　与毕加索相伴
白　桦　D-VIII
安玉民　盛情科尔沁
赖国华　阳光灿烂的日子
田　野　空·冥之二
王惠亮　出水芙蓉
海　洋　退去的海2
陈　迪　同心
阳　虹　沉睡
吴　敏　张　敏　物语系列I
刘　妍　迷墙之四
王亚敏　岁月
龚建军　一缕阳光
范　澎　界
李　霞　逝（一）
曹　岩　浮映
李岩松　层
武学良　原始领域—II
刘攀武　豆蔻年华
姜　晖　人
徐志伟　童年的记忆
邱　磊　浩（一）
李柳燕　衣裳
廖树尧　酒瓶！酒瓶！
冯　鸣　再见艄公
谷　芳　余韵之三
燕　翔　JULY·七月
朱海燕　笼
陈　文　梧桐与二鸟
张　辉　静物
王　嶷　出租纪事
黄泽鑫　游戏人生
端木琦　左来左挡，右来右挡，不来不挡
端木琦　红色
任志鹏　生存状态之三
金石生　老村长
苏迎春　无题系列<1-2>
陈玉怀　蚀……
王　顺　称量系列之一
邱　飞　地兵系列之四
黄　恺　在一起的日子之一
翁玲玲　滨港路系列II
金艾龙　表之女人、男人
魏惠东　遗忘的，铭记的…I，II

1
2
3
6

7

8

9

李赞谦　　果实系列·二

综合材料（19件）

徐　岷　　国粹
季铁琛　　异色
杨璐佳　　纽扣
刘　任　　365天的烦恼
顾　丽　　这个冬天
叶文嘉　　城市·工业1
江雪曼　　叠罗汉
孙　平　　五色令人盲目系列·选美
包子文　　三多
张　征　　新风景
邓　瑜　　蒲公英
王　慧　　假面系列之十八
曹　辉　　北方民居系列之一
侯　波　　感冒——我Ⅱ
陈　涵　　沐茼
陈　涵　　浦东蜃景
陈　皓　　禅释·三联
王临潼　　菜根系列
刘　阳　　压力轴

2007年部分参展作品

1. 陈　奕　**生旦净丑**　国画
2. 阎沙子安　**生命影像NO1/NO2**　油画
3. 欧阳波　**"神·望"山水组画**　国画
4. 秦寿平　**游园系列之《荡》《旋》《射》**　国画
5. 刘　懿　**寒塘野凫**　国画
6. 逄　峰　**已开始**　雕塑
7. 郝雪山　**城市、圆弧状的远方**　国画
8. 周海峰　**第一场雪**　油画
9. 张　健　**小玩具之我的航母**　油画

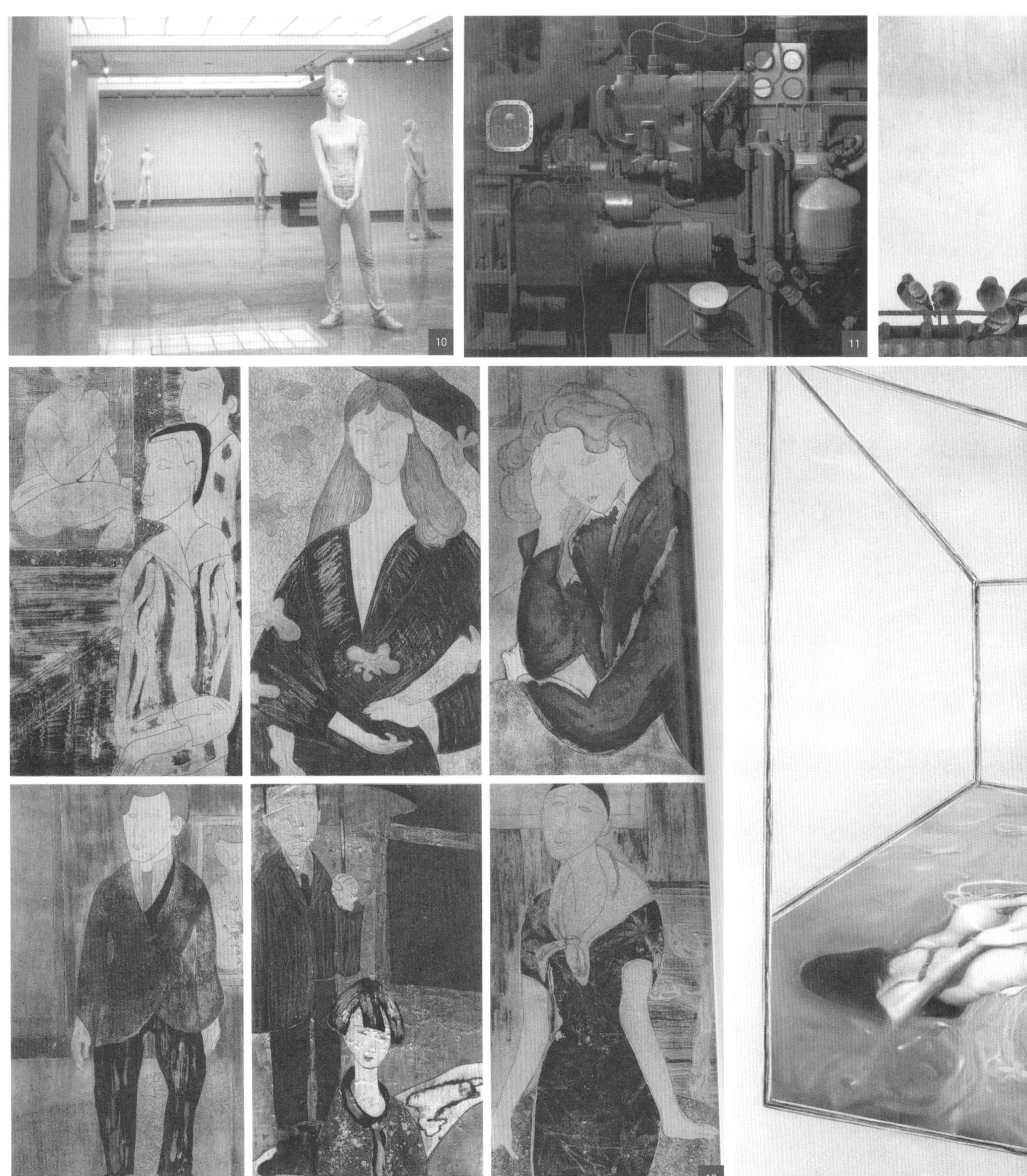
10
11
12

13

14

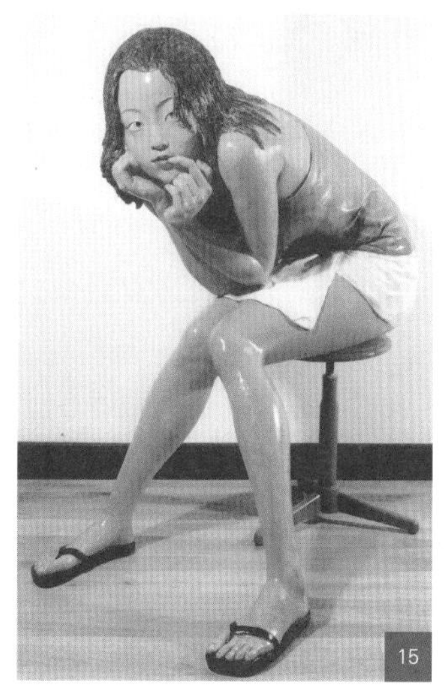
15

2007年部分参展作品

10. 杨　萌　**发现时，已经静止了**　雕塑
11. 鲍建新　**对具象与抽象的解释—五米与十米**　油画
12. 丁　奕　**我们缺少些什么**　版画
13. 胡　炜　**正午**　国画
14. 陈文华　**潜水**　油画
15. 吴琨皓　**凝视**　雕塑

2007上海青年美术大展昨开幕 同时展出徐悲鸿刘海粟早期作品

参展作品投稿量比上届翻三倍

本报讯 记者 施庆 昨天下午，两年一度的《上海青年美术大展》和本届展览特别策划的文献展《他们曾经年轻》同时在刘海粟美术馆开幕。市委宣传部副部长陈东、团市委书记马春雷、市文广局党委书记陈燮君、著名画家陈佩秋及相关领导和各界人士出席了昨天的开幕式。

据记者了解，本次大展组委会总共收到来自全国各地的作者投稿3737件，这个数字与上届相比，翻了近三倍。昨天最终揭晓的获奖作品为35件，其中来自上海的画家杨金宇的油画《丰收的季节》、来自广东的高奕庭的雕塑《镜像》最终获得了一等奖。

据了解，今年大展的主题为“从这里出发”，较往届更为宽泛。

另外值得一提的是，本届大展还特别策划了文献展《他们曾经年轻》。展出的作品以二十世纪几代画家青年时期创作的一批在中国美术史上占有重要地位的作品为主线。选入了包括徐悲鸿、刘海粟等人40岁以前的作品，令人关注。其中刘海粟的《前门》、《玫瑰村》，徐悲鸿的《小马》、《喜鹊》等都是二十世纪二三十年代一批杰出青年画家的优秀之作。刘海粟美术馆现任馆长张培成也对此次展览中不同时期不同画家的作品充满期待：“二十世纪初留洋归来，思想敏锐、朝气蓬勃、勇于吸收西方现代主义的青年美术家，战争时期义无反顾拿起笔杆作武器的美院学生，五六十年代对新中国充满浪漫憧憬的青年画家，改革开放初期对传统艺术、传统价值观毫不掩饰地提出挑战的青年艺术家，他们是始终洞悉时代脉搏、领导美术运动的一批人。”

三位大学生正在认真地欣赏艺术作品。

本报记者 吴恺 实习生 李卓翔

1

从这里出发

2007上海青年美术大展在上海开幕

本报上海讯 记者 **谢海** 由上海市文化广播影视管理局、共青团上海市委员会指导，刘海粟美术馆、上海市美术家协会、上海市文化发展基金会、明园集团有限公司主办的两年一度的“2007上海青年美术大展”暨“他们曾经年轻文献展”，4月27日在上海刘海粟美术馆拉开帷幕。陈东、陈燮君、马春雷、刘文国、施大畏、李跃旗、朱国荣、陈佩秋以及沈柔坚夫人王慕兰、明园集团总裁凌菲菲出席了开幕仪式。朱国荣、凌菲菲、陈燮君分别致辞。大展一等奖获得者杨金宇也代表获奖作者在开幕式上发了言。开幕式由刘海粟美术馆馆长张培成主持。当晚，本届大展的各个奖项归属在上海艺海剧院举行的颁奖晚会上现场揭晓。

因为有过成功举办青年美展的案例，本届大展从征稿便受到了广大美术青年的热烈响应。截至今年初组委会共收到来自全国各省市的作者投稿3737件。今年大展的主题为“从这里出发”，较往届更为宽泛。从展览中我们看到，每个作者都在寻求特定的目标，试图用能给生活一些新意的眼光来看世界，试图寻找令人信服的价值或意义，也试图找到各自的出发点。值得记者注意的是，青年人的无畏与敏感构成了展览的主调，越来越多的年轻作者正用自己的目光和自己的艺术在发现生活、记录情感。

他们曾经年轻文献展，展出的作品以20世纪几代画家青年时期创作的一批在中国美术史上占有重要地位的作品为主线，选入了吴湖帆、李苦禅、林风眠、徐悲鸿、刘海粟、张弦、蒋兆和、李可染、陆俨少、陈佩秋、程十发、黄胄、方增先、刘旦宅、陈逸飞、陈丹青、汤沐黎、魏景山等30多位画家40岁以前的作品。

在当晚的现场颁奖晚会上，现场揭晓了杨金宇、高奕庭、罗灵、阎沙子安、利国杰、戴刚峰、张斌、陈德华、边晖、张健、陈文华、张道宏、吴琨皓、鲍建新、逄峰、李岱、张翰、刘磊、周海峰、杨萌、许琰、李婷婷、丁奕、杨波、杜伟、刘懿、胡炜、郝雪山、欧阳波、严君、赵波、秦寿平、邓先仙、刘怀军、杨宁、陈奕等人获奖及入选大名单。

据了解，本次展览将在上海刘海粟美术馆和明园文化艺术中心两个展场展至5月18日。

上海青年美术大展作品选

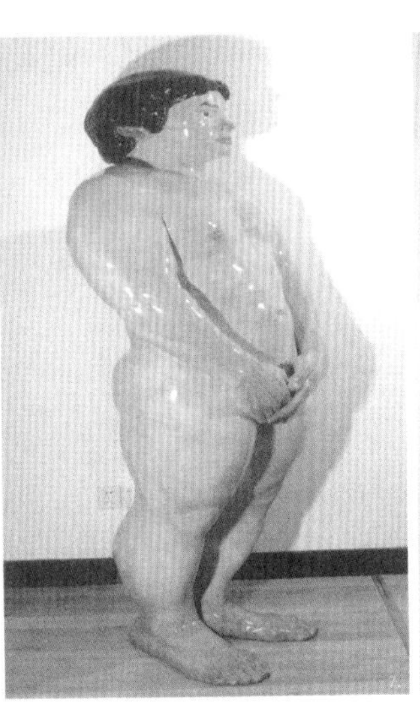

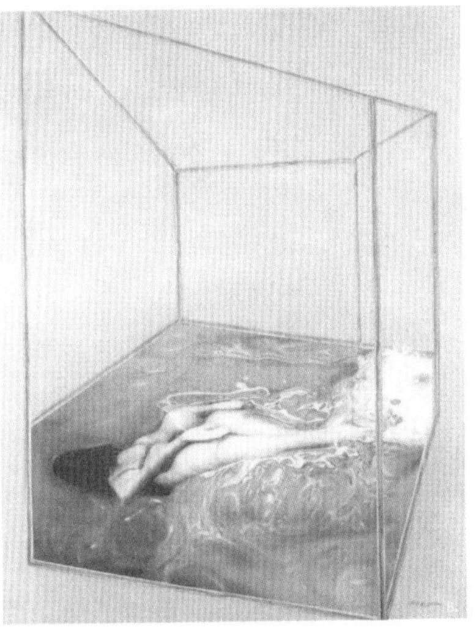

2

青年美展变招迎战功利主义

5万元奖金或可改变大奖十年空缺怪状

于近年来艺术品市场持续火
质艺术品身价扶摇直上，日
征集工作的2007年上海青
大展无可避免地遇到了“吸
题”。刘海粟美术馆馆长张
记者透露，大展组委会除了
得主2万元奖金外，还会和
位协商，视作品的具体情
外加付奖金。预计大奖得主
得5万元的收益。
个奖金数目是十年前首届上
美术大展大奖奖金的十倍。
字恰如其分地显示了中国艺
场的发展状况。

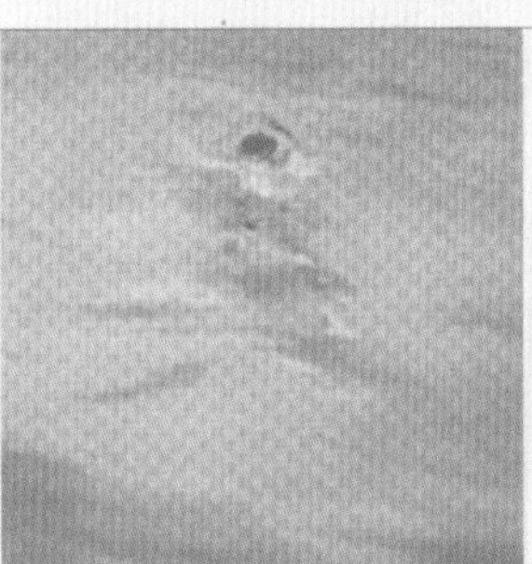

大奖空缺十年

观美术史，很多大师的黄金
段都是在青壮年：毕加索画
具有里程碑意义的著名杰作
农的少女》是37岁；马蒂斯的
被画坛认同时的年龄是36
更在30岁时形成了独有风
·高更是大器早成，逝世时
7岁。目前活跃在上海美术
坚力量，基本上都是在上海
展上崭露头角的。
是十年青年美展，却始终评
个大奖，身为组委会秘书长
成认为这是最大的遗憾。
我力挺过一件非常特别的作
奖，但是大家权衡再三，认
力不强，稳妥起见，还是让
缺了。”
派特性的确立多半根植在纷繁多样、不乏奇花异草的土壤里，十年无大奖并不能说十年不精彩。从另一方面来说，恰恰是争奇斗妍让评委看花了眼，“无所适从”。

功利主义渐起

十年来市场经济意识的深化，不仅让成名画家锱铢必较，也让不少刚出学堂或还在学习阶段的青年画者耳濡目染。前几届青年美展的一些获奖者，渐渐地开始不愿意将获奖作品交付给主办单位收藏，理由很简单，因为“这都是钱啊！”

虽然有些画者是借助大展走向市场的，但他们更乐意提前进入商品链中，享受金钱的愉悦。这样的趋势迫使主办单位在今年征集中增设“二等奖以上作品”的收藏附加优厚条件，送交作品的画者将被认为默许这一条规。

极端的功利主义思想还令少数画者抓住评委轮换的漏洞，有人将前一届获低奖的画作稍稍改一下，再送下一届参评，居然获得了高两个级别的奖。对这一现象，张培成一方面表示“短期内重复可以理解”，另一方面称，今届评选中已增强了评委会的专业力度。

培养新的大师

虽然不是非常的乐观，但是沪上多数知名画家都认为，我们这个时代的大师必将在青年美展中冒出。上海在第十届全国美展上获奖的5人中，有3人出自于青年美展。张平、韩子健、何汶玦等青年画家，已迅速成为国内美术界的生力军。

鉴于这样的背景，2007年大展主题从往届的《与未来对话》、《我们的视野》、《视觉惊艳》等定位于本届的《从这里出发》——期待青年艺术家们从脚下的这片土地出发，关注一下我们的精神家园。

但是日益被商品化“腐蚀”的青年画者，很难把艺术创作和既得利益清晰地划分。《从这里出发》也许同时意味着回返史上美术大师的果腹本能，培养怎样的大师，也许是一个跨越十年的美术大展必须设置的必修课。

左图为从青年美展上崛起的何汶玦作品《水》(局部)

右图为赵晓东作品《禽流感》

□ 记者 剑华

4

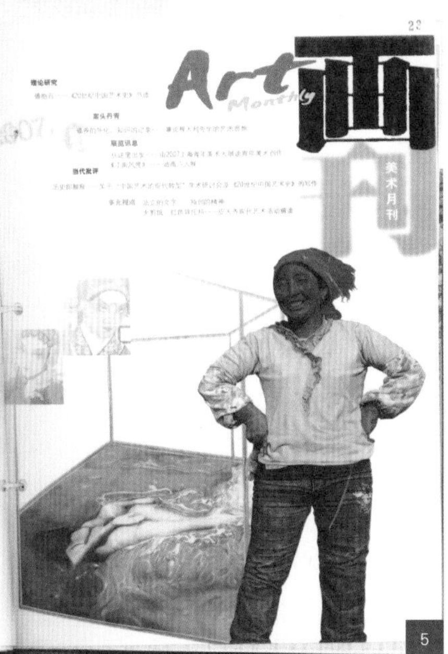

5

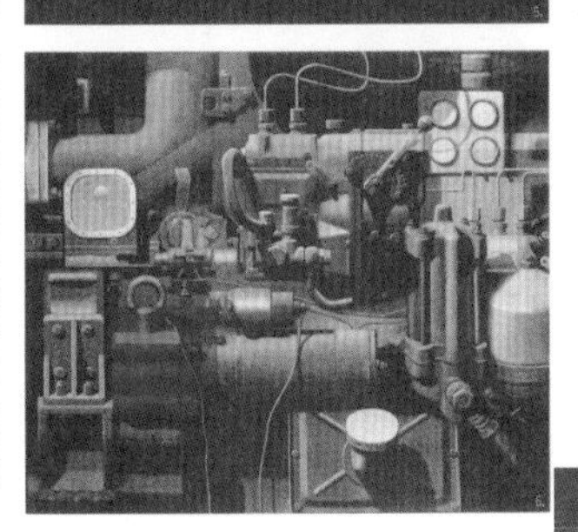

6

7

1.《青年报》2007年4月8日　第20版
3.《美术报》2007年
4.《劳动报》2006年10月8日
5.《画刊》2007年4月
7.《大美术》2007年4月
2、6　其他报道

（此为2007“上海青年美术大展”媒体宣传）

收获的季节(油画)　杨金宇

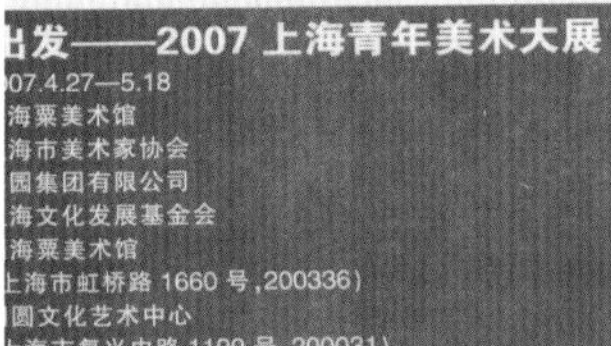

出发——2007 上海青年美术大展
07.4.27—5.18
海粟美术馆
海市美术家协会
园集团有限公司
海文化发展基金会
海粟美术馆
上海市虹桥路 1660 号,200336)
圆文化艺术中心
上海市复兴中路 1199 号,200031)

盛装(国画)　轩敏华

潜水(油画)　陈

从这里出发

——由 2007 上海青年美术大展谈青年美术创作

□ 张培成

即将开幕的 2007 上海青年美术大展受到了上海以及其他各省市美术青年的热烈拥戴与响应。它正逐渐走出上海,赢得了全国各省市青年的支持与喜爱。上届展览收到 1400 余件作品,本届则收到了 3737 件,由此可见,这个平台对于青年们的意义与需要。

本届展览的主题为"从这里出发"。在这样特定的语境下,"这里"将有更为宽泛的内涵。这 20 年来由于政治的开明、经济的发达,文化生态日益优化,我们的"这里"正发生着翻天覆地的变化。思想的活跃尤如上世纪初的法国巴黎,艺术上的各种风格流派争奇斗艳,由此"这里"也已经不仅仅是一个方位的指示了,它或许该有更多的文化含义。

此届画展的作品中,油画与版画的水准普遍较高。青年人的无畏与敏感构成了展览的主调。我们欣喜地发现,越来越多的青年作者们将目光投向周围的生活,他们不去追逐空洞的观念;尽管或多或少还留有模仿的痕迹,但也让人们看到他们探寻自身艺术语汇的踪影。种类各异却不妨碍对主题的深度刻画,作品在技术和艺术的天平上找到合适的平衡点,这些对于当代性的思考已经成为这一代青年艺术家的自觉选择。这略带青涩的锐气却充满了睿智与真情,从中可以感受到年轻人的真诚与可爱。

在这次送展作品中版画的水平更为突出,尽管在艺术品市场中版画似乎不太受宠,然而这丝毫不影响艺术家们的创作热情。

今天的美术创作在社会的浪潮中,却遭遇到前所未有的时尚化、娱乐化、庸俗化的潮流侵袭。只要把我们民族尊敬的伟人拉出来戏谑恶搞一下,怎么恶心怎么画,怎么别扭怎么做,这就是所谓的观念。随着电子媒体、数码技术的飞速发展,它对于传统视觉艺术的冲击与颠覆是必然的。因而对于以技艺为支撑的传统艺术缺失了它的优越与权力。摄影技术的发明已有 100 多年,但是绘画并未因此而消亡。我们对于文化要有敬畏之心,狭义的文化是人类精神活动的产物,是纯粹精神创造的成果,是人类心智运用自然介质与力的作品,岂可以随意调侃、肆意恶搞而作为体制内的美术馆有责任予以引导和梳理。上海青年美术大展正勇敢地举起了自己的旗帜,让有志于站在时代与历史的高度、关注民族文化的兴衰、关注我们这个伟大时代的美术青年有一个表演、呐喊的平台。

青年朋友已经启程,不是从欧洲出发,也不是从美国出发,就是从生我养我的这片土地出发。

小玩具之我的航母(油画)　张健

寒塘野凫(国画)　刘[illegible]

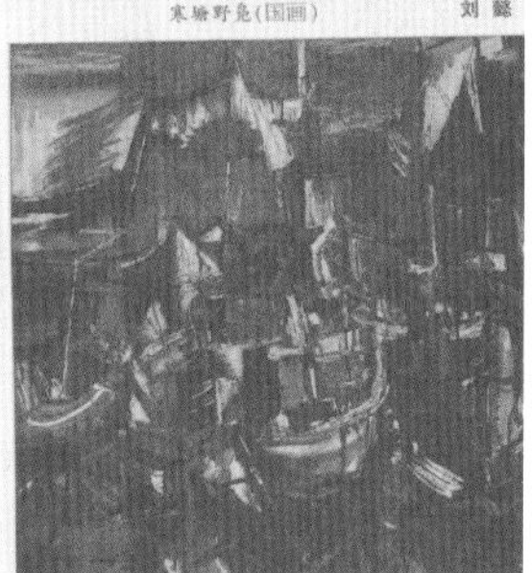

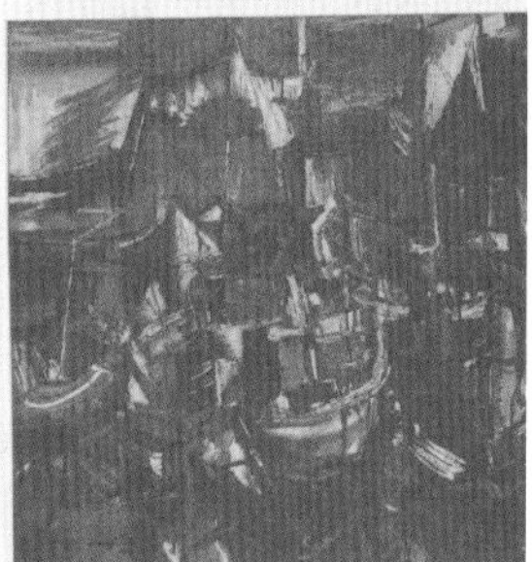

船(油画)

我们缺少些什么(版画)　丁爽

妞之五(油画)　迟晖

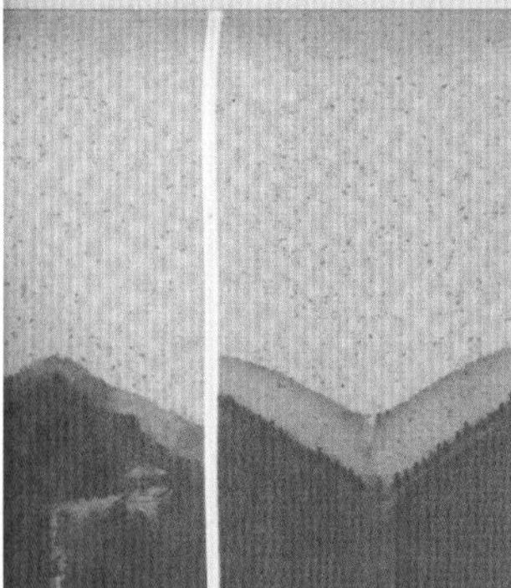

神·望(国画)　欧阳波

第一场雪(油画)　周海峰

生存空间(版画)　杨波

许可证京东工商广字 0115 号　本报国外代号 D1037　广告部电话:64293890　64271947　通联发行部:64298307　64273971　订阅　各地邮局　零售每份 0.80 元　本报照排科排版　人民日报印

"盲目跟风离艺

——张培成谈在征集"青年

"近年来看美术展览,觉得有一种趋势,那就是年轻艺术家作品的技术品质越来越低了。"上海刘海粟美术馆馆长张培成昨天在与记者谈及上海青年美术大展作品征集工作时,情不自禁地发此感慨。

● 去年青年美展作品《希望》　赵晓东

新锐作品有偏差

作为 2007 上海青年美术大展主办者之一,张培成对青年艺术家在这个展览中的表现寄予厚望。他说,希望在青年美展中看到充满朝气、具有本土文化根基和精湛技艺支撑的作品。他说,在与众多年轻艺术家的接触中发现,在"当代艺术"滚滚热潮中,许多青年艺术家尤其美术院校的学生感到困惑和焦虑,不知道该如何选择艺术道路。时代在演变,艺术当然也在演变。年轻艺术家对此具有相当的敏感性,并有大量新锐作品涌现,这是可喜的现象。但是,在这过程中也出现一些"偏差"。

技能下降重符号

艺术技能下降是其中一个较为普遍的问题。许多年轻人觉得现代艺术讲观念,技术不重要了。张培成指出,艺术无论是表达内心还是再现现实,都需要艺术家具有非凡的艺术技能。没有技术支撑的躯壳是立不住的。张培成说,据他所知,具有扎实艺术技能的艺术家,在当代艺术领域也容易获得成功。"如果认为艺术仅是表达观念的,那不如直接去研究哲学。"

"许多年轻艺术家过早创立艺

走越远”

发现的倾向

人家画游泳出名了，他也画游泳。殊不知艺术最需要艺术家自己独到而真实的感受。盲目跟风，无疑离艺术越走越远。年轻艺术家要善于体察自己周遭的生活环境，体察许许多多别人不注意的细节和场景，抓住内心的真正感动，这样就会创作出属于自己的艺术题材和艺术风格。

精神家园是根基

张培成更希望青年艺术家对中国本土文化进行研究探索，使自己的艺术创作拥有更高的立足点。本届上海青年美术大展的主题是“从这里出发”。它的意思是，破土而出的新苗长得有多高，地下的根系就扎得有多深。当青年艺术家注视过自我、探寻过未来、展现过视觉惊艳之后，请关照一下我们精神的家园——本土文化。它是厚厚的基座支撑着我们从这里出发，走向四面八方。

据介绍，本届上海青年美展将于明年4月开幕。目前已经收到国内21个兄弟省市青年艺术家应征作品照片170件。上海地区应征作品照片定于2007年1月13日上午9:00至下午3:30直接送至上海市虹桥路1660号上海青年美术大展报名处。张培成透露，从目前已收到的应征作品来看，国画相对薄弱，希望青年艺术家不负众望。本报记者

9

16/17

10

从“2007上海青年美术大展”出发

4月27日，“从这里出发——2007上海青年美术大展”正式与广大观众见面。

纵览本届大展的参赛作品，越来越多年轻的作者们正用自己的艺术在发现生活。

一等奖作品高奕庭的《镜像》通过雕塑哈哈镜里的影像把我们自身变成了我们观察的东西。另一件一等奖作品杨金宇的油画《收获的季节》从对农民种种细部的刻画中也直观反映出如今一部分中国农民的新生活状态。

青年作者不管是描绘自然环境还是人造环境，都透露出对生存和谐的诉求。《城市、圆弧状的远方》、《老工业区》、《河边的风景之七》、《生存空间》等作品从不同侧面聚焦我们生存的环境。

二等奖作品阎沙子安的《生命影像》系列油画采用照相写实的手法记录下新生儿第一声啼哭的瞬间，具有一种对于时间的证明力让画面充满力量。

本届版画作品的水平较往届进步不少，如《最后的手语no.1》、《我们缺少些什么》、《感悟系列之二》等作品借助版画语言独具的形式感和装饰性，加之作者对当代文化的多元思考使本已丰富了的版画语言更具新意。

而类似漆画《白蛇传》、版画《青春之歌》等重新演绎经典的作品再次验证了本土文化的生命力。

从上海青年美术大展这个力推新人的舞台出发，让广大艺术青年实实在在的艺术作品相互切磋，踏上属于自己的艺术之路。

11

9.《新民晚报》2006年12月27日

8、10 其他报道

（此为2007“上海青年美术大展”媒体宣传）

此为展览相

此为开幕现场照片

历届上海青年美展情况一览表

名　称	时　间	展览地点	组织单位	参展画种
上海市青年美术作品展览	1980.9.25－10.9	大世界(上海市青年宫)	**主办单位** 上海市文化局 共青团上海市委员会 中国美术家协会上海分会	中国画、油画、雕塑、版画、漫画、连环画、水粉画、剪纸及其他
前进中的中国青年美术作品展览(上海)	1985.2.26－3.8	大世界(上海市青年宫)	**主办单位** 中国美术家协会上海分会 共青团上海市委员会	中国画、油画、雕塑、宣传画、版画
首届上海青年美术作品大展	1986.4.19－4.28	上海美术馆	**主办单位** 上海青年文学艺术联谊会 上海青年美术会 上海市文化局艺术创作中心 《美术生活》杂志社	中国画、油画、雕塑、版画、漫画、连环画、水粉画
第二届上海青年美术作品大展	1988.9.1－9.10	上海美术馆	**主办单位** 上海青年文学艺术联谊会 上海青年美术会 上海市文化局艺术创作中心	中国画、油画、版画、雕塑、综合材料
第三届上海青年美术作品大展	1990.10.26–11.2	上海美术馆	**主办单位** 共青团上海市委员会 上海新沪钢铁厂 上海美术馆 上海青年美术家协会	中国画、油画、版画、雕塑、综合材料
第四届上海青年美术作品大展	1993.1.15－1.21	上海美术馆	**主办单位** 共青团上海市委员会 上海凤凰自行车公司 上海美术馆 上海市文化局创作中心 上海青年美术家协会	中国画、油画、版画、雕塑、综合材料
青春汇演 1999上海青年美术大展	1999.4.3—4.11	刘海粟美术馆	**主办单位** 上海市文化局 共青团上海市委员会 上海市美术家协会 刘海粟美术馆 青年报社	中国画、油画、雕塑、水彩、版画、装置、综合材料
与未来对话 2001上海青年美术大展	2001.4.28–5.20	刘海粟美术馆	**主办单位** 上海市文化广播影视管理局 共青团上海市委员会 上海市美术家协会 刘海粟美术馆 青年报社	中国画、油画、版画、雕塑、水彩、水粉、综合类

名　称	时　间	展览地点	组织单位	参展画种
与未来对话 2001上海青年美术大展	2001.4.28-5.20	刘海粟美术馆	**协办单位** 东方电视台 上海市青年文学艺术联合会 上海大学美术学院 上海师范大学艺术学院 华东师范大学艺术系 上海人民美术出版社 上海画报社 《艺术世界》 上海东方书报刊服务有限公司	中国画、油画、版画、雕塑、水彩、水粉、综合类
我们的视野 2003上海青年美术大展	2003.4.25-5.18	刘海粟美术馆	**主办单位** 上海市文化广播影视管理局 共青团上海市委员会 上海市美术家协会 刘海粟美术馆 **协办单位** 新民晚报 文广新闻传媒集团 青年报社 上海市青年文学艺术联合会 上海大学美术学院 华东师范大学艺术系	中国画、油画、版画、雕塑、水彩、水粉、综合类
视觉惊艳 2005上海青年美术大展	2005.4.28-6.10	刘海粟美术馆 明圆文化艺术中心	**指导单位** 上海市文化广播影视管理局 共青团上海市委员会 **主办单位** 刘海粟美术馆 上海市美术家协会 明园集团有限公司 上海青年文学艺术联合会 **协办单位** 明圆文化艺术中心 青年报	中国画、油画、版画、雕塑、水彩、水粉、摄影、综合材料
从这里出发 2007上海青年美术大展	2007.4.27-5.18	刘海粟美术馆 明圆文化艺术中心	**指导单位** 上海市文化广播影视管理局 共青团上海市委员会 **主办单位** 刘海粟美术馆 上海市美术家协会 明园集团有限公司 上海文化发展基金会 **协办单位** 明圆文化艺术中心 青年报 上海港凯广告有限公司	中国画、油画、雕塑、水彩、粉画、版画、综合材料

后　记

在隆重纪念改革开放30周年之际，“大时代之光·上海青年美展30年回顾展”在徐汇艺术馆如期举行。这个展览从“青年美术”的角度反映改革开放对上海青年美术的推动和促进作用，也为青年美展的梳理研究工作留下了一些难得的资料。

由于上海青年美展时间跨度较长，许多资料有所不全，为梳理工作增添了难度。徐汇艺术馆为办好此次展览，经过再三努力，从几十位当年的参展艺术家和组织者中得到了相当的线索和资料。在此，向中国美术馆、上海美术馆和上海油画雕塑院的大力支持表示由衷感谢！同时向参与到展览中来的艺术家们表示感谢：丁筱芳、王向明、卢治平、卢辅圣、刘亚平、朱国荣、邱瑞敏、杨顺泰、张雷平、姚尔畅、傅关根等都欣然接受我们的展览邀请和访谈；丁筱芳、朱国荣、肖谷、沈浩鹏、张培成、黄阿忠等更是为我们提供了非常珍贵的历史资料，再次向他们表示感谢！

展览中展出的39件艺术作品，绝大多数都是当年上海青年美展的参展作品，还有部分文献资料将以陈列的方式进行展示，许多资料都是第一次与观众见面。但由于时间仓促，资料有限，展览及画册中诸多细节难免有疏漏之处，恳请大家予以指正。

倘若今天的展览能为今后青年美展的发展提供些许作用，我们会觉得非常高兴，这也正是我们的心愿。

图书在版编目（CIP）数据

大时代之光·上海青年美展30年回顾展 / 徐汇艺术馆编. —上海：上海书画出版社，2008.12
ISBN 978-7-80725-836-0

Ⅰ. 大… Ⅱ. 徐… Ⅲ. 美术展览会—历史—上海市
Ⅳ. J-28

中国版本图书馆CIP数据核字（2008）第184704号

大时代之光·上海青年美展30年回顾展

编　　者：徐汇艺术馆
总 监 制：石建华、卢　缓
编　　辑：朱　曦、唐丽青
图版设计：唐　浩、傅　颖
封面设计：唐　浩
封面题词：陈佩秋

责任编辑：金国明
技术编辑：钱勤毅
责任校对：周倩芸

大时代之光·上海青年美展30年回顾展
徐汇艺术馆编

出版发行：上海书画出版社
地　　址：上海市延安西路593号
邮　　编：200050
网　　址：www.duoyunxuan.com
E-mail:shcpph@online.sh.cn
上海文艺出版总社网址：www.shwenyi.com
制版印刷：上海美雅延中印刷有限公司
开　　本：889×1194　1/16
印　　张：13
版　　次：2008年12月第一版　第一次印刷
印　　数：1-1200册
书　　号：ISBN 978-7-80725-836-0
定　　价：180.00元